HEYNE <

DAS BUCH

»Ich rieche den Stand, bevor ich ihn sehe. Ein süßer Duft nach braunem Zucker, Zimt, Vanille. Hinter der nächsten Ecke taucht er schließlich vor mir auf: Zwischen zwei kleinen Holzhütten, an denen Holzfiguren und Bücher verkauft werden, thront ein Verkaufswagen, der unseren wie eine alte Rostlaube aussehen lässt. Die Holzfassade ist in einem eleganten Dunkelblau gestrichen, die rote Markise mit prunkvollen Lichterketten beleuchtet, die Dekoration minimalistisch, aber stilvoll. Und die Schlange vor dem Tresen lang. An der Außenfassade hängt eine Kreidetafel mit den Angeboten des Tages:

Pumpkin-Spice-Lebkuchen, vegane Zimtsterne,
Chai-Taler (vegan)

Dann höre ich eine Männerstimme. Das klingt fast wie … Nein. Das ist völlig unmöglich. Diese Stimme. Dieses Lächeln. Das Grübchen in seiner linken Wange. Auf einmal fallen die Puzzleteile an ihren Platz. ›Simon Bergmüller?‹ Er ist es wirklich. Der Typ aus dem Club.«

DIE AUTORIN

Karin König hat Journalistik studiert, für mehrere Lokalzeitungen geschrieben und ein Volontariat beim WDR absolviert. Aktuell arbeitet sie als Journalistin für den WDR. Wenn sie mal nicht hinter ihrem Laptop sitzt, hat sie meistens ein Buch vor der Nase. Zu ihren liebsten Weihnachtsbackwaren zählen Spekulatius, Vanillekipferl und das Spritzgebäck ihrer Oma. Mehr über Karin König unter www.karin-koenig.com.

KARIN KÖNIG

Love & Lebkuchen

Roman

WILHELM HEYNE VERLAG
MÜNCHEN

MIX
Papier | Fördert gute Waldnutzung
FSC® C014496

Penguin Random House Verlagsgruppe FSC® N001967

Originalausgabe 09/2023

Redaktion: Michelle Stöger
Umschlaggestaltung: zero-media.net, München
unter Verwendung von © FinePic®, München
Satz: Leingärtner, Nabburg
Druck und Bindung: GGP Media GmbH, Pößneck
Printed in Germany
ISBN: 978-3-453-42712-9

www.heyne.de

Für Oma Zissi, die das allerbeste Spritzgebäck backt

Kapitel 1

Noch ein paar Zentimeter nach hinten. Da ist noch Platz.«

»Bist du dir ganz sicher?« Meine Schwester Theresa lehnt sich aus dem Fenster des VW-Polos, der vor dem riesigen hölzernen Anhänger wie ein Spielzeugauto wirkt. »Es sieht ziemlich knapp aus.«

Anstelle einer Antwort hebe ich die Augenbrauen und winke energisch.

»Na gut, auf deine Verantwortung.« Ihr Kopf verschwindet wieder im Inneren des Fahrzeugs. Wenige Sekunden später bewegt sich der Anhänger in Zeitlupe weiter auf mich zu.

»Noch ein Stückchen … und Stopp!« Der hintere Reifen kommt genau innerhalb des weißen Streifens zum Stehen, der die Grenze unseres Marktstands markiert.

Eine Autotür schlägt zu, und wenige Sekunden später steht Theresa neben mir, betrachtet ihr Werk mit gerunzelter Stirn. »Muss ich nicht noch ein Stück weiter nach vorne?«

»Du stehst super«, sage ich. »Das hätte ich nicht besser hingekriegt.«

Ihre Mundwinkel zucken. »Hast du nicht erst letzte Woche einen Strafzettel fürs Falschparken bekommen?«

»Möglich. Aber das ändert nichts an meiner Aussage.«

Theresa atmet hörbar aus. »Keine Ahnung, wie Mama das immer geschafft hat. Bei ihr sah es so einfach aus.«

»Stimmt.«

Wir schauen einen Moment schweigend auf unseren Verkaufswagen, der in seinem jetzigen Zustand aussieht wie ein großer Lastencontainer aus dunklem Holz.

»Also dann.« Theresa zieht den Reißverschluss ihres Daunenmantels zu. »Lass uns anfangen.«

Ich reiße meinen Blick los und folge ihr zum Kofferraum des VW-Polos. Um uns herum sind die Aufbauarbeiten schon in vollem Gange. Der Falkenhainer Weihnachtsmarkt ist schließlich *das* Ereignis des Jahres für unser Dorf, das außer malerischer Wanderrouten in die Voralpen und postkartenkitschiger Straßenzüge nicht viel für Touristen zu bieten hat. Am Freitag vor der offiziellen Eröffnung steht die Zufahrtsstraße zum Marktplatz voller Autos, viele davon mit auswärtigen Kennzeichen. Mitarbeiter der Stadt schmücken die große Tanne in der Mitte des Platzes mit Strohsternen und roten Kugeln und befestigen die letzten Lichterketten an der Rathausfassade. Rechts neben uns bringen unsere Nachbarn gerade die ersten Angebotsschilder an ihren Verkaufsständen an.

Ein Anblick, der mir so vertraut ist wie der Geruch von Zimt und Vanillezucker in unserer Backstube. Alles geht seinen gewohnten Gang, so wie jedes Jahr. Als wäre überhaupt nichts passiert.

Wut steigt in mir hoch wie überkochende Milch.

»Was für ein Chaos«, murmele ich. »Bilde ich mir das ein, oder wird es jedes Jahr schlimmer?«

»Sieht für mich aus wie immer«, antwortet Theresa, während sie an der Anhängerkupplung zieht. Mein Blick schweift immer wieder über das geschäftige Treiben um uns herum. Trotz der Hektik wirken die Standbetreiber gelöst, voller Vorfreude auf die Weihnachtssaison. Die Bewohner der alten Fachwerkhäuser rund um den Marktplatz haben bereits Tannenzweige und Lichtersterne in die Fenster gehängt. Über den Dächern der Häuser erheben sich in der Ferne die mächtigen schneebedeckten Bergkuppen der Alpen. Es sieht so verdammt malerisch aus, dass es beinahe schmerzt.

»Erde an Kathi. Willst du dich auch nützlich machen oder nur rumstehen?«

»Was?«

Meine Schwester deutet auf die Anhängerkupplung. »Der Anhänger. Allein kriege ich das Ding nicht abgekoppelt.«

»Oh, sorry.«

Mit vereinten Kräften trennen wir Auto und Anhänger, dann wirft Theresa mir ihren Autoschlüssel zu. »Ich habe für heute genug hinterm Steuer gesessen. Du parkst um.«

»Jawohl, Sir.« Ich salutiere zackig.

Bevor ich allerdings die Fahrertür öffnen kann, kommt ein Jeep mit Münchener Kennzeichen neben uns zum Stehen: »Theresa! Kathi! Wie schön, euch wiederzusehen!« Eine rundliche Frau mit grau melierten Locken zieht die Handbremse an und hüpft aus dem Wagen.

»Hey, Greta!« Theresa geht ihr entgegen und lässt sich umarmen.

Dann kommen die beiden auf mich zu, und Greta breitet die Arme aus. »Komm her, Liebes.«

Für einen Moment möchte ich nichts lieber, als mich in Gretas geöffnete Arme hineinsinken lassen. Mich wieder fühlen wie das kleine Mädchen, das allein über den Weihnachtsmarkt wanderte und bei der netten Dame mit dem Apfelpunsch Zuflucht fand.

Sie war Mamas engste Freundin. Würde sie mich noch umarmen, wenn sie von unserem Streit wüsste?

»Schön, dich zu sehen.« Ich trete einen Schritt zurück und verschränke die Arme vor der Brust. »Wie war die Fahrt?«

Sie lässt die Hände sinken und mustert mich über den dunkelblauen Rand ihrer Brille hinweg. »Du weißt ja, wie das ist. Der Stau aus München raus ist immer ein Albtraum.«

Ich betrachte die Spitzen meiner braunen Winterstiefel und brumme zustimmend.

Als die Stille zu lang wird, antwortet meine Schwester: »Aber jetzt bist du ja hier.«

Gretas Lächeln kehrt zurück. »Genau. Hier und bereit, diese Stadt vier Wochen lang mit erlesenem Alkohol zu versorgen.«

Greta Siebert ist Anfang sechzig und betreibt eine erfolgreiche Weinhandlung am Rand von München in dritter Generation. Aber im Dezember übergibt sie die Ladenleitung an ihren Sohn und verkauft Punsch und Glühwein auf dem Falkenhainer Weihnachtsmarkt, so wie schon ihre Großeltern, die von hier kamen. Mama hat immer gesagt, ohne Greta, die oft auf uns aufgepasst und ihr mit Rat und Tat zur Seite gestanden hat, hätte sie es vor zwanzig Jahren niemals geschafft, unseren Stand zu eröffnen, frisch geschieden und mit zwei kleinen Kindern.

Als wüsste sie, woran ich gerade denke, verdunkelt sich Gretas Gesicht. »Es tut mir so leid, Kinder. Eure Mutter …

Ein Herzinfarkt, einfach so. Ich … ich kann das noch immer nicht wirklich glauben.« Sie greift nach unseren Händen und drückt sie.

Es schnürt mir die Luft ab. »Danke«, würge ich hervor und ziehe die Hand zurück. »Wir auch nicht.«

»Es kam völlig unerwartet. Als ich es vom alten Benno gehört habe, dachte ich erst, jetzt ist er völlig verrückt geworden.« Greta schüttelt den Kopf.

»Wir hätten dir Bescheid sagen sollen«, sagt Theresa. »Aber es gab so viel zu erledigen mit dem Café. Und das Pfarramt konnte uns nur ein sehr enges Zeitfenster für die Beisetzung anbieten.«

Es ist dieselbe Geschichte, die sie seit Wochen erzählt, unseren Nachbarn, den Stammkunden, Mamas Freunden aus dem Ort. Dabei ist es nicht mal die halbe Wahrheit.

Tatsächlich kann ich mich kaum an die Tage direkt nach ihrem Tod im September erinnern. Formulare mussten ausgefüllt, Anrufe bei Ämtern getätigt, ein Sarg bestellt, ein Pfarrer informiert werden. Dazwischen sind große schwarze Lücken in meiner Erinnerung. Tage, an denen ich einfach wie ein Roboter funktioniert habe. Theresas Version klingt besser, einfacher. Deshalb mache ich mir nie die Mühe, sie zu korrigieren.

»Das verstehe ich.« Greta presst die Lippen zusammen. »Macht euch um mich keine Gedanken, Kinder.« Die Anteilnahme in ihrem Blick kriecht mir durch den Mantel direkt unter die Haut. »Wenn ihr irgendetwas braucht, dann meldet euch einfach, ja? Es muss schwer sein heute, so ohne sie.«

Ich wende mich ab. »Entschuldige, aber ich muss noch das Auto umparken.«

»Tut mir leid«, murmelt Theresa hinter mir. »Sie ist gerade einfach …«

Ich höre nicht weiter zu, reiße die Tür auf und starte den Wagen. Von einer schnellen Flucht kann allerdings keine Rede sein, denn der gesamte Marktplatz steht voller Autos. Es dauert eine Weile, bis ich mich durchgeschlängelt habe und einen Parkplatz in einer kleinen Seitengasse finde. Dort stelle ich den Motor ab und lasse mich langsam zurück in den Sitz sinken.

Ich weiß, ich hätte die beiden nicht einfach stehen lassen sollen. Greta will nur nett sein, und Theresa … Für sie ist es genauso schwer wie für mich.

Aber jedes Mal, wenn uns jemand sein Beileid ausspricht, fühle ich mich wie eine Heuchlerin. Niemand weiß, wie Mama und ich auseinandergegangen sind. Nicht mal meine Schwester.

Die Turmuhr des Rathauses schlägt dreimal. In knapp zwei Stunden ist es dunkel. Es ist an der Zeit, mich zusammenzureißen. Ich atme tief durch, setze ein Lächeln auf und steige aus dem Auto.

Als ich wieder an unserem Verkaufswagen ankomme, ist Greta bereits weg. Ich spüre einen Hauch von Erleichterung, dicht gefolgt von einem schlechten Gewissen.

»Alles in Ordnung bei dir?«, fragt Theresa in diesem bewusst neutralen Tonfall, den ich bis vor ein paar Wochen nicht kannte. Als wäre ich eine zerbrechliche Vase, die bei der kleinsten Erschütterung in tausend Teile zerspringt.

»Klar.« Ich nicke. »Alles super. Wollen wir jetzt endlich anfangen?«

Ein Grinsen huscht über ihr Gesicht. »Wir fangen an.«

Zuerst öffnen wir die große Holzklappe an der Frontseite

des Wagens und befreien sie von Spinnweben, dann bringen wir den holzverkleideten Innenraum des Wagens auf Vordermann. Neben dem kleinen Ofen an der Rückwand, mit dem wir frisch auf dem Markt backen können, befinden sich Regale und Schränke für unsere Backzutaten, auf denen sich seit dem letzten Weihnachtsmarkt der Staub gesammelt hat. Der Innenraum ist gerade groß genug, dass sich zwei Erwachsene darin bewegen können, aber Theresa und ich kennen den Reinigungsablauf so genau, dass wir ihn auch blind durchführen könnten, ohne zusammenzustoßen. Sie beginnt von oben, ich von unten, und gemeinsam arbeiten wir uns mit bunten Putzlappen bewaffnet systematisch von beiden Enden des Wagens aufeinander zu. Als Nächstes polieren wir die Glasscheiben der Auslage, bis wir uns darin spiegeln können. Dass wir Schwestern sind, würde man auf den ersten Blick nicht vermuten. Alles an Theresa – ihre schulterlangen blonden Haare, die hohe Stirn, die grünen Augen – erinnert an Mama. Sie hat ihre Grübchen an der rechten Wange, ihre kleine Statur. Ich dagegen komme eher nach unserem Vater mit meinen braunen Locken, Sommersprossen, der etwas zu großen Nase und meinen fast 1,80 m Körpergröße. Zumindest suggerieren das die wenigen Fotos, die Mama von ihm aufgehoben hat, bevor er sich aus dem Staub gemacht hat. Ich war gerade mal ein Jahr alt, also erinnere ich mich nicht an ihn. Aber das hat uns nie wirklich interessiert. Er wollte uns nicht, also wollten wir ihn auch nicht, und meine Kindheit in unserer Dreier-WG habe ich in guter Erinnerung. Der einzige Mann in unserem Leben war Mamas Vater, Opa Albert, bis er vor sieben Jahren gestorben ist. Seitdem sind es nur Mama, Theresa und ich.

Oder zumindest waren wir das bis vor Kurzem.

Nachdem die Glasscheiben blitzblank sind, wenden wir uns dem Staub auf der Arbeitsfläche am Kopfende des Wagens zu.

»Das sollten wir wirklich öfter machen«, murmelt Theresa zwischen zwei Niesanfällen. »Anstatt den Wagen den ganzen Sommer einfach in der Scheune von Bauer Nolte stehen zu lassen.«

»Keine schlechte Idee«, antworte ich. »Das alte Schätzchen kann definitiv etwas mehr Liebe vertragen.« Mit seiner Fassade aus dunklem Eichenholz und den von Mama selbst gefertigten kunstvollen Schnitzverzierungen an den Seiten des Verkaufsfensters ist unser Wagen definitiv ein Unikat auf dem Markt. Ich klopfe auf das Holz und wirbele dabei kleine Staubwolken auf.

Theresa niest noch mal. »Vielleicht ist es auch langsam Zeit, dass wir auf eine dieser kleinen Holzbuden umsteigen.«

»Wie bitte?« Ich lasse meinen Lappen sinken.

Meine Schwester zuckt mit den Schultern und wendet sich der nächsten Oberfläche zu. »Na ja, die Stadt vermietet sie günstig, sie sind leicht aufzubauen, praktisch …«

»Seelenlos meinst du wohl. Unser Wagen hat Tradition!«

»Schon. Aber nach fast dreißig Jahren …«

»… ist er immer noch unser Markenzeichen.« Mamas Markenzeichen, will ich eigentlich sagen. Alles an diesem Wagen, von dem dunklen Holz, das sie über die Jahre so gut gepflegt hat, dass es immer noch wie neu aussieht, über die von ihr selbst gebauten Regalbretter bis zu den Holzverzierungen erinnert an sie.

Theresas Schultern versteifen sich. »Ja, natürlich.« Sie legt den Staublappen beiseite und wechselt das Thema. »Gibst du mir bitte das Stromkabel? Ich suche schon mal nach dem richtigen Anschluss.«

»Klar, kein Problem.«

Nachdem sie die Tür hinter sich geschlossen hat, atme ich langsam aus. Eigentlich sollte mich ihr Vorschlag nicht überraschen. Schließlich habe ich Mama genau dieselben Argumente vorgelegt.

Hat Theresa uns etwa doch gehört?

Dieser Gedanke verfolgt mich seit Wochen. Dabei ist das ausgeschlossen, sonst hätte sie längst etwas gesagt.

Oder?

Bei der Vorstellung steigt Übelkeit in mir hoch.

Nein. Unmöglich. Sie hatte einfach zufällig dieselbe naheliegende Idee. Die wir sofort wieder verworfen haben.

Nach ein paar tiefen Atemzügen wende ich mich der Kiste mit den Backzutaten zu. Den Großteil des Gebäcks, die Zimtsterne, Vanillekipferl, Kokosmakronen und Nussecken, bereiten wir am Vorabend in der Backstube unseres Cafés zu, aber unsere Lebkuchen backen wir jeden Tag frisch auf dem Weihnachtsmarkt. Darauf war Mama immer besonders stolz. So stolz, dass sie sich jedes Jahr mit dem Ordnungsamt angelegt hat, das in unserem kleinen Ofen eine Brandgefahr sah. Dieses Jahr hat Theresa sich um die Genehmigung gekümmert.

Neben Mehl, Backpulver und Zucker wandern Dosen mit Zimt, Kardamom, Anis und Vanille in die Regale. Ein süßer, weihnachtlicher Duft breitet sich im Inneren des Wagens aus, und ich fühle mich gleich besser.

Draußen testet jemand die Lautsprecheranlage. Nach ein

paar Sekunden statischen Rauschens ertönen die ersten Takte von »Last Christmas«.

Mit neuem Elan und einem frischen Lappen nehme ich mir den Schmutz im Backofen vor und summe Whams' Klassiker mit.

Last Christmas, I gave you my heart. But the very next day, you gave it away.

Genau deshalb sollte man sein Herz am besten behalten. Sonst verliert irgendein Idiot es auf der Bahnstrecke zwischen Falkenhain und München, weil ihm eine Stunde Fahrzeit »zu lang« ist.

Ich schrubbe heftiger. Noch bevor der Song endet, glänzt der Ofen beinahe wie neu. Dann drehe ich testweise den Schalter um. Nichts passiert.

»Mmh. Seltsam.«

Ich versuche es noch mal, aber der Ofen bleibt aus. Hat Theresa den Anschluss immer noch nicht gefunden?

Ich stütze die Unterarme auf die Verkaufstheke und lehne mich nach draußen. Mittlerweile hat die Dämmerung eingesetzt, und die Straßenlaternen werfen ihr warmes Licht auf den Marktplatz. Menschen eilen mit Kisten bepackt umher, verteilen dekorative Tannenzweige und Lichterketten, stolpern über Stromkabel und räumen Waren ein.

»Die Marktleute sind wie eine große Familie«, hat Mama immer gesagt, wenn sie das bunte Treiben beobachtete. Ohne sie fühlt es sich seltsam farblos an.

Ich recke den Hals und entdecke meine Schwester, die auf dem Weg zum Stromverteiler Josef und Susanne getroffen hat. Die beiden Standbesitzer kommen aus Bayreuth und verkaufen hier seit über zwanzig Jahren handgefertigte Krippenfiguren. Dieses Gespräch kann noch dauern.

Also fange ich schon mal mit der Dekoration an. Über hundert Kugeln und zwanzig Meter Lichterkette warten darauf, in und an unserem Wagen angebracht zu werden. Früher war das der schönste Teil der Vorbereitungen, denn es war die erste Aufgabe, die ich ganz allein übernehmen durfte. Während Theresa, knapp vier Jahre älter als ich, schon beim Putzen und Sortieren helfen musste, übertrug Mama mir die Verantwortung für die Deko.

»Es darf ruhig bunt und verrückt aussehen«, hat sie gesagt, bevor sie mir mit sieben Jahren zum ersten Mal die Kiste mit den Kugeln überreichte. »Am wichtigsten ist, dass es den Leuten Freude macht. Sie sollen unseren Wagen sehen und daran erinnert werden, dass bald Weihnachten ist.«

Fotos aus den ersten Jahren lassen mich zweifeln, ob ich in der Grundschule wirklich schon einen Blick für stimmige Farbkonzepte hatte. Aber egal, wie abenteuerlich meine Kreationen wurden, Mama veränderte nie etwas daran.

Ich öffne die erste Kiste. Die Deko dieses Jahr muss perfekt werden. Das ist das Mindeste, was ich tun kann.

Ganz oben liegen Schachteln mit handgeblasenen Weihnachtskugeln in Rot und Gold. Ich platziere die Kugeln vor mir auf der Arbeitsfläche und überlege, wo sie am besten zur Geltung kommen würden. Erfolglos. Dasselbe gilt für die silbernen Sterne und die kleinen Strohkränze in der nächsten Schachtel. Mama hat oft gesagt, ich wäre das kreative Talent der Familie. Ob es um die Tischdeko im Café oder die Entwicklung eines neuen Kuchenrezepts geht, ich liebe den Prozess des Ausprobierens.

Diesen Moment, wenn nach zehn Fehlversuchen auf einmal alles an den richtigen Platz fällt. Meistens sehe ich mein Ziel schon bei der ersten Zutat, dem ersten Handgriff vor meinem inneren Auge. Aber heute ist mein Kopf wie leer gefegt.

Ich verteile ein paar rote Kugeln in der Auslage, dann sammle ich sie wieder ein. Als Nächstes binde ich Tannenzweige mit dicken Samtschleifen zu einer Girlande und befestige sie unter der Decke. Betrachte das Ergebnis. Nehme sie wieder ab.

Mit jedem missglückten Handgriff steigt meine Anspannung. Die Musik hat mittlerweile zu einer Popversion von »Santa Baby« gewechselt, und die hohe Stimme der Sängerin zerrt an meinen Nerven.

Natürlich könnte ich einfach das Design vom letzten Jahr wiederholen. Aber das hat es noch nie gegeben, also werde ich jetzt bestimmt nicht damit anfangen.

Vielleicht hätte ich Melanie nicht absagen sollen. Jetzt könnte ich ihren kreativen Kopf und scharfen Blick gebrauchen. Aber als sie mir am Mittwochabend in der Weinstube ihre Hilfe angeboten hat, kam mir das falsch vor.

Ich muss das dieses Jahr allein machen.

Als Theresa eine halbe Stunde später zurückkommt, kämpfe ich immer noch mit der zweiten Lichterkette.

»Brauchst du noch lange? Wir sind noch auf einen Punsch bei Greta eingeladen, zum Start der Saison.«

»Ich hab's gleich«, murmele ich, eine Rolle Klebeband zwischen den Zähnen, während ich die Lichterkette an der Decke fixiere. Der Hocker unter mir wackelt gefährlich.

»Komm, ich helfe dir.« Meine Schwester greift nach der Kiste mit den Strohsternen und hebt den Deckel hoch.

»Nein!«

Überrascht hält sie inne. »Wieso nicht?«

»Deko ist meine Aufgabe, okay? Ich kriege das schon hin.«

»Okay, okay, schon gut.« Sie lässt den Deckel sinken.

»Ich meine ja nur …«, setze ich an, breche wieder ab. »Ich meine ja nur, dass du ruhig schon vorgehen kannst. Sag Greta, ich komme gleich nach.«

Theresa schüttelt den Kopf. »Kein Problem, sie ist selbst noch nicht ganz fertig. Dann fange ich schon mal mit der Bilanz der letzten Woche an.« Sie zieht ihr grünes Notizbuch aus der Tasche und zückt einen Kugelschreiber. Trotzdem kann ich das Gefühl nicht abschütteln, dass sie mich immer wieder aus den Augenwinkeln beobachtet.

Ich drehe ihr den Rücken zu und greife nach der nächsten Lichterkette.

»Wenn das nicht meine Lieblingslebkuchenbäckerinnen sind!«

Theresa und ich wirbeln herum. Ich verliere beinahe das Gleichgewicht und kann mich erst in letzter Sekunde an der Wand abstützen.

»Claudia! Willst du mich umbringen?«

Die Angesprochene stützt sich mit dem Ellenbogen auf die Verkaufstheke. »Wo sollte ich denn dann meine Lebkuchen herbekommen? Glaubst du, ich bin für die charmante Gesellschaft hier?« Claudia Grautstück ist mit ihren einundfünfzig Jahren fast doppelt so alt wie ich, aber das sieht man ihr mit ihren dunkelroten Haaren und bunten Outfits nicht an. Sie führt eine kleine Nähstube zwei Dörfer weiter und beharrt darauf, dass sie den Weihnachtsmarkt hasst: zu viele Menschen, zu viel Glühwein, zu laute Musik. Trotzdem ist sie jedes Jahr wieder hier und versorgt die Besucher ein paar Stände weiter mit kunstvoll bestickten Kleidungsstücken. Und uns mit dem neuesten Tratsch.

»Aber mal im Ernst: Wie geht es euch, Kinder?«

Sie war einer der wenigen Menschen aus der Umgebung, die irgendwie von Mamas Tod erfahren haben. Manchmal glaube ich, zwischen hier und München passiert nichts, was sie nicht weiß. Sie hat uns Blumen und eine Karte geschickt. Wir haben nicht geantwortet.

»Du weißt schon. Muss ja.« Ich presse die Lippen zusammen, bete für einen Themenwechsel. Sie schaut zwischen uns hin und her, dann räuspert sie sich. »Habt ihr eigentlich schon das Neueste gehört? Sie haben mich dieses Jahr ausgerechnet gegenüber von Jacques platziert.«

»Das gibt's doch nicht.« Ich fasse mir mit der Hand an die Brust. »Der gut aussehende Goldschmied, auf den du schon seit Jahren ein Auge wirfst?«

Sie funkelt mich an. »Der albern grinsende Exilfranzose, der sich für sehr charmant hält und nie die Klappe halten kann. Der wird mir all meine Kunden mit seinem Gerede vergraulen!«

Theresa und ich tauschen einen wissenden Blick. Claudia zieht einen Flyer aus der Tasche und knallt ihn auf den Tresen. »Ein Auge geworfen, pff! Wie dem auch sei. Das hier sind viel interessantere Neuigkeiten. Das Falkenhainer Tourismusbüro hat einen großen Fisch an Land gezogen. Wäre das nicht was für euch?«

Theresa zieht den Flyer zu sich heran und liest die Überschrift vor:

Auf der Suche nach den besten Lebkuchen Bayerns.
Ein Wettbewerb der Konditoren-Innung Bayern.

Ich werde hellhörig. »Die besten Lebkuchen Bayerns? Die haben wir, keine Frage. Was muss man da machen?« Meine Schwester schlägt den Flyer auf, liest schweigend weiter.

»Und?« Ich versuche, ihr von meiner Position auf dem Hocker über die Schulter zu schauen. »Was steht da?«

»Viele schöne Worte und ein großer Haken.« Sie reicht mir den Flyer weiter. »Es gibt eine Teilnahmegebühr.«

Ich klettere vom Hocker und überfliege den Text, in dem von einem landesweiten Wettbewerb die Rede ist. Das Finale soll am 4. Advent genau hier, auf dem Falkenhainer Weihnachtsmarkt, stattfinden. Dem Gewinner winken ein großzügiges Preisgeld und eine einjährige Kooperation mit einem großen Münchener Sterne-Hotel. Mein Herz klopft schneller. Bis ich auf der letzten Seite ankomme.

Um die Qualität unserer Bewerber zu sichern,
erheben wir eine Teilnahmegebühr von 500 Euro.

Ich lasse den Flyer sinken. »So viel? Was soll das denn?«

Claudia zuckt mit den Schultern. »Das Excelsior Hotel ist eine erstklassige Adresse. Die Konditoren-Innung will wahrscheinlich verhindern, dass sich irgendwelche selbst ernannten Hobbybäcker bewerben.«

»Mmh.« Ich reiche ihr den Flyer zurück. »Ganz schön hochnäsige Haltung. Aber so viel sind fünfhundert Euro auch wieder nicht …«

»Das sieht unser Konto leider anders.« Theresa wedelt mit ihrem Notizbuch. »So viel haben wir nicht mal eben übrig.«

»Ich bin ja mal sehr gespannt, wer sich da so bewirbt«, sagt Claudia. »Oh, und da fällt mir gerade ein, wisst ihr schon von …«

»Madame Seibelt. Immer eine Freude, Sie wiederzusehen, Frau Nachbarin.« Ein Mann mit dunkelbraunem Bart und karierter Pudelmütze bleibt neben unserem Stand stehen und deutet eine Verbeugung an.

»Jacques.« Claudias Stimme wird kühl. Er lässt sich davon nicht beirren, schenkt ihr ein strahlendes Lächeln. »Wo wir doch jetzt Nachbarn sind, darf ich Sie auf einen kleinen Begrüßungspunsch einladen?«

Sie wird so rot wie ihre Haare. »Ich hab leider noch viel zu tun. Bis später, Kinder.«

Wir sehen ihr zu dritt nach, wie sie in der Menge der aufbauenden Händler verschwindet. »Weiterhin frohes Schaffen, die Damen.« Jacques tippt sich an die Stirn, dann geht er in die andere Richtung davon.

Theresa und ich schauen uns an und prusten los. »Na, das kann ja noch heiter werden.«

»Ich befürchte das Schlimmste.«

Sie wendet sich wieder ihrem Notizbuch zu. Die Lichterkette in meiner Hand blinkt anklagend. Ich unterdrücke ein Seufzen und nehme die Herausforderung an.

Eine halbe Stunde später sind die Dekokisten leer. Obwohl ich am liebsten alles wieder abnehmen und noch mal von vorne beginnen würde, betrachtet Theresa mein Werk mit einem wohlwollenden Nicken.

»Na bitte, geht doch.« Sie öffnet die oberste Schublade unter der Verkaufstheke und holt einen kleinen silbernen Schlüssel heraus. »Zeit für die Beleuchtungsprobe.«

»Muss das wirklich sein?«

»Wir sollten überprüfen, ob alle Lichterketten funktionieren«, antwortet sie, ohne mich anzusehen. »Zur Sicherheit.« Sie öffnet die Tür und steigt die drei Treppenstufen am Eingang des Wagens hinunter. Ein metallisches Klicken ertönt, dann quietscht die Holztür des Sicherungskastens beim Vorderrad.

Ich atme langsam aus und blinzele ein paarmal gegen die aufsteigenden Erinnerungen. Dann folge ich ihr nach draußen. Mit dem Sonnenuntergang ist die Temperatur um mehrere Grad gefallen. Mein Atem bildet kleine Wölkchen, und ich ziehe den Reißverschluss des Wintermantels höher.

Theresa kniet vor der geöffneten Klappe, die Finger über der Sicherung für die Beleuchtung. Eine Sekunde vergeht, dann noch eine.

»Bist du bereit?«, fragt sie, genau wie Mama es immer gemacht hat.

Nein. Ich bin nicht bereit.

»Leg los.«

Meine Schwester steckt die Sicherung ein, und der Wagen leuchtet auf. Das warme Licht Hunderter kleiner Glühbirnen reflektiert in den bunten Glaskugeln und bringt die Strohsterne zum Strahlen. Genau so soll es aussehen. Ich bekomme eine Gänsehaut.

»Wow.« Meine Schwester lässt die Klappe des Sicherungskastens offen und stellt sich neben mich.

Für einen Moment betrachten wir mein Werk schweigend.

Ich riskiere einen Seitenblick, aber Theresas Gesicht verrät nichts über ihre Gefühle.

Sie bemerkt es und räuspert sich »Das wäre schon mal geschafft.« Ihre Stimme zittert für einen Moment.

Ich greife nach ihrer Hand, drücke sie.

»Denkst du, es würde ihr gefallen?«

»Ich …« Meine Kehle ist auf einmal wie zugeschnürt. Bis vor Kurzem dachte ich, ich wüsste, wie Mama denkt. Dass wir immer einer Meinung sein würden. Aber ich habe mich geirrt. Und jetzt kann ich diesen Irrtum nie wiedergutmachen.

»Ich hoffe es.«

Theresa schluckt. »Ich auch.« Dann löst sie sich von mir und zieht die Sicherung heraus.

In der plötzlichen Dunkelheit tanzen helle Lichtflecken auf meiner Netzhaut. Ich räuspere mich. »Punsch?«

»Punsch.«

Wir bahnen uns einen Weg durch die Menschenmenge, die sich bereits vor Gretas Stand versammelt hat. Alle paar Meter werden wir von einem bekannten Gesicht aufgehalten.

»Kinder, wie schön, euch zu sehen! Ich freue mich schon seit Wochen auf eure frischen Lebkuchen.«

»Sieh an, die Schwestern Lindenthal. Immer noch in ihrem schönen Holzwagen, wie ich sehe. Wie laufen die Geschäfte?«

»Mensch Kathi, hätte dich fast nicht erkannt! Bist du etwa schon wieder gewachsen?«

Es folgen herzliche Umarmungen, enthusiastisches Händeschütteln und augenzwinkernde Bemerkungen über mein Wachstum. Viele Standbetreiber kommen seit Jahrzehnten zum Falkenhainer Weihnachtsmarkt und kennen uns, seit ich laufen kann. Deshalb lasse ich diese Kommentare lächelnd über mich ergehen, auch wenn ich mit sechsundzwanzig definitiv nicht mehr wachse.

Was danach kommt, ist schwieriger zu ertragen.

»Mein herzliches Beileid.«

»Ich war wirklich geschockt, als ich es gehört habe.«

»Das muss schwer für euch sein, ohne sie aufzubauen.«

Sie meinen es alle nur gut. Trotzdem zieht jede Beileidsbekundung den Knoten in meiner Brust ein Stückchen enger.

Ich atme auf, als wir an der Theke ankommen.

»Da seid ihr ja endlich!«, ruft Greta uns entgegen. »Apfel-Zimt-Punsch, wie immer?«

Wenig später halten wir zwei dampfende Tassen in der Hand. Das Porzellan wärmt meine steifen Finger, und der Duft nach Zimt und Nelken hüllt mich ein wie eine tröstende Umarmung. Kurz darauf gesellt sich auch Claudia dazu, nachdem sie sich vergewissert hat, dass Jacques nicht in der Nähe ist. Als alle Anwesenden mit Getränken versorgt sind, stellt Greta sich zu uns und schenkt sich ebenfalls eine Tasse Punsch ein. »Seid ihr gut vorbereitet?«, fragt sie zwischen zwei Schlucken. »Für die neue Konkurrenz?«

Meine Schwester runzelt die Stirn. »Wovon sprichst du?«

Claudia stellt ihre Tasse ab. »Das wollte ich euch eben noch erzählen. Habt ihr noch nichts von den Bergmüllers gehört?«

»Bergmüller?« Theresa wirft mir einen fragenden Seitenblick zu. Ich schüttele den Kopf. »Nie gehört. Wer soll das sein?«

»Eine große Unternehmerfamilie aus München.« Claudia senkt die Stimme. »Ihr Stand ist in der letzten Reihe, direkt neben dem Teeladen vom alten Benno.«

»Da war doch immer Roswitha mit ihrer kleinen Backstube.« Ich runzele die Stirn.

»Tja, jetzt nicht mehr. Ihr wisst ja, für Roswitha war die Standgebühr immer schon schwer zu stemmen. Letztes Jahr liefen die Geschäfte schlechter, und dann wurden die Gebühren auch noch erhöht.«

»Ja, das haben wir alle mitbekommen«, murmelt Greta naserümpfend in ihre Tasse.

»Roswitha konnte sich den Platz einfach nicht mehr leisten. Und die Bergmüllers haben ihre Beziehungen spielen lassen, um ihn zu bekommen.« Claudia streicht sich gewichtig die Haare aus der Stirn. »So heißt es zumindest.«

»Aber Roswitha hat auf dem Markt immer den Großteil ihrer Einnahmen für den Winter gemacht. Sie braucht den Platz hier, vor allem, wenn sie eh schon finanzielle Probleme hat!«, protestiere ich.

Claudia seufzt. »Das musst du mir nicht sagen. Aber Familie Bergmüller glaubte offenbar, dass sie ihn dringender braucht.«

Ich stelle meine Tasse so ruckartig ab, dass heißer Punsch auf meine Finger schwappt. »Was glauben die, wer sie sind?«

»Was genau verkaufen sie?«, schaltet Theresa sich dazwischen.

»Backwaren aller Art. Zimtsterne, Nussecken, Eierplätzchen, die ganzen Klassiker. Ihre Spezialität sind allerdings … Lebkuchen.« Claudia schüttelt den Kopf. »Ich will mir gar nicht ausmalen, was eure Mutter dazu gesagt hätte.«

»Ich kann mir Claras Reaktion lebhaft vorstellen«, sagt Greta düster.

Noch während sie spricht, zücke ich mein Handy und tippe den Namen Bergmüller in die Suchzeile. Innerhalb weniger

Sekunden lande ich auf der Homepage einer Münchner Café-Kette. Minimalistisch eingerichtete Innenräume, pastellfarbene To-go-Becher, Matcha-Lattes auf der Getränkekarte.

Genau das, was Mama für unser Café Lindenthal *nicht wollte.*

»Guckt euch das an.« Ich drehe mein Handy so, dass die anderen den Bildschirm sehen können. »Dafür haben sie Roswitha den Platz weggenommen!« Wut brandet in mir auf. Es fühlt sich gut an. »Wenn sie glauben, dass sie mit diesem Hipster-Zeug in Falkenhain überzeugen können, haben sie sich geirrt.«

»Das werden am Ende die Kunden entscheiden«, sagt Theresa. Sie klingt ungerührt, aber ihre Finger umklammern die Tasse so fest, dass ihre Knöchel weiß hervortreten. »Was gibt es sonst noch über diese Familie zu wissen?«

»Nicht viel«, sagt Greta. »Sie führen eine gut laufende Bäckereikette in München und Umgebung, mehrere Restaurants und eine Werbeagentur. Einer der Söhne ist vor Kurzem nach Falkenhain gezogen. Siegfried oder Simon oder so was. Er ist es auch, der den Stand hier eröffnet.«

So beiläufig wie möglich schaue ich über meine Schulter. »Ist er hier?«

Claudia schüttelt den Kopf. »Bisher hat ihn noch niemand so richtig zu Gesicht bekommen.«

»Wahrscheinlich ist es unter seinem Niveau, mit den einfachen Standbetreibern Punsch zu trinken.«

Theresa wirft mir einen Blick zu. »Nicht alle Städter sind arrogante Arschlöcher.«

»Bisher habe ich noch keine anderen kennengelernt«, murmele ich in meine Tasse.

Greta hebt die Augenbrauen.

»Anwesende ausgenommen.«

»Mach dir keine Gedanken, Mädchen«, antwortet sie. »Wir werden ja noch sehen, was das für einer ist. Ich für meinen Teil werde meine Lebkuchen jedenfalls weiterhin in der Konditorei meines Vertrauens kaufen.« Sie hebt grinsend ihre Tasse, und ich stoße meine dagegen.

»Ich natürlich auch.« Claudia macht es uns nach. »Alle für einen, oder wie war das?«

Theresa bleibt ernst. »Hoffen wir mal, dass unsere Kunden das genauso sehen werden.«

»Ganz bestimmt«, sage ich. »Ausgeschlossen, dass irgendein Münchener Schnösel an Mamas Lebkuchenrezept herankommt.«

Meine Schwester nimmt noch einen Schluck Punsch. »Wahrscheinlich hast du recht.«

Greta räuspert sich und hebt ihre Tasse: »Auf Clara Lindenthal!«

Köpfe drehen sich in unsere Richtung, Unterhaltungen verstummen. Dann werden um uns herum weitere Tassen in die Luft gehoben, zehn, zwanzig, dreißig. Ein Chor von Stimmen antwortet: »Auf Clara Lindenthal!«.

Ich könnte schwören, dass sie in diesem Moment hier ist.

Wir werden dich nicht enttäuschen, verspreche ich ihr im Stillen. *Ich werde dich nicht enttäuschen. Nicht noch einmal.*

Kapitel 2

Ach, ich freue mich ja so, dass es heute endlich wieder losgeht!«, sprudelt Hildegard Prantl. Mit ihrem quietschpinken Wintermantel und dem selbst gestrickten grünen Wollschal zieht sie am Samstagmorgen die Blicke aller Besucher des Café Lindenthal auf sich. »Der November ist ja so ein scheußlicher Monat, so grau und kalt. Aber wenn am dreiundzwanzigsten erst mal der Weihnachtsmarkt anfängt, ist das Schlimmste überstanden, stimmt's, Bertie?«

»Mmh?« Bertram Prantl, der gerade unseren Zeitungsständer sondiert, schaut auf. Als er den Blick seiner Frau auffängt, nickt er eilig. »Ja, absolut. Du hast recht, mein Schatz.«

Ich verkneife mir ein Grinsen. »Heute Morgen wieder das Übliche, Frau Prantl?«

»Das wäre wunderbar, meine Liebe.« Hildegard lehnt sich zu mir über die Theke und flüstert: »Aber den Kuchen lassen Sie weg, ja? Wir wollen ja nachher noch auf den Weihnachtsmarkt gehen. Und der Arzt hat gesagt, Bertie soll auf seinen Zucker achten.«

Ich antworte ebenso leise: »Wird gemacht.«

Sie zwinkert mir verschwörerisch zu.

Während ich ein Vollkornbrot und zwei Croissants in eine Tüte packe, fahre ich in normaler Lautstärke fort: »Ich hoffe doch, dass wir Sie heute Nachmittag wiedersehen. Der Markt eröffnet um 16 Uhr, und wir stehen wie jedes Jahr direkt neben Claudia Grautstücks Nähstand.«

»Ganz bestimmt. Wir lieben Ihre Lebkuchen, der Bertie und ich. Nicht wahr, Schatz?«

Ihr Mann ist mittlerweile im Sportteil der Lokalzeitung versunken. »Was? Jaja, ganz genau.«

»Wollen Sie die Zeitung einfach mitnehmen? Wir haben noch genug davon, und die kauft sowieso nie jemand.«

Bertram wirft seiner Frau einen schnellen Seitenblick zu. »Wenn das so ist, gerne!«

Frau Prantl lässt ein großzügiges Trinkgeld in unser Sparschwein fallen, dann klemmt sie sich ihre Tüten unter den Arm und hakt sich bei ihrem Mann unter. »Bis später, meine Liebe.«

Als die Tür klingelnd ins Schloss fällt, taucht Theresa in der Seitentür auf, die in die erste Etage zu unserer Wohnung führt. Seit Mamas Tod leben wir dort nur noch zu zweit, was sich auch nach fast vier Monaten immer noch falsch anfühlt. Dafür brauche ich nur ungefähr zwei Minuten aus meinem Bett hinter die Ladentheke.

»Wir sind nicht wirklich in der finanziellen Position, um Zeitungen zu verschenken. Durch die Extra-Bestellungen für den Weihnachtsmarkt sind wir ziemlich ins Minus geraten.«

Obwohl Theresa das Backen ebenfalls von unserer Mutter gelernt hat, hat sie sich nach der Schule für eine kaufmännische Ausbildung entschieden und ist seitdem hauptsächlich für unsere

Finanzen verantwortlich. Womit sie mich manchmal in den Wahnsinn treibt.

»Das holen wir locker wieder rein. Außerdem sind die Prantls gute Stammkunden.« In den Wochen nach Mamas Tod war Frau Prantl jeden zweiten Tag hier und hat uns Tupperdosen mit Suppe gebracht. »Da macht eine Zeitung weniger jetzt auch keinen Unterschied.«

»Mmh.« Theresa blättert mit gerunzelter Stirn in ihrem Notizbuch. »Hoffen wir es. Der zweite Backofen macht schon wieder Probleme, und wir müssen …«

»Entschuldigung?« Eine junge Frau mit weinendem Kleinkind auf dem Arm steht vor der Theke, einen Milchfleck auf dem Pullover. »Uns ist da leider ein kleines Missgeschick mit meinem Kaffee passiert. Hätten Sie vielleicht einen Lappen?«

»Gar kein Problem.« Ich werfe ihr ein Lächeln zu. »Bin sofort bei Ihnen.«

»Wir müssen gleich aber wirklich noch mal über den Backofen reden …«

Ich schiebe mich mit einem Lappen in der Hand an Theresa vorbei. »Gib mir fünf Minuten, dann bin ich ganz Ohr.«

Ich folge der Kundin zu ihrem Tisch, beseitige den kleinen See aus Milchschaum und Kaffee und biete an, ihr ein neues Getränk zu bringen. Auf dem Rückweg nehme ich noch weitere Bestellungen auf: Zwei Cappuccini für die beiden pensionierten Lehrerinnen, die jedes Wochenende für ein ausgiebiges Frühstück hierherkommen, und Kaffee für das Pärchen mit norddeutschem Dialekt am Fensterplatz. Vermutlich die ersten Weihnachtsmarkt-Touristen. Wir sind zwar nicht Nürnberg oder München, aber der Falkenhainer

Weihnachtsmarkt ist trotzdem über die Grenzen Bayerns hinaus bekannt.

Auf dem Rückweg zur Theke lasse ich den Blick durch das Café wandern, über die Tische aus dunklem Holz, die bunt zusammengewürfelten Sitzmöbel, die hellen Wände mit Landschaftsfotos aus Falkenhain. Jedes einzelne Möbelstück hat Mama sorgfältig ausgewählt. Die Leute sollten sich zu Hause fühlen.

»Wir wollen ihr zweites Wohnzimmer sein«, hat sie immer gesagt und dafür regelmäßig die Flohmärkte der Umgebung abgeklappert. Deshalb stehen um den ersten Tisch am Fenster zwei Vintage-Ledersessel und einen Tisch weiter drei restaurierte Gartenstühle. Die große Leselampe in der Ecke hat sie bei einer Haushaltsauflösung im Nachbarort vor dem Müll gerettet, und das hohe Bücherregal an der hinteren Wand hat hier ein neues Zuhause gefunden, als die Gemeindebücherei schließen musste. Mein Lieblingsstück ist das alte Klavier. Mama hat es vor zehn Jahren zufällig auf einem Garagenverkauf entdeckt – es war Liebe auf den ersten Blick. Wir mussten extra einen Anhänger mieten, um es hierher zu transportieren. Abends, nachdem die letzten Kunden gegangen waren, saß sie oft auf dem Klavierhocker und spielte, was ihr in den Sinn kam, ohne Noten, ohne Klavierunterricht.

Seit ihrem Tod hat niemand mehr darauf gespielt.

Ich schiebe den Gedanken beiseite und zwinge mich zurück in die Gegenwart.

Zwei Cappuccini, zwei Kaffee, ein neuer Milchkaffee.

Mit nur drei besetzten Tischen ist es ein ruhiger Samstagmorgen für das Café Lindenthal. Meine Lieblingszeit. Der

Stress der Woche, die eiligen Espresso-Bestellungen werden abgelöst durch Croissants und Caffè Latte und entspannte Unterhaltungen mit bekannten Gesichtern. Während ich Milch aufschäume, summe ich die Songs aus dem Radio mit, die leise im Hintergrund laufen. Theresa ist schon wieder verschwunden, aber ihr Notizbuch liegt noch offen neben der Kasse. Ich klappe es zu und schiebe es zur Seite. Mit dem Weihnachtsmarkt werden wir unseren Rückstand wieder reinholen. So wie jedes Jahr.

Die kleine Glocke über der Tür klingelt, und Cosima Winters betritt das Café.

Ich unterdrücke ein Seufzen.

»Guten Morgen, Kathi. Kann ich noch ganz schnell einen Cappuccino bekommen? Zwei Schuss Espresso und fettarme Milch, bitte.«

»Kein Problem.«

Während ich im Kühlschrank nach einer Packung fettarmer Milch krame, tippt meine ehemalige Klassenkameradin auf ihrem iPhone herum. Obwohl Samstag ist, trägt sie ein Business-Outfit, grauer Blazer, graue Stoffhose, hohe Schuhe.

»Ich habe leider echt wenig Zeit«, sagt sie zwischen zwei Nachrichten. »Mein Chef hat heute Morgen ganz kurzfristig ein dringendes Meeting einberufen, für das Treffen mit den Briten am Montag.«

Wie rund die Hälfte der Einwohner Falkenhains hat Cosima nach ihrem Studium bei dem großen Autokonzern auf halber Strecke zwischen Falkenhain und München angefangen. Sie arbeitet in der Marketing-Abteilung und lässt keine Gelegenheit aus, das zu erwähnen.

»Bin fast fertig«, murmele ich und gieße die aufgeschäumte Milch in ihren To-go-Becher aus Bambus.

»Danke, du bist ein Schatz.« Sie streicht sich eine dunkle Haarsträhne hinters Ohr. »Unter uns gesagt, ich hätte wirklich ein bisschen Wochenende gebrauchen können. Aber so ist das leider in diesem Business.«

»Das kenne ich«, antworte ich mit einem pointierten Blick und stelle ihren Cappuccino auf den Tresen.

»Natürlich«, murmelt sie, die Aufmerksamkeit schon wieder auf ihr Handy gerichtet. »Auch, wenn man das nicht ganz vergleichen kann.«

Auf dem Klassentreffen im Frühling hat sie mehr als deutlich gemacht, was sie über meine Berufswahl denkt.

Ich schälte mich gerade in einer Toilettenkabine aus einem nur für diesen Anlass gekauften Jumpsuit, als sie mit Marisa und Annika die Toilette betrat.

»Was ist eigentlich mit Kathi passiert?«, fragte Marisa. »Die hatte doch auch fast nur Einsen im Abi. Und sechs Jahre später jobbt sie immer noch im Laden ihrer Mutter?«

»Keine Ahnung.« Cosimas Stimme klang kühl und überlegen. »Es macht halt nicht jede etwas aus sich.«

Wasser plätscherte, jemand versprühte einen Stoß Parfüm.

Dann wieder Cosima: »Aber wer weiß? Vielleicht reicht es ihr ja, in einem kleinen Provinznest Kaffee zu kochen.«

Gelächter. Ihre Schritte entfernten sich.

Ich blieb in meiner Klokabine zurück, die Hände zu Fäusten geballt.

»Ach nein? Wieso denn nicht?«, frage ich unschuldig.

»Hmm?« Cosima kramt nach ihrem Geldbeutel.

»Wieso kann man das nicht vergleichen?«, bohre ich nach.

Anstelle einer Antwort klatscht sie mir einen Zehn-Euro-Schein auf den Tresen und flötet: »Passt so.« Dann nimmt sie ihren Becher und schwebt zur Tür hinaus.

Einen Moment lang erlaube ich mir den Wunsch, dass sie auf ihren hohen Absätzen umknickt und mitsamt Cappuccino auf dem Bürgersteig landet.

Aber das Universum ist heute nicht auf meiner Seite.

Theresa betritt wieder den Raum, ihr Handy am Ohr. »Und es ist ausgeschlossen, dass du doch noch reinkommen kannst? Nein, wenn der Arzt das sagt, dann natürlich nicht. Ist okay, mach dir keine Gedanken. Gute Besserung. Tschüss.« Mit einem Seufzen beendet sie den Anruf. »Mist.«

»Was ist los?«

»Das war Luisa.« Sie presst die Lippen zusammen. »Sie ist heute Morgen mit dem Fahrrad gestürzt und hat sich den Knöchel geprellt.«

Ich verziehe das Gesicht. »Das klingt ziemlich unangenehm.«

»Allerdings.« Theresa nickt düster. »Damit fällt sie nämlich für mindestens zwei Wochen aus.«

»Scheiße.«

»Kann man so sagen. Ich werde mich jetzt mal ans Telefon hängen und fragen, ob eine der anderen Aushilfen spontan einspringen kann. Sonst muss sich eine von uns heute Nachmittag allein um den Weihnachtsmarkt kümmern, während die andere im Café bleibt.« Sie beginnt, durch ihre Kontaktliste zu scrollen.

»Wäre Gertrud noch mit dabei, dann wäre das gar kein Problem«, murmele ich.

Theresa wirft mir einen Seitenblick zu. »Du weißt genau, dass wir uns das nicht mehr leisten können. Und es war ihre Entscheidung, ihre Stunden zu reduzieren, nachdem Mama …«

»Jaja, ich weiß.«

Gertrud ist ein paar Jahre älter als Mama und hat über zwanzig Jahre als Bäckerin im Café gearbeitet. Während Mama und später wir uns um Kuchen, Torten und Lebkuchen gekümmert haben, war sie für unser Sauerteigbrot und die Brötchen zuständig. Aber diesen Sommer wurde sie sechzig und ihr zweites Enkelkind geboren. Dann ist Mama gestorben. Kurz nach der Beerdigung hat sie uns schließlich mitgeteilt, dass sie mehr Zeit mit ihrer Familie verbringen möchte. Jetzt kommt sie nur noch montags, mittwochs und freitags für ein paar Stunden, um den Teig vorzubereiten. Damit müssen wir zwar eine Vollzeitkraft weniger bezahlen, sind aber auf Aushilfen angewiesen.

»Maik geht schon mal nicht ran.« Theresa legt auf, scrollt weiter nach unten.

»Wir finden schon noch jemanden«, sage ich. »Ganz sicher.«

Wir finden niemanden. Nachdem Theresa unsere gesamte Telefonliste abtelefoniert hat, bleibt mir nichts anderes übrig, als mich mit Kisten voller Backwaren im Kofferraum allein auf den Weg zu machen.

In der ganzen Stadt spürt man, dass heute ein besonderer Tag ist: Die Straßen sind voller Autos mit Besuchern von außerhalb, die ersten Menschengruppen machen sich auf den Weg zur Eröffnungsfeier und ein großes Banner über der Hauptstraße verkündet den Beginn des 55. Falkenhainer Weihnachtsmarktes.

Der Marktplatz selbst gleicht einem Bienenstock, als ich dort ankomme. In den engen, mit Mulch ausgelegten Gassen eilen Händler hin und her, um die letzten Vorbereitungen zu treffen. Über den Dächern der Marktstände ragt die festlich beleuchtete Tanne in den Himmel, die fast so hoch ist wie der Rathausturm. In ihrem Schatten liegt eine Holzbühne, auf der sich die Mitglieder der Stadtkapelle versammeln. Und mittendrin halten Fotografen der umliegenden Lokalzeitungen das Geschehen mit der Kamera fest.

Leider habe ich keine Zeit, die liebevoll dekorierten Stände, die sorgfältig drapierten Tannengirlanden oder die Netze aus Lichterketten über den Gassen zu bewundern. So schnell wie möglich schlängele ich mich mit meinen Kisten durch das Gedränge zu unserem Verkaufswagen. Dort verteile ich zuerst Zimtschnecken, Spritzgebäck, Nussecken, Amarettini und Vanillekipferl auf Glasplatten in der Auslage. Dann heize ich den Ofen vor und öffne die große Schüssel mit Lebkuchenteig, die ich kurz vor meiner Abfahrt vorbereitet habe. Ein Blick auf die Uhr zeigt, dass ich noch eine halbe Stunde bis zur Eröffnung habe.

Das wird knapp.

Als die Stadtkapelle »Stille Nacht« anstimmt, bin ich verschwitzt und außer Atem, aber vorbereitet. Die Auslage ist gefüllt, die Preisschilder verteilt, und die erste Portion Lebkuchen backt im Ofen. Sie verbreitet einen himmlischen Duft nach Zimt und Vanille. Genau hier werde ich den Großteil der nächsten Wochen verbringen. Ohne Gertruds Hilfe im Verkauf müssen wir während des Marktes auf unseren freien Montag verzichten und die fünf Wochen durcharbeiten, aber selbst das kann meine Vorfreude in diesem Moment nicht trüben.

Ich schicke Theresa ein Foto unserer gut bestückten Auslage: Bin startklar.

Es dauert keine fünf Sekunden, bis sie antwortet.

Super! Ich komm rüber, sobald ich kann.

Ich streiche mir die Haare zurück und stütze mich mit den Ellenbogen auf den Verkaufstresen.

Kein Stress, hab alles im Griff.

Eine Stunde später ist meine Selbstsicherheit verflogen. Nachdem der Bürgermeister von Falkenhain das letzte Wort der Begrüßungsrede gesprochen hat, fallen Hunderte Besucher wie eine ausgehungerte Horde über den Weihnachtsmarkt her. Das Ehepaar Prantl steht ganz vorn in der Schlange, in die sich Familien aus der Nachbarschaft, Mitglieder des Kegelclubs, die Musiker des Stadtorchesters und Touristen einreihen. Ganz allein bleibt mir kaum Zeit, zwischen den einzelnen Bestellungen durchzuatmen. Ich habe schon eine Tüte Mehl fallen lassen und mich an einem heißen Blech verbrannt, als Theresa die Tür des Wagens öffnet.

»Himmel!« Sie betrachtet mein rotes Gesicht, den Mehlstaub in meinen Haaren und den piependen Ofen, in dem gerade Lebkuchen anbrennen. »Was ist denn hier los?«

Ich gebe einen hilflosen Laut von mir, irgendwo zwischen einem Lachen und einem Schluchzen.

Sie nimmt ihre Schürze vom Haken hinter der Tür. »Du kümmerst dich um die Kunden, ich übernehme die Lebkuchen.«

Zu zweit finden wir schnell in einen Rhythmus. Dabei sind nicht viele Worte nötig. Meistens reicht ein kurzer Blick, eine schnelle Handbewegung, und wir verstehen uns.

Bis eine Kundin nach Pfefferminztalern fragt.

Ich fische gerade Wechselgeld aus der Kasse und denke nicht darüber nach, bevor ich mich umdrehe: »Mama, haben wir noch Pfefferminztaler?«

Theresa, die gerade frischen Teig vorbereitet, friert mitten in der Bewegung ein.

Blut schießt mir in die Wangen. Eilig wende ich mich wieder der Kundin zu. »Tut mir leid, keine mehr da.« Sie bestellt stattdessen drei Nussecken. Während ich sie einpacke, brennt Theresas Blick in meinem Rücken.

Ich drehe mich nicht noch mal um.

»Hey!« Der erste Kundenansturm ist gerade abgeflaut, da tritt eine Frau mit elegantem schwarzem Wintermantel an den Verkaufstresen. Als sie ihre Mütze zurechtrückt, kräuseln sich rote Locken um ihre Stirn. »Wie laufen die Geschäfte?«

»Melanie! Hast du heute schon früher frei?«

»Sagen wir so: Ich habe mir freigenommen.« Sie zwinkert mir zu. »Und den Kollegen in Shanghai erzählt, dass wir heute ein wichtiges kulturelles Fest feiern.«

»Sehr clever.« Ich verkneife mir ein Lachen. »Was hättest du gerne?«

»Überrasch mich. Was kannst du einer guten Freundin empfehlen?«

»Mmh, lass mich überlegen …«

Melanie Seifert ist Statistikerin in einer großen IT-Firma und vor zwei Jahren aus München nach Falkenhain gezogen. Sie hatte, in eigenen Worten, »die Schnauze voll von der Großstadt«. Außerdem gab es da einen Mann, den sie möglichst schnell hinter sich lassen wollte. Weil sie sowieso von zu Hause arbeitet, hat sie einfach über eine Immobilien-Webseite die nächste freie Wohnung gemietet und ist in einer beschaulichen Seitengasse in Falkenhain gelandet. An ihrem ersten Morgen im Ort stolperte sie mit roten Augen in unser Café, und ich habe ihr einen Kaffee spendiert. Der Beginn einer wunderbaren Freundschaft.

»Wie ich dich kenne, würde ich mit den Marzipankugeln anfangen. Da ist genug Zucker drin, um eine ganze Kindergartengruppe in einen Schock zu versetzen.«

»Genau meine Kragenweite.« Sie kramt nach ihrem Portemonnaie. »Fünf Stück bitte.«

Während ich ihre Bestellung einpacke, stützt sie sich mit dem Ellenbogen auf den Tresen. »Es bleibt heute Abend bei neun Uhr? Ich hole dich ab?«

Ich halte inne, die Hand über den Marzipankugeln. »Was?«

»Sag bloß, du hast es vergessen? Heute Abend ist das Christmas Special im Aquarium. Du hast versprochen, mit mir hinzugehen.«

»Habe ich das?«

Noch während ich die Frage stelle, holt mich die Erinnerung wieder ein. Bei unserem traditionellen Dienstags-Date im Weinkeller hat Melanie vor ein paar Wochen von einer Weihnachtsparty in ihrem Münchner Lieblingsclub erzählt. Und nach drei Gläsern Weißwein erschien mir das eine gute Idee.

Ihr Blick macht deutlich, dass sie sich ebenfalls erinnert.

»Muss das wirklich sein? Wir haben hier noch so viel zu tun, dass ich vor neun Uhr bestimmt nicht fertig werde.«

»Wir können auch später los, kein Problem.«

»Mmh.« Ich schürze die Lippen. »Ich weiß nicht …«

»Na, komm schon«, sagt Melanie. »Du bist sechsundzwanzig,

nicht zweiundsechzig. Wo ist das verrückte Partygirl, das bis drei Uhr nachts auf einem Biertisch tanzt?«

»Das war auf dem Falkenhainer Oktoberfest«, murmele ich. »Da hatte ich nur zehn Minuten Fußweg bis nach Hause. Gefolgt vom Kater meines Lebens.«

Und es war vor Mamas Tod.

Melanie nickt, als wüsste sie genau, was ich gerade denke. »Wenn du nicht willst, verstehe ich das. Aber vielleicht würde es dir guttun …«

»Was würde ihr guttun?« Theresa schiebt mich zur Seite, um die Kasse zu öffnen. »Versuchst du mal wieder, meine kleine Schwester zu entführen, Melanie?«

»Wo denkst du hin? Ich will nur, dass sie mal wieder ein bisschen rauskommt. Ich bringe sie dir auch unbeschadet zurück, versprochen.«

»Das ist vielleicht keine schlechte Idee.«

»Hallo? Ich stehe direkt neben euch!«

Meine Schwester tut so, als hätte sie mich nicht gehört. »Woran denkst du?«

»Heute Abend findet im Aquarium das Christmas Special statt. Das ist jedes Jahr die Party des Winters. Kathi hat versprochen, mit mir hinzugehen.« Melanie seufzt theatralisch. »Aber jetzt sagt sie, sie hätte leider viel zu viel zu tun.«

»Unsinn«, widerspricht Theresa. »Ab halb neun schaffe ich das hier auch allein.«

»Aber was ist mit Francesca?«, wage ich einen letzten Versuch. Mit ihrer Freundin ist meine Schwester eigentlich immer abzulenken. »Wolltet ihr bei eurer Date-Night nicht dieses neue Restaurant in Mühlberg ausprobieren?«

»Ist auf Montagabend verschoben.«

»Aber …«

»Nichts aber. Du hast seit Wochen jede freie Minute hinter dem Tresen verbracht.« Meine Schwester wirft mir einen Blick zu. »Etwas Ablenkung wird dir guttun.« Offenbar hat sie meinen Versprecher von vorhin noch nicht vergessen.

»Ganz meine Rede«, sagt Melanie.

Die beiden nicken einander zu. Offenbar ist die Sache damit beschlossen.

»Na schön. Dann also um neun bei mir?«

Kapitel 3

Melanie hat nicht übertrieben: Offenbar ist halb München zum Christmas Special ins Aquarium gekommen. Als wir um kurz vor elf Uhr aus dem Taxi steigen, das uns vom Bahnhof hergefahren hat, ist die Schlange vor dem Eingang lang. Sehr lang. Aber Melanie geht zielstrebig auf den Türsteher zu und flüstert ihm etwas ins Ohr. Er lässt uns kommentarlos passieren.

»Ein Freund von dir?«

Sie zwinkert mir zu. »So was in der Art.«

Nachdem uns die breitschultrige Frau an der Garderobe einen Stempel in Form eines Tannenbaums auf den Handrücken gedrückt hat, arbeiten wir uns langsam durch die Menschenmenge zur Bar vor. Sie ist, wie fast alles in diesem Club, mit blauen Neonleisten beleuchtet. Heute hängen außerdem knallbunte Weihnachtskugeln in Grün, Gelb und Blau über dem Tresen. Auf dem Weg bekomme ich mehrere Ellenbogen in die Seite und entgehe nur knapp einer Bierdusche.

»Wir kommen genau zur richtigen Zeit«, ruft Melanie über den hämmernden Bass hinweg, als wir an der Bar angekommen sind. In ihrem eng sitzenden schwarzen Top und der roten

Lederjacke passt sie perfekt zu den anderen Clubbesuchern. »Jetzt geht die Party erst so richtig los.«

»Schätze schon.« Ich zupfe an der cremefarbenen Seidenbluse, die ich zu meinen verwaschenen Lieblingsjeans trage. Auf dem Falkenhainer Oktoberfest habe ich mich in diesem Outfit wohlgefühlt. Hier fühle ich mich wie ein unbeholfenes Landei.

»Was willst du trinken?«

Mein Blick wandert über die Getränkeliste, die offensichtlich speziell für diese Party zusammengestellt wurde. Die meisten Cocktails tragen thematisch passende Namen wie Jingle Juice, White Christmas und Mistelzweig-Martini. Jeder kostet fünfmal so viel wie eine Tasse Punsch bei Greta.

»Bier?«

Melanie hebt den Daumen. »Kommt sofort.«

Während sie mein Bier und einen Sex with Santa Claus bestellt, lasse ich den Blick durch den Club wandern.

Die Seitenwände und die Decke sind tiefblau gestrichen, und das namensgebende Aquarium nimmt fast die ganze hintere Wand ein. Der Rest des Clubs sieht heute allerdings so aus, als wäre ein Lkw voller Weihnachtsdeko auf der Tanzfläche umgekippt. Jede freie Oberfläche ist mit Mini-Plastiktannen, Rentierfiguren mit blinkenden Nasen und grellbunten Kugeln dekoriert. Kiloweise silbernes Lametta hängt von der Decke oder wird unter den Füßen der Clubbesucher auf der Tanzfläche verteilt. Der Barkeeper, der uns unsere Getränke reicht, trägt einen Haarreif mit Rentier-Hörnern.

»Ho, ho, ho«, sagt er, ohne eine Miene zu verziehen.

Sobald er sich umgedreht hat, prusten Melanie und ich los.

»Also dann«, verkündet sie kichernd. »Auf eine besinnliche Weihnachtszeit.«

Ich stoße meine Bierflasche sanft gegen ihr Cocktailglas. »Ho, ho, ho.«

Während ich den ersten Schluck nehme, beobachtet sie die Clubbesucher.

»Schon bekannte Gesichter gesehen?«, frage ich.

»Zum Glück nicht. Ich hatte befürchtet, Blake hier zu begegnen. Aber bisher sind alle hier wunderbar fremd.« Sie grinst abenteuerlustig.

»Blake? Der Investmentbanker?«

»Der Möchtegern Start-up-Gründer«, korrigiert sie und saugt an ihrem Strohhalm. Das Getränk ist dunkelrot und mit einem Mistelzweig dekoriert. »Der sich schon beim zweiten Date als langweiliger Wichtigtuer herausgestellt hat.«

»Wieso gab es dann überhaupt ein drittes Date?«

Sie wirft mir über den Rand ihres Glases einen Blick zu. »Verdammt guter Sex.«

»Ah. Verstehe.« Das ist gelogen. Ich hatte schon seit über einem Jahr keinen Sex mehr.

Als könnte sie Gedanken lesen, meint Melanie: »Blake ist Geschichte. Und wir schwimmen heute Nacht in einem Meer von Möglichkeiten, wenn du mir die platte Metapher verzeihst. Vielleicht solltest du auch mal wieder deine Angel auswerfen.«

Ich verschlucke mich an meinem Bier. Melanie klopft mir fürsorglich auf die Schulter. »Kein Grund, gleich die Fassung zu verlieren.«

»Das ist nicht nötig«, keuche ich, als ich wieder zu Atem gekommen bin.

Sie hebt die Augenbrauen. »Wirklich?«

»Wir haben gerade so viel zu tun mit dem Café und dem Weihnachtsmarkt. Da habe ich echt keine Zeit für so was.«

»Dann hast du es gerade nötig.«

»Meiner Erfahrung nach können die Typen, die in Münchener Clubs feiern, nicht sonderlich viel mit mir anfangen.«

»Wieso das?« Melanie runzelt die Stirn. »Was ist eigentlich aus Thomas geworden? Dem Kerl aus dem Black Swan?«

»Erinnere mich nicht daran.«

Wir sind uns letztes Jahr im Oktober begegnet. Es war der Hochzeitstag einer alten Schulfreundin und zufälligerweise auch der Tag, an dem Linus und ich zehn Jahre zusammen gewesen wären.

Nachdem keine von uns den Strauß gefangen hatte, rief Melanie uns ein Taxi zum Black Swan, einem Electro-Club, den ich bei klarem Verstand vermutlich nie betreten hätte. Dort trank ich drei Gin Tonic und flirtete mit allem, was zwei Beine hatte. Thomas ließ sich darauf ein. Vielleicht hat er meine Verzweiflung gewittert. Er spendierte mir den vierten Gin Tonic, und als wir den Club verließen, um in seine minimalistische Dachgeschosswohnung zu schwanken, konnte ich mein Glück kaum fassen. Ich war immer noch begehrenswert. Ich würde doch nicht allein sterben müssen. Diese Euphorie hielt auch an, als er mich am nächsten Morgen, verkatert und im zerknitterten Kleid vom Vorabend, fragte, ob wir uns wiedersehen würden. Der Knackpunkt war das dritte Date, für das ich ihn nach Falkenhain einlud. »Du kannst es bestimmt kaum erwarten, hier endlich rauszukommen«, sagte er, als ich ihm unser Café zeigte. »Es muss doch wahnsinnig langweilig sein, jeden

Tag Plunderteilchen für dieselben drei Omis zu backen. Ich würde das keine Woche aushalten.« Dann belächelte er in meinem alten Kinderzimmer meine Sammlung an Backbüchern und stieß schließlich im entscheidenden Moment mit dem Kopf gegen die Dachschräge.

»Stellte sich heraus, dass ich zu provinziell für ihn war. Seine Worte, nicht meine.«

»Sein Verlust.« Melanie zuckt mit den Schultern. »Neue Chance, neues Glück.«

»Zu dem Schluss sind bisher *alle* Männer gekommen, die sich länger als zehn Minuten mit mir unterhalten haben.«

»Wie viele waren das denn?« Sie wirft mir einen Blick zu. »Zwei? Maximal drei? Ich muss dich ja jedes Mal quasi dazu zwingen, mit mir auszugehen.«

»Mm. Vielleicht.«

»Na, bitte. Aus so einer kleinen Stichprobe lassen sich keine validen Schlussfolgerungen ableiten.«

»Gesprochen wie eine echte Statistikerin.« Ich stütze mich mit den Unterarmen auf den Tresen. »Du glaubst das wirklich, oder? Dass da draußen irgendwo jemand ist, der perfekt zu dir passt? Der der Richtige ist?«

Sie saugt geräuschvoll an ihrem Strohhalm. Die Zuckerstange wackelt hin und her. »Ich glaube nicht an den Einen. Nicht auf diese Disney-Prinzessinnen-Art. Aber ich glaube, dass es da draußen viele Menschen gibt, die ich gerne kennenlernen würde. Als Freunde, als Partner. Als Lover.« Sie grinst mir zu. »Und genau das werde ich tun.« Damit stellt sie ihr leeres Cocktailglas zur Seite und greift nach meiner Hand. »Stürzen wir uns in die Fluten!«

Ich will protestieren, aber in diesem Moment johlt die Menge lautstark zu einem Song, und meine Worte gehen unter. Also lasse ich mich von Melanie auf die Tanzfläche ziehen. Als sie mich loslässt, stehe ich einfach da, wie eingefroren. Es ist so lange her, dass ich getanzt habe, dass meine Beine offenbar vergessen haben, was sie tun müssen. Und es fühlt sich falsch an. Als sollte ich nicht hier sein, wenn sie nicht mehr zu Hause auf dem Sofa schläft. Nicht mehr wartet, bis ich zurück bin.

Dann fasst Melanie meine Hände und dreht mich in eine Pirouette. Ich verliere das Gleichgewicht, stolpere in sie hinein. Sie lacht. Ich falle mit ein. Und plötzlich ist es leichter. Der Beat fließt durch mich hindurch, und ich lasse mich mitreißen, versinke in der wogenden Menschenmenge, den zuckenden Lichtern.

Ein Song, dann noch einer und noch einer. Melanie reicht mir ein Schnapsglas mit einer goldenen Flüssigkeit, prostet mir zu. Ich schmecke Zimt und Wodka. Bestelle die nächste Runde.

Irgendwann ist Melanie verschwunden.

Mir gegenüber tanzt ein Mann, blaues Hemd, Gelfrisur, Manager-Armbanduhr. Er grinst mich an. Für einen furchtbaren Moment denke ich, es ist Thomas. Dabei ist der Typ mindestens einen Kopf größer und hat ein Muttermal am Kinn. Aber das Lächeln ist dasselbe: charmant, selbstbewusst, erfolgsverwöhnt.

Ich versuche, ihn mir in unserem Café vorzustellen. Es gelingt mir nicht.

Du kannst es bestimmt kaum erwarten, hier endlich rauszukommen.

Ich stolpere zurück, drehe mich um, aber da sind nur fremde Gesichter. Männer und Frauen, die sich bewegen, als wären sie auf der Tanzfläche dieses Clubs geboren und wüssten genau, dass sie hier hingehören. Über uns an der blau gestrichenen Decke setzt eine Nebelmaschine ein. Rauch kratzt mir im Hals und lässt meine Augen tränen. Hustend bahne ich mir einen Weg zur Seitenwand des Clubs. Atme auf, als ich mich an die kühlen Fliesen lehne.

Der DJ lässt den Song in einen anderen überblenden, und der Beat wird langsamer. Intimer. Überall um mich herum finden sich Paare, als hätten sie nur auf diese Gelegenheit gewartet. Eines der Pärchen dreht sich langsam im Kreis, seine Hand um ihre Hüfte geschlungen. Ich erkenne Melanies rote Lederjacke. Sie sieht mich nicht, den Blick ganz auf ihren Tanzpartner gerichtet. Er flüstert ihr etwas ins Ohr, sie lächelt und zieht ihn näher an sich heran.

Mit einem Schlag holt mich die Erschöpfung des Tages wieder ein. Die Musik ist zu laut, die Leute zu nah, die Luft zu stickig.

Ich brauche ein Wasser.

Mit wackeligen Knien mache ich mich auf den Weg zur Bar.

Ich will nicht an ihn denken, aber mein Gehirn macht wie immer sein eigenes Ding. Flüstert seinen Namen in mein Ohr.

Linus.

Er hat sich diesen Sommer verlobt. Auf den Malediven, meinte Melanie. Ich folge ihm schon lange nicht mehr auf Instagram, aber sie tut es, um ihn für mich im Auge zu behalten, wie sie sagt. Sie wollte es mir erzählen, bevor ich es von anderen höre.

Er hat seine zukünftige Ehefrau im Studium in München kennengelernt.

Eine Clubbesucherin macht einen Schritt zurück, stößt mit mir zusammen. Meine Schulter prallt hart gegen die Wand, und ich verliere beinahe das Gleichgewicht. Sie ist so in den Kuss mit ihrer Tanzpartnerin versunken, dass sie sich nicht mal umdreht.

Manchmal frage ich mich, was passiert wäre, wenn ich mit Linus nach München gezogen wäre. »Du kommst mit mir nach Neuseeland, aber von Falkenhain nach München ist dir zu weit?« Das hat er mir oft vorgeworfen. Dabei konnte man das überhaupt nicht vergleichen. Neuseeland war zeitlich begrenzt, ein halbes Jahr nach dem Abi. Einmal rauskommen, etwas von der Welt sehen und zu viel Geld für Alkohol und Surfstunden ausgeben. Ich wusste immer, dass wir danach zurückkommen würden. Dass mein Platz in unserem Café ist. Linus hat das nicht verstanden, genauso wenig wie Thomas oder Cosima.

Ich würde es hier keine Woche aushalten.

Vielleicht reicht es ihr ja, in einem kleinen Provinznest Kaffee zu kochen.

Die Erinnerungen bringen mein Blut zum Brodeln.

An der Bar angekommen, versuche ich, einen der Barkeeper auf mich aufmerksam zu machen. Jedes Mal, wenn ich die Hand hebe, drehen sie sich in die andere Richtung.

»Jetzt heißt dieser Laden schon Aquarium und man kann hier nicht mal ein verdammtes Wasser bestellen«, murmele ich mit zusammengebissenen Zähnen.

»Das ist wirklich eine Schande.«

Ich fahre herum und schaue in braune Augen. Sie gehören zu einem Mann, der neben mir auf einem Barhocker sitzt. Er hält ein Glas mit goldener Flüssigkeit in der Hand und prostet mir zu. »Ich kann den Whiskey sehr empfehlen.«

»Gesprochen wie ein echter Seemann«, antworte ich. »Aber ich bin eine bekennende Landratte. Die gleich verdurstet.«

Sein Lächeln wird breiter. Es zeichnet ein kleines Grübchen in seine linke Wange. »Das kann ich nicht zulassen.« Er hebt die Hand, und wie durch ein Wunder schaut in diesem Moment einer der Barkeeper zu ihm herüber.

Eine Minute später halte ich eine Flasche Wasser in der Hand.

»Genau dasselbe habe ich auch versucht«, murmele ich zwischen zwei großen Schlucken. »Aber ich bin gerade zu dankbar, um genervt zu sein.«

»Unter Landratten hilft man sich.« Er nimmt ebenfalls einen Schluck aus seinem Glas, und ich nutze diesen Moment, um ihn im schummrigen Licht des Clubs zu beobachten. Dunkelblonde Haare, die ihm immer wieder in die Stirn fallen. Ein weicher Bartschatten. Eine schwarze Brille über hohen Wangenknochen.

Seine Lippen lösen sich vom Whiskeyglas, und mein Blick bleibt für den Bruchteil einer Sekunde an ihnen hängen. Er grinst, als hätte er es bemerkt.

Meine Wangen werden heiß.

Zeit für einen schnellen Abgang.

In diesem Moment erklingt die Stimme des DJs über die Lautsprecher. »Party People, gleich ist Mitternacht. Und Ihr wisst, was das heißt! Es ist der 24. November und damit noch genau ein Monat bis Weihnachten!«

Er spielt die ersten Takte des nächsten Songs an, und meine Augenbrauen wandern irritiert nach oben. »Ist das etwa … ›Last Christmas‹? Als Electro-Remix?«

Mein Gegenüber legt den Kopf schief. »Hört sich beinahe so an.«

»Das ist ein musikalisches Kapitalverbrechen!«, stoße ich hervor. »Wie kann man einen solchen Klassiker nur so entstellen?«

Seine Mundwinkel zucken amüsiert.

Ich würde mir am liebsten auf die Zunge beißen. *Sehr erwachsen, Kathi.*

Aber zu meiner Überraschung macht er sich nicht über mich lustig. »Ganz meine Meinung. Diese Art von Weihnachtsmusik sollte nur in ihrer Originalform genossen werden.«

Ich suche in seinem Gesicht nach Anzeichen von Spott oder Arroganz und finde nichts. Nur dieses Lächeln, dieses kleine Grübchen in seiner Wange. Es bringt meinen Magen zum Kribbeln. Vielleicht ist das aber auch nur die Kohlensäure.

»Offenbar stehen wir mit dieser Einstellung hier aber ziemlich allein da«, sage ich und deute mit dem Kinn auf die brodelnde Tanzfläche.

»Sieht ganz so aus«, murmelt er und folgt meinem Blick. »Aber das bin ich gewöhnt.« Als er sich wieder zu mir dreht, ist das Lächeln zurück. »Okay, wichtige Frage: Was ist der beste kitschige Weihnachtssong?«

Darüber brauche ich nicht lange nachzudenken. »All I Want For Christmas Is You.«

»Ein Klassiker.« Er tippt sich mit der Hand ans Kinn. »Michael Bublé, Olivia Olson oder Fifth Harmony?«

»Pff, natürlich das Original: Mariah Carey, 1994.« Ich mustere ihn. »Du wirkst nicht unbedingt wie ein Mann, der die Fifth

Harmony-Version eines Weihnachtsklassikers aus den Neunzigern kennt.«

»Ach nein?« Er lehnt sich zu mir herüber. »Wie würde so jemand denn aussehen?« Sein Atem streift meine Wange, und ich bekomme eine Gänsehaut.

»Na ja ... Roter Mantel, weißer Rauschebart, reist nur mit Rentierantrieb?«

Er lacht. »Sagen wir so: Ich habe beruflich mit diesem Thema zu tun.«

»Tatsächlich?« Ich streiche mir eine lose Haarsträhne hinters Ohr. »Ich auch.«

»So ein Zufall.« Er nimmt noch einen Schluck Whiskey. Als er das Glas abstellt, lässt er die Hand auf der Bar liegen, seine Finger nur wenige Zentimeter von meinem Unterarm entfernt. »Lass mich raten, du bist Harfenspielerin im Bayerischen Staatsorchester.«

»Schön wär's. Leider habe ich schon nach zwei Monaten Blockflöte die Musikschule geschmissen.«

»Verstehe.« Ich spüre seinen Blick auf mir wie einen Scheinwerfer, warm und durchdringlich. »Dann eine Postbeamtin auf dem Wunschzettel-Postamt? Geschenkeberaterin? Weihnachtsengel?«

»Leider daneben.« Ich unterdrücke ein Lachen. Und bevor ich noch mal darüber nachdenken kann, höre ich mich selbst sagen: »Ich arbeite auf dem Weihnachtsmarkt in Falkenhain, einem kleinen Ort hier in der Nähe.«

Sofort wappne ich mich innerlich für die typische Reaktion. Die als Überraschung getarnte Enttäuschung, das schwindende Interesse.

Aber er nickt langsam. »Davon habe ich schon gehört. Der soll sehr schön sein.«

»Ähm ja«, stottere ich völlig überrumpelt. »Das ist er. Also, der Weihnachtsmarkt.«

Er greift nach seinem Glas und berührt dabei wie zufällig meinen Unterarm. Die Berührung dauert keine Sekunde, trotzdem tanzen Funken auf meiner Haut.

»Was müsste ich denn unbedingt gesehen haben?«

Mir wird plötzlich bewusst, wie nah wir uns sind. Noch ein Schritt, dann würden sich unsere Schultern berühren.

Es wäre so leicht, diesen Schritt zu machen.

Aber das war es bei Thomas auch. Und für diese Art von Fehler habe ich gerade keine Zeit.

Ich trete zurück. »Lass mich nachdenken … Für das authentische Erlebnis solltest du ganz vorne anfangen, beim Stand von Elisabetha Tepperwein. Ein absolutes Highlight für jeden Fan selbst geschnitzter Holzdekorationen.«

Falls ihn der Themenwechsel überrascht, lässt er es sich nicht anmerken. »Ah, ertappt. Sieht man mir das sofort an?«

»Na ja, du hast schon diesen gewissen Vibe.«

»Ich bin mir nicht sicher, ob das gerade eine Beleidigung war.«

»Ganz und gar nicht. Ich selbst bin einer schönen Schnitzfigur nie abgeneigt.«

»Komischerweise beruhigt mich das überhaupt nicht.«

Ich muss gegen meinen Willen lachen. Für einen Moment sieht er überrascht aus, als hätte er diese Reaktion nicht erwartet. Dann fällt er mit ein, und sein Lachen klingt wie flüssiger Honig.

Flüssiger Honig? Hilfe, was war in diesem Schnaps?!

Es ist höchste Zeit, den Rückzug anzutreten, bevor ich noch völlig die Kontrolle über die Situation verliere. Bevor ich die nächste Abfuhr kassiere. Aber meine Füße bewegen sich nicht, sind wie festgewachsen.

»Wo müsste ich denn suchen, wenn ich dich finden möchte?«, fragt er leise.

Ich umklammere meine leere Flasche mit schweißnassen Händen.

Das wirst du bereuen, schreit mein Kopf.

Mir egal, sagt der Rest meines Körpers.

Mein Kopf verliert das Duell.

»Ähm. Na ja. Also meistens am Lebkuchenstand des Café Lindenthal.«

Mein Gegenüber schweigt.

Verunsichert fahre ich fort: »Das ist das kleine Café im Ort, weißt du? Ich und meine Schwester …«

»Du arbeitest im Dorfcafé?« Seine Stimme ist ausdruckslos.

Ich wusste es, kräht mein Kopf schadenfroh.

»Ähm, ja. Als Konditorin, um genau zu sein. Und zufälligerweise bin ich auch eine der Besitzerinnen des Cafés.«

»Verstehe«, sagt er knapp. Dann leert er sein Glas in einem Zug. »Es war schön, dich kennenzulernen.«

Im Stehen ist er mindestens einen Kopf größer als ich, deshalb muss ich das Kinn heben, um ihm in die Augen zu sehen. »Hab … hab ich was Falsches gesagt?«

»Nein, das …«, er bricht ab, schüttelt leicht den Kopf. »Das ist es nicht. Aber ich muss morgen früh raus, also sollte ich mich jetzt auf den Weg machen. Ciao.«

Für einen Moment bilde ich mir ein, so etwas wie Bedauern in seinem Blick zu erkennen. Dann stößt er sich mit den Händen von der Bar ab und verschwindet in der Menschenmenge.

Mir bleibt nichts anderes übrig, als auf den leeren Fleck zu starren, an dem er gerade noch gestanden hat.

Der DJ spielt den nächsten Song an. Eine Gruppe Frauen in farblich abgestimmten Outfits schieben mich zur Seite, um Mistelzweig Martinis zu bestellen. Ich lasse es geschehen.

Irgendwann taucht Melanie an meiner Seite auf, die roten Haare vom Tanzen zerzaust. »Hey! Wie ist die Lage?« Ihre Wangen leuchten, und sie riecht nach fremdem Eau de Toilette, Minze und Moschus. »Bereit für die nächste Runde?«

»Ich …« Ich wurde gerade knallhart abserviert. Schon wieder. Weil ich offensichtlich zu langweilig für diese Welt bin. Das Kribbeln in meinem Bauch verwandelt sich in Übelkeit. »Ich will nach Hause. Jetzt.«

Kapitel 4

Der Sonntagmorgen kommt viel zu früh. Die winterliche Sonne strahlt von einem wolkenlosen Himmel und spiegelt sich in den Fenstern des Rathauses. Theresa hat die Frühstücksschicht im Café übernommen und mir damit eine weitere Stunde Schlaf ermöglicht, aber sonntags öffnet der Markt immer schon um zwölf, und als ich unseren Stand eröffne, bereue ich immer noch jeden einzelnen Schnaps, den ich gestern getrunken habe.

Zum Glück ist um diese Uhrzeit kaum etwas los. Das gibt mir die Gelegenheit, in Ruhe die Auslage aufzufüllen, neuen Lebkuchenteig anzusetzen und mir selbst einen starken Kaffee zu kochen.

Das gibt mir aber leider auch Zeit zum Nachdenken.

»Vergiss ihn einfach«, hat Melanie mir heute Nacht am Bahnhof geraten, als wir zitternd auf den ersten Regionalzug nach Falkenhain warteten. »Er klingt wie ein Arschloch.«

Aber das ist leichter gesagt als getan.

Mein Blick wandert durch das Innere des Verkaufswagens, über die sorgfältig polierten Arbeitsflächen aus hellem Holz, die handbeschrifteten Dosen mit Gewürzen, die altmodische Registrierkasse.

Du arbeitest im Dorfcafé?

Seine Stimme hat sich in mein Gedächtnis gegraben. Sobald ich die Augen schließe, sehe ich ihn wieder vor mir, auf dem Barhocker mit dem Glas Whiskey in der Hand. Sehe den Augenblick, in dem sein Lächeln verschwindet.

Du arbeitest im Dorfcafé?

Ich liebe meinen Job, habe ihn immer geliebt. Das Café weiterzuführen ist das, was ich will.

Was, wenn das ein Fehler ist?

Kälte steigt in mir hoch, die nichts mit den niedrigen Außentemperaturen zu tun hat.

Was, wenn Mama wirklich meinte, was sie gesagt hat …

»Verzeihen Sie?«

Ich schrecke auf. Vor dem Wagen steht Frau Siegbach, eine adrett gekleidete Dame, die den kleinen Tante-Emma-Laden in der Hauptstraße führt. Das Gesangbuch unter ihrem Arm lässt vermuten, dass sie gerade aus der Sonntagsmesse kommt.

»Ja bitte?«

»Sagen Sie, machen Sie die auch glutenfrei?« Frau Siegbach deutet auf die Nussecken in der Auslage.

»Glutenfrei?«, frage ich verblüfft. »Ähm, nein, ich fürchte nicht.«

»Mmh. Schade.« Sie presst die Lippen zusammen. »Dabei soll das doch viel gesünder sein. Dieser neue Stand vom Herrn Bergmüller macht das auch, wissen Sie?«

»Tatsächlich?« Das Lächeln in meinem Gesicht gefriert.

»Ja, das hat gestern meine Nachbarin erzählt. Außerdem hat sie gesagt, dass die da auch, wie heißt das noch … vegan backen.

Da kann man ganz ohne schlechtes Gewissen naschen. Bald sogar in einer neuen Bäckerei.«

»Bitte was?«, rutscht es mir heraus.

Frau Siegbach nickt eifrig. »Ja, sie renovieren gerade die alte Nähstube der Schmidts in der Kalandstraße.«

Ich blinzele. »Verstehe.«

Sie lässt den Blick mit gerunzelter Stirn über unsere Auslage wandern. »Vielleicht wäre das mit dem glutenfreien Backen auch was für Sie? Mal was Neues?«

»Wir werden darüber nachdenken«, murmele ich. »Soll ich Ihnen eine Nussecke einpacken?«

»Nein danke. Ich glaube, dann schaue ich gleich noch mal bei den Bergmüllers vorbei.« Sie richtet ihren Mantelkragen und geht.

Ich starre ihr sprachlos hinterher.

Als Theresa zwei Stunden später den Verkaufswagen betritt, hat sich meine Überraschung in Wut verwandelt.

»Was ist denn mit dir los?«, fragt sie, als sie meinen Gesichtsausdruck sieht. »Du guckst, als wolltest du jemanden umbringen.«

»Ich denke ernsthaft darüber nach.«

»Wer ist der Unglückliche?«

»Mr. Münchener-Bäckereikette. Der jetzt nicht nur einen Marktstand betreibt, sondern auch die alte Nähstube in der Kalandstraße in einen Laden verwandelt. Und glutenfreie Nussecken verkauft.«

»Oh.« Theresa wird ernst. »Ich gebe zu, wenn ich an den denke, ist der Gedanke an einen Mord durchaus verlockend.«

»Du wusstest von der Bäckerei?«

»Es gab heute Morgen einen Artikel im *Falkenhainer Anzeiger.*« Sie hält mir ihr Handy hin, auf dem die Startseite unserer Lokalzeitung aufgerufen ist. Der zweite Artikel trägt die Überschrift: **Frischer Wind für die Falkenhainer Gastro-Szene.** Das Foto zum Text zeigt die Außenfassade der alten Nähstube, die gelb gestrichen wurde. Über der Eingangstür verkünden blaue Lettern den neuen Namen des Geschäfts: *Bäckerei Bergmüller.*

»Frischer Wind, ich bitte dich.« Kopfschüttelnd gebe ich meiner Schwester ihr Handy zurück. »Die tun ja gerade so, als wäre dieser Typ der Erste, der glutenfreie Backwaren verkauft.«

»Zumindest hier in Falkenhain ist er das auch.« Theresa wirft mir einen Blick zu. »Vielleicht wird es wirklich Zeit, dass wir über unser Sortiment nachdenken.«

»Unser Sortiment ist gut so, wie es ist.« Ich verschränke die Arme vor der Brust. »Jedes Rezept hat Tradition. Die Kunden kommen hierher, weil sie genau wissen, was sie von uns bekommen.«

»Möglich.« Theresa zieht ihr Notizbuch aus der Manteltasche. »Nur leider werden es offenbar weniger.«

»Was willst du damit sagen?«

Sie beißt sich auf die Unterlippe. »Die Zahlen sind rückläufig. Schon seit Monaten, Kathi.«

»Das kann nicht sein«, widerspreche ich. »Wir haben doch genauso viel verkauft wie sonst.«

»Auf den ersten Blick sieht das vielleicht so aus, aber die Bilanzen sprechen eine andere Sprache. Gerade in den Wochen nach Mamas Tod.« Sie räuspert sich. »Fest steht: Wir müssen unseren Umsatz steigern, und wenn das nicht funktioniert, Teile unserer Eigenproduktion einstellen.«

Ich schüttele den Kopf. »Das können wir nicht machen!«

»Vielleicht müssen wir es aber. Andere kleine Cafés machen das schon seit Jahren. Es gibt da ein paar gute Großhändler, die …«

»Wir sind aber nicht andere kleine Cafés! Mama hätte niemals gewollt, dass wir einen Teil des Geschäfts aufgeben.«

»Aber sie ist nicht mehr hier, Kathi.« Theresas Stimme wird hart. »Wir sind hier. Und wenn wir nicht wollen, dass unser Café den Bach runtergeht, müssen wir irgendwo Abstriche machen.«

»Nein.« Ich schüttele noch mal entschieden den Kopf. »Kommt nicht infrage. Wir finden einen anderen Weg.«

Theresa funkelt mich an. Ich stelle mich der Herausforderung, hebe das Kinn.

»Also gut«, sagt sie schließlich. »Wenn das so ist, bin ich mal gespannt auf deine Vorschläge.«

Damit dreht sie mir den Rücken zu und beginnt, das Wechselgeld in der Kasse zu zählen. Ein klassisches Signal, dass dieses Gespräch für sie beendet ist.

Ich atme tief durch und kämpfe gegen den Impuls an, mich selbst in einer großen Tasse Kaffee zu ertränken.

Der Rest des Sonntags zieht sich in die Länge wie abgestandener Karamellsirup. Normalerweise hätte mir das nichts ausgemacht, aber jetzt werde ich mit jedem Besucher, der an unserem Stand vorbeigeht, nervöser.

Theresa läuft im Wagen auf und ab. »Bisher waren nur sieben Leute hier.«

»Es ist doch erst kurz nach drei«, halte ich dagegen. »Die Kaffee-und-Kuchen-Fraktion kommt bestimmt noch.«

»Mmh.« Sie wischt nervös über die ohnehin blitzsaubere Theke.

»Kannst du das vielleicht mal lassen? Du machst mich wahnsinnig.«

»Schön.« Sie lässt sich auf einen der beiden Hocker fallen, die hinter dem Tresen stehen. »Wenn es dir damit besser geht.«

Mir liegt bereits eine patzige Antwort auf der Zunge, als der Ofen piept. Sofort greife ich nach meinen Topflappen. Als ich die Klappe öffne, weht mir der süße Duft frischer Lebkuchen entgegen. Während sie auf der Arbeitsfläche abkühlen, bereite ich die Kuvertüre vor. Dafür schmelze ich dunkle Schokolade auf unserer kleinen Kochplatte, füge einen Hauch Sahne, Zimt und Vanille hinzu und rühre so lange, bis eine samtige Creme entsteht. Dann tauche ich jeden Lebkuchen einzeln in die Schokolade. Es ist ein beinahe meditativer Prozess, bei dem ich alles andere ausblenden kann.

Sobald ich die überzogenen Lebkuchen anfassen kann, ohne eine Sauerei zu riskieren, nehme ich einen vom Blech. Die Schokolade schmilzt sofort auf meiner Zunge, der Teig darunter ist noch weich, schmeckt nach Zimt, Kardamom, Honig und Orange. Es gibt kein besseres Heilmittel gegen einen Kater. Oder Liebeskummer.

Als ich mich wieder umdrehe, haben wir endlich Kundschaft: Eine Frau aus dem Musikverein, die zu den Stammkundinnen des Café Lindenthal gehört. »Hallo, ihr Lieben. Ich hätte gerne ein paar von den Nussecken.«

»Sehr gerne, Tanja.« Meine Schwester springt auf und greift nach einer Servierzange. »Darf es sonst noch etwas sein?«

»Nein danke, das wäre es.«

»Dieses Mal keine Lebkuchen?«, hakt Theresa nach. »Sind Jessi und Tom noch nicht in der Stimmung für Weihnachtsgebäck?«

»Oh, doch, die freuen sich seit Tagen darauf.« Tanja schaut über die Schulter auf die zwei Achtjährigen, die sich gerade gegenseitig über den Platz jagen. »Jessi! Lass deinen Bruder in Ruhe, hörst du?«

Die beiden Kinder halten für einen Moment inne und nicken eifrig. Sobald ihre Mutter sich wieder umdreht, setzen sie ihr Fangspiel fort. Ich unterdrücke ein Grinsen.

»Soll ich euch dann noch ein paar Lebkuchen dazulegen?« Theresa greift nach einer Tüte. »Sie sind gerade frisch aus dem Ofen gekommen.«

»Nicht nötig, wirklich.« Tanja tritt von einem Fuß auf den anderen. »Wir haben uns eben schon ein paar Lebkuchen geholt. Bei diesem neuen Stand ganz hinten. Die haben echt verrückte Sorten, wisst ihr? Macadamia-Vanille und Zitrone-Mohn und so was.«

»Ah. Klar, verstehe.« Theresa lächelt, aber ich höre die Anspannung in ihrer Stimme. »Dann nächstes Mal wieder?«

»Ganz bestimmt«, versichert Tanja. »Euch noch einen schönen Nachmittag. Jessi! Tom! Wo seid ihr?«

Sobald sie außer Hörweite ist, atmet meine Schwester hörbar aus. »Wenn das so weitergeht …«

»Ach, dieser Bergmüller ist gerade nur so beliebt, weil er neu ist«, sage ich und hoffe, überzeugender zu klingen, als ich mich fühle. »In ein paar Tagen werden sich alle wieder daran erinnern, warum sie lieber zu uns kommen. Und überhaupt,

Zitrone-Mohn? Was soll das bitte für eine Kombination sein?« Ich schiebe mir noch einen Lebkuchen in den Mund.

Theresa runzelt die Stirn.

»Was?«, frage ich kauend. »Das ist nur eine Qualitätskontrolle.«

Sie rollt mit den Augen. Dann nimmt sie sich auch einen.

»Gut, oder?«

»Sehr gut«, brummt sie versöhnlich.

»Brillant, könnte man sagen? Von einer Meisterin gebacken?«

»Übertreib es nicht.«

Wir grinsen uns an. Dann nimmt Theresa sich noch einen Lebkuchen.

Kapitel 5

Der Montag beginnt mit typischem Novemberwetter: grau und verregnet. Als ich um kurz vor sieben die Treppe zum Café runterstolpere, ist Gertrud schon wieder weg, die vorbereiteten Brötchen im Ofen und von Theresa nichts zu sehen. Stattdessen finde ich nur eine To-do-Liste neben der Kaffeemaschine: Müll rausbringen, Kaffeebohnen auffüllen, Frau Huber wegen ihrer Tortenbestellung anrufen.

Sie hat gestern bei ihrer Freundin übernachtet. Francesca arbeitet als Gymnasiallehrerin in Fulmersbach, der nächstgrößeren Stadt. Theresa und sie haben sich vor zwei Jahren kennengelernt, als meine Schwester für ihr zehnjähriges Klassentreffen zurück an unser altes Gymnasium gegangen ist.

Seit Francescas Vater vor einem halben Jahr gestorben ist und ihrer Mutter ein großes, ziemlich marodes Haus hinterlassen hat, verbringt Theresa jede freie Stunde bei ihr, um für sie da zu sein und beim Aufräumen des Hauses zu helfen. Sie muss heute Morgen jedoch schon hier gewesen sein, um die Liste dazulassen. Aber wo ist sie jetzt?

Gähnend starte ich meine morgendliche Routine. Zuerst schalte ich nacheinander alle Lampen an, streiche die Tischdecken glatt, gieße die Pflanzen auf der Fensterbank und nehme die Kaffeemaschine in Betrieb. Dann schiebe ich zwei Bleche Bienenstich und die Brownies in den Ofen, die wir am Sonntag schon vorbereitet haben, bevor ich anfange, die mittlerweile fertig gebackenen Brötchen zu belegen. Während ich Gurken in Scheiben schneide und Käse anrichte, wandern meine Gedanken zurück zum gestrigen Abend.

Bevor Theresa sich auf den Weg zu Francesca machte, hat sie die Einnahmen des Tages gezählt und in ihr Notizbuch eingetragen. Sie hat nichts gesagt, aber ihr Gesichtsausdruck sprach Bände. Es war zu wenig. Außerdem wollen mir die Kommentare unserer Kunden nicht mehr aus dem Kopf gehen:

Macadamia-Vanille-Lebkuchen. Glutenfreie Nussecken. Veganes Weihnachtsgebäck.

Ein Teil von mir ist stinksauer, wenn ich an diesen Bergmüller denke. Der einfach hierherkommt, ausgerechnet dieses Jahr, und sich einbildet, er könnte uns die Kundschaft streitig machen. Aber ein winziger Teil von mir muss zugeben, dass seine Ideen gut sind. Dass ich mir durchaus vorstellen könnte, selbst wieder etwas mehr zu experimentieren, so wie früher. Als ich noch klein war, hat Mama ständig in der Küche gestanden und neue Rezepte ausprobiert. Wir saßen am Küchentisch und haben gemalt oder mit Theresas Puppen gespielt, während sie die wildesten Kreationen gezaubert hat. Wir waren ihre ersten Testkundinnen und haben diese Aufgabe sehr ernst genommen. Etwa die Hälfte der Rezepte stellte sich als Flop heraus. Brownies, die beim ersten Bissen auseinanderfielen, Hefeschnecken, die einfach nicht aufgingen, und Plätzchen, die steinhart wurden. Aber die andere Hälfte war dafür umso köstlicher. Es gab nichts Besseres als diesen Moment, wenn wir alle den ersten Bissen nahmen und sofort wussten: Das ist es.

Rückblickend weiß ich gar nicht mehr, wann Mama damit aufgehört hat. Oder warum. Ich weiß nur, dass sie irgendwann nichts mehr verändern wollte.

Das hat sie mir mehr als deutlich gemacht.

Draußen schlägt die Kirchturmuhr halb acht. Ich beschleunige das Brötchenschmieren. Seit Gertrud nicht mehr im Verkauf arbeitet, machen wir morgens erst um acht Uhr auf, um etwas mehr Zeit für die Vorbereitungen zu haben. Für den ersten Ansturm der Berufstätigen ist das zwar schon zu spät, aber früher schaffen wir es nicht. Und ohne Theresa wird es erst recht knapp.

Sobald ich das letzte Brötchen in die Auslage gelegt habe, überprüfe ich mein Handy. Kein Lebenszeichen von meiner Schwester. Das sieht ihr gar nicht ähnlich. Ich spüle ab und räume Wurst, Käse, Gurken und Tomaten zurück in den Kühlschrank. Als ich mich wieder umdrehe, fällt mein Blick auf das kleine Regal mit den Geschäftsordnern direkt unter der Kasse. Normalerweise stehen dort zehn dicke schwarze Ordner, aber heute klafft ganz links eine Lücke.

Ich knie mich vor das Regal und spähe in die Lücke, aber da ist nichts. Die Geschäftsberichte der letzten vier Jahre fehlen. Seltsam.

Theresa? Wo steckst du?

Ich schreibe ihr eine kurze Nachricht, die zwar durchgeht, aber nicht gelesen wird.

Bevor ich mir weiter den Kopf darüber zerbrechen kann, öffnet sich klingelnd die Tür. Frau Akkan von der Apotheke kommt mit wehendem Kittel herein und bestellt Kaffee für das ganze Team. Hinter ihr warten schon die Sekretärinnen des Autokonzerns und ein paar Schüler, die zwischen der ersten und der zweiten Stunde Koffein brauchen.

Während ich die Bestellungen Schritt für Schritt abarbeite, warte ich darauf, dass mein Handy vibriert. Aber es bleibt stumm.

»Sie hat sich immer noch nicht gemeldet«, sage ich, hin und hergerissen zwischen Ärger und Sorge. »Dass sie heute Morgen im Café gefehlt hat, ist eine Sache, aber jetzt lässt sie mich auch auf dem Markt hängen?«

»Merkwürdig«, findet auch Greta, die mir in ihrer Pause eine Tasse Punsch vorbeigebracht hat. »Und du weißt wirklich nicht, wo sie sein könnte?«

»Nicht die geringste Ahnung.«

Die fehlenden Geschäftsordner geistern mir durch den Kopf. Aber was soll das bedeuten?

»Immerhin komme ich bei diesem Kundenansturm gerade noch allein zurecht«, murmele ich.

Außer einer Gruppe von Grundschulkindern, die sich eine Tüte Bonbons am Nachbarstand gekauft haben, ist schon seit einer Stunde niemand mehr vorbeigekommen.

»Es ist Montagnachmittag, da ist es immer etwas ruhiger. Das wird schon wieder.« Greta wirft mir ein aufmunterndes Lächeln zu.

»Hoffentlich«, murmele ich. »Wenn nicht …« Ich beende den Satz nicht.

Die Weinhändlerin tätschelt mir die Hand. »Darüber kannst

du dir immer noch Sorgen machen, wenn es so weit ist, Kind.«

Aber nachdem ich einmal angefangen habe, meine Gedanken auszusprechen, kann ich nicht mehr damit aufhören. »Wieso muss auch ausgerechnet dieses Jahr ein neuer Stand hier auftauchen? Als ob alles nicht schon kompliziert genug wäre! Jetzt fangen unsere Kunden auch noch an, sich zu beschweren, dass wir keine glutenfreien Backwaren anbieten.« Ich schlucke. »Was, wenn wir einfach nicht mehr gut genug sind?«

»Schwachsinn.« Greta schüttelt so entschieden den Kopf, dass ihre grauen Locken wippen. »Was würde Clara sagen, wenn sie dich so reden hören würde?«

Dass sie mehr erwartet hätte. Dass ich sie enttäuscht habe.

Aber das weiß ich ja schon.

Die Tür des Wagens öffnet sich und rettet mich davor, eine Antwort geben zu müssen.

»Theresa! Da bist du ja!«

Meine Schwester lässt ihre Handtasche von der Schulter rutschen und nimmt sich die Schürze vom Haken hinter der Tür. »Tut mir leid.«

Keine Begründung, keine Erklärung. Greta und ich tauschen einen Blick.

»Alles in Ordnung bei dir? Wo bist du gewesen?«

»Ich hatte noch einen Termin.«

Damit öffnet sie eine Packung Mehl. »Wir sollten schon mal neuen Teig ansetzen.«

»Aber …«

Bevor ich nachhaken kann, nähert sich eine Gruppe älterer Damen aus dem Musikverein.

»Sieht nach Kundschaft aus.« Greta deutet mit dem Kinn in ihre Richtung. »Also überlasse ich euch mal eurer Arbeit, Kinder. Wir sehen uns später.«

Theresa schüttet stumm Mehl in eine Schüssel, die auf einer Küchenwaage steht.

»Bis später«, antworte ich für uns beide.

Die Damen vom Musikverein lassen sich ausgiebig beraten. Obwohl ich mir eben noch Kunden herbeigesehnt habe, kann ich es jetzt kaum erwarten, sie wieder loszuwerden. Irgendetwas stimmt nicht. Und Theresa will es mir offensichtlich nicht sagen. Während ich Lebkuchen und Zimtsterne einpacke, beobachte ich sie aus dem Augenwinkel. Sie mischt Zutaten, verrührt den Teig, schiebt Bleche in den Ofen. Aber jede ihrer Bewegungen wirkt seltsam mechanisch, als wäre sie mit den Gedanken ganz woanders.

Nach den Frauen aus dem Musikverein kommt eine Gruppe junger Mütter. Dann ein Pärchen, das für das erste Kaffeetrinken bei ihren Eltern Gebäck mitbringen will. Als die beiden sich verabschieden, hat Theresa schon eine Hand am Türgriff.

»Ich muss kurz aufs Klo.«

Sie ist weg, bevor ich antworten kann.

Im Lauf des Nachmittags bekomme ich einfach keine Gelegenheit, in Ruhe mit ihr zu sprechen. Wann immer ich den Mund öffnen will, tauchen neue Kunden auf oder Theresa muss dringend weg. Immerhin ist unsere Bilanz damit schon um kurz nach fünf Uhr besser als gestern nach Geschäftsschluss. Aber meine Schwester scheint sich nicht darüber zu freuen. Sie steht schweigend neben mir, ein Lächeln ins Gesicht gemeißelt, das sofort erlischt, wenn der Kunde sich umdreht.

»Bitte schön. Viel Freude damit.« Ich reiche einem kleinen Mädchen seine Tüte Spritzgebäck und nehme eine Handvoll Kleingeld entgegen. Nach ihr steht niemand mehr in der Schlange.

Sobald ich die Münzen einsortiert habe, greift Theresa nach ihrem Geldbeutel. »Ich hole mir kurz was zu essen.«

»Nicht so schnell.« In zwei großen Schritten bin ich an der Tür, stelle mich ihr in den Weg. »Wovor läufst du weg?«

»Was meinst du?«, fragt sie. »Ich will mir nur Pommes holen. Soll ich dir was mitbringen?«

»Netter Versuch.« Ich verschränke die Arme vor der Brust. »Erst erzählst du mir, wo du heute Vormittag gewesen bist.«

»Ich hatte einen Termin. Bei der Bank, wenn du es unbedingt wissen willst.« Sie hebt die Augenbrauen, ganz die genervte große Schwester. »Darf ich jetzt gehen?«

Aber dieses Spiel können wir beide spielen.

»Bei der Bank? Was kann da bitte so lange gedauert haben? Und wofür brauchtest du unsere Geschäftsberichte?«

Für einen Moment wirkt sie ertappt. Dann winkt sie ab. »Mach dir darüber keine Gedanken. Ich habe alles im Griff.«

Sie versucht, sich an mir vorbeizuschieben, aber ich folge ihrer Bewegung wie ein Wachhund.

»Kathi, was soll dieser Unsinn? Lass mich durch.«

»Keine Chance. Rede mit mir.«

Sie wirft die Hände in die Luft. »Das habe ich schon! Jetzt hör auf, dich so kindisch zu benehmen!«

»Dann hör du auf, mich wie ein Kind zu behandeln!« Mit jedem Wort wird meine Stimme lauter. »Du bist nicht Mama, weißt du?«

Ihre Augen verdunkeln sich. »Das ist mir durchaus bewusst. Ich hätte uns niemals in diese Situation gebracht.«

»Wovon redest du?«

Theresas Nasenflügel beben. »Dieser verdammte Wagen, den sie vor zwanzig Jahren gekauft hat. Das Café, das sie uns vermacht hat.«

Angst kriecht mir den Rücken hoch, kalt und unaufhaltsam.

»Was ist damit?«

»Sie gehören ihr gar nicht. Sie hat die Kredite nie abbezahlt. Und uns einen Berg Schulden hinterlassen.«

Kapitel 6

»Das muss ein Irrtum sein. Die Bank muss sich vertan haben!«, stoße ich fassungslos hervor.

»Es ist kein Irrtum.« Theresa reibt sich mit der Hand über die Augen. »Ich habe die Auszüge selbst gesehen. Mama war über die Jahre hinweg immer wieder in Verzug und kurz vor ihrem Tod hat sie gar nicht mehr gezahlt.«

»Aber wie kann das sein?« Ich fahre herum. »Und wieso ist uns das nie aufgefallen?«

»Es gab ein zweites Konto auf ihren Namen, von dem sie die Kredite abbezahlt hat. Ich bin nach dem Termin bei der Bank alle Bilanzen durchgegangen, um zu überprüfen, wohin das Geld geflossen ist. Es hat eine Weile gedauert, aber irgendwann kam ich drauf: Wir zahlen seit über fünfzehn Jahren Geld für eine Versicherung unserer Backöfen. Nur dass wir nie eine Versicherung für sie abgeschlossen haben.«

»Stattdessen ging das Geld auf das Konto für die Kredite«, murmele ich.

»Ganz genau.« Meine Schwester seufzt. »Oder eben nicht.«

»Aber wieso?«

»Ich weiß es nicht, Kathi!« Sie wirft die Hände in die Luft.

»Weil sie das Geld nicht hatte? Weil das Café nie so erfolgreich lief, dass sie ihre Schulden begleichen konnte?« Ihre Stimme bricht und sie wendet sich ab, die Lippen zu einer schmalen Linie zusammengepresst.

Wie betäubt lasse ich mich auf einen Stuhl sinken. »Das kann nicht sein.«

»Ich fürchte doch.«

Theresa setzt sich zu mir. Wir schweigen.

Aber ich halte es nicht lange aus. »Was heißt das jetzt für uns?«

»Der Kredit belief sich ursprünglich auf hunderttausend Euro. Im Moment haben wir noch sechsundzwanzigtausend Euro Schulden. Weil Mama seit über einem halben Jahr nicht mehr gezahlt hat, hat die Bank gedroht, den Kredit sofort zu kündigen und alles auf einmal zurückzufordern.«

»Was?! Aber das würde uns ruinieren!«

»Stimmt. Deshalb habe ich sie hingehalten.« Theresas Stimme ist kühl, abgeklärt. »Sie gewähren uns drei Monate Zeit, um ein Drittel des Kredits zurückzuzahlen. Als Zeichen unserer Kooperation und Zuverlässigkeit. Danach müssen wir den Rest nach den bisher verhandelten Konditionen zurückzahlen, jeweils fünfhundert Euro im Monat.«

»Ein Drittel der Summe, das sind knapp neuntausend Euro«, überschlage ich im Kopf. »Das können wir schaffen!«

»Können wir das? Ich will nicht die Pessimistin spielen, aber im Moment reichen unsere Einnahmen gerade so, um die laufenden Kosten zu decken. Selbst wenn wir die Weihnachtsfeier der Auto-Heinis mit einrechnen …«

»Das lässt sich ändern!« Elektrisiert springe ich auf. »Wir

könnten mehr Werbung schalten! Sonderaktionen anbieten, Gutscheine verkaufen und Backkurse anbieten. Oder wir könnten einen Online-Shop einrichten, unsere Lebkuchen deutschlandweit vertreiben!« Ich greife nach einer leeren Papiertüte und beginne, meine Ideen auf die Rückseite zu kritzeln.

Theresa bleibt sitzen. »Und wann sollen wir das alles machen? Neben dem Betrieb im Café und dem Weihnachtsmarkt?«

»Lass das mal meine Sorge sein.« Ich schreibe fieberhaft. »Das kriege ich schon hin, wenn es darauf ankommt.«

»Kathi, stopp.«

»Oder wir nehmen doch an diesem Lebkuchenwettbewerb teil! Der Gewinner bekommt ein ordentliches Preisgeld, wenn ich das richtig im Kopf habe.«

»Du vergisst die Teilnahmegebühr.«

»Na und? Das Risiko müssen wir eingehen. Glaubst du nicht, dass wir das schaffen könnten?«

»Noch vor einem Jahr hätte ich gesagt: vielleicht. Aber jetzt, nur zu zweit, mit allem anderen, was ansteht? Da würden wir schon ein Wunder brauchen.« Meine Schwester schüttelt den Kopf.

»Pfff. Ich glaube nicht an Wunder. Ich glaube an uns.«

»Ich weiß nicht, ob das reicht.«

»Was soll das heißen?« Ich lasse den Stift fallen. »Willst du einfach aufgeben? Nach allem, was Mama hier aufgebaut hat?«

»Natürlich nicht!« Theresa steht auf, kommt auf mich zu. Ich weiche ein paar Schritte zurück.

»Aber du tust es.«

»Kathi, ich …«

»Nein. Das werde ich nicht zulassen.« Mit zitternden Fingern greife ich nach meinem Mantel und schlinge mir den Schal um den Hals.

»Wo willst du hin?«, fragt meine Schwester leise.

»Raus. Nachdenken.«

Bevor sie antworten kann, reiße ich die Tür auf und gehe.

Draußen hat mittlerweile die Dämmerung eingesetzt, und der Weihnachtsmarkt funkelt in tausend kleinen Lichtern. Aber ich habe heute keinen Blick dafür und keine Ahnung, wo ich hinwill. Nur weg.

Stumpf setze ich einen Fuß vor den anderen und lasse mich vom Strom der Besucher mitreißen. Rechter Fuß, linker Fuß, rechter Fuß, linker Fuß.

Ich komme am großen Weihnachtsbaum in der Mitte des Marktes an. Kurz entschlossen wende mich nach links. Beschleunige meine Schritte. Aber die Gedanken folgen mir.

Mama hat uns belogen.

Jahrelang.

Kalter Wind fährt in meinen Mantel, und ich schlage den Kragen hoch. Obwohl ich dagegen ankämpfe, steigen die Erinnerungen in mir hoch. An den Abend im September. Das letzte Gespräch mit meiner Mutter.

Könnte es sein, dass sie deshalb so wütend war? Wegen des Geldes?

Ein Funken Hoffnung blitzt in mir auf. Vielleicht lag es gar nicht an mir, an meinen Ideen …

Aber wieso hat sie das dann nicht einfach gesagt?

Zum ersten Mal seit ihrem Tod fühle ich beim Gedanken an meine Mutter etwas anderes als lähmende Trauer.

Wut.

Was zum Teufel hat sie sich dabei gedacht? Wie konnte sie uns in diese Situation bringen?

Und was, wenn sie trotzdem jedes Wort ernst gemeint hat?

»Hey, passen Sie doch auf!«

Ich bemerke den breitschultrigen Mann zu spät und laufe gegen seine Schulter.

»Oh, entschuldigen Sie.«

Er schüttelt den Kopf und murmelt etwas ins Ohr seiner Begleitung. Erst jetzt fällt mir auf, dass ich mittlerweile am anderen Ende des Weihnachtsmarkts angekommen bin. Hier werden hauptsächlich Geschenkartikel und handgemachte Dekorationen verkauft. Selbst gezogene Kerzen, aufwendig bemalte Vasen, edle Notizbücher und mundgeblasene Weihnachtskugeln. Ich gehe eilig am Stand von Claudia vorbei, an dem sie Schals, Mützen, Handschuhe und Kissenbezüge anbietet. Mir ist gerade wirklich nicht nach plaudern. Viele der Besucher, die mir entgegenkommen, haben Tüten mit Gebäck in der Hand.

Ich schnappe im Vorbeigehen Gesprächsfetzen auf, die mich aufhorchen lassen.

»Wirklich köstlich, das muss ich schon sagen.«

»Willst du mal von meinen Marzipan-Lebkuchen probieren? Die sind der Hammer.«

»Hast du gesehen? Die haben sogar einen Instagram-Account. Die Fotos sehen total nice aus.«

Verwirrt schaue ich den beiden Teenagern mit Gebäcktüten hinterher, die auf ihrem Handy herumtippen.

Dieser Bergmüller ist auf Instagram?

Ich ziehe meinen rechten Handschuh aus und öffne die App auf meinem Handy. Innerhalb weniger Klicks finde ich einen Account mit dem Namen *Baked_by_Bergmueller,* dessen Profilbild einen kunstvoll in Szene gesetzten Teller mit Lebkuchen zeigt. Ich tippe auf den Usernamen und gelange zu einem Profil, auf dem es Dutzende weitere Fotos dieser Art gibt. Aufwendige Torten, hübsch dekorierte Keksteller, ein kleines Schloss aus Lebkuchen. In der Biografie steht nur ein einziger Satz: Bäckerei Bergmüller – Die besten Lebkuchen Bayerns

Der Account hat über zehntausend Follower.

Ich bleibe so abrupt stehen, dass mir eine Frau in die Hacken tritt. Ich spüre es kaum. Ungläubig starre ich auf die Zahl. 10.000. Das sind mehr Follower, als wir in einem ganzen Jahr an Kunden haben.

Siehst du?, sagt eine kleine Stimme in meinem Kopf, die wie Theresa klingt. Ich habe es dir doch gesagt. Dagegen kommen wir nicht an.

Nein. Nein, nein, nein.

So leicht gebe ich nicht auf.

Ich scrolle weiter nach unten. Mit jedem hübsch arrangierten Foto werde ich wütender. Bevor ich darüber nachdenken kann, habe ich mich wieder in Bewegung gesetzt, marschiere in die Richtung, aus der die Leute mit ihren Gebäcktüten kommen.

Ich rieche den Stand, bevor ich ihn sehe. Ein süßer Duft nach braunem Zucker, Zimt, Vanille. Hinter der nächsten Ecke taucht er schließlich vor mir auf: Zwischen zwei kleinen Holzhütten, an denen Holzfiguren und Bücher verkauft werden, thront ein Verkaufswagen, der unseren wie eine alte Rostlaube aussehen lässt. Die Holzfassade ist in einem eleganten Dunkelblau gestrichen, die rote Markise mit prunkvollen Lichterketten beleuchtet, die Dekoration minimalistisch, aber stilvoll.

Und die Schlange vor dem Tresen lang.

An der Außenfassade hängt eine Kreidetafel mit den Angeboten des Tages:

Pumpkin-Spice-Lebkuchen, vegane Zimtsterne,
Chai-Taler (vegan)

Daneben verweist eine kleine Notiz auf den Instagram-Account der Bäckerei. *Ihr wollt wissen, was wir sonst noch im Sortiment haben? Dann schaut vorbei.*

Ich möchte lachen, aber der Laut, der mir über die Lippen kommt, klingt eher wie ein Schluchzen.

Zwei Menschen arbeiten hinter dem Tresen, ein Mann und eine ältere Frau, beide in dunkelblauen Schürzen mit goldenen Namensschildern am Revers. Als ich näherkomme, trägt der Wind einzelne Worte zu mir herüber.

»… macht dann … zehn Euro zwanzig.«

»Was kann ich für euch tun?«

Meine Füße frieren am Boden fest.

Diese Männerstimme. Das klingt fast wie …

Nein. Das ist völlig unmöglich.

Wie in Trance gehe ich weiter, lasse die Schlange an wartenden Kunden links liegen, die Augen starr auf den Mann in der Schürze gerichtet. Ausgerechnet jetzt dreht er sich weg, um etwas aus dem Regal zu nehmen. So erkenne ich nur breite Schultern und dunkelblonde Haare.

»Simon, kannst du mir bitte eine Serviette geben«, fragt seine Kollegin.

»Klar.« Er reicht ihr den gewünschten Gegenstand und dreht sich dabei so, dass ich ihn im Profil sehen kann.

Diese Stimme. Dieses Lächeln. Das Grübchen in seiner linken Wange.

Auf einmal fallen die Puzzleteile an ihren Platz.

»Simon Bergmüller?«

Dutzende Köpfe fahren herum, aber seiner ist der Einzige, der mich interessiert. Denn jetzt besteht kein Zweifel mehr: Er ist es wirklich. Der Typ aus dem Club. Dieselbe Brille, die braunen Augen, die hohen Wangenknochen. Als er mich erkennt, weiten sich seine Augen.

»Ähm, hallo …«

»Entschuldigung, aber Sie müssen sich hinten anstellen«, meckert eine Frau mit Dauerwelle und einem kleinen Dackel unter dem Arm.

»Ich bin geschäftlich hier«, antworte ich kühl.

Simon schluckt. »Hör mal, ich …«

»Was sollte das werden?«, falle ich ihm ins Wort. »Wolltest du heimlich die Konkurrenz abchecken?«

»Nein. Nein, so war es nicht!«, beteuert er.

Selbst verlegen ist er immer noch unverschämt gut aussehend. Aus irgendeinem Grund macht mich das noch wütender.

»Ach nein? Wie war es denn dann?« Ein Teil von mir weiß, dass ich gerade überreagiere, mich aufführe wie ein eifersüchtiger Teenager. Aber es ist nicht der Teil, der die Kontrolle über meine Zunge hat.

»Ich war einfach – überrascht und wusste nicht, was ich sagen sollte.«

»Tatsächlich?«, frage ich gedehnt. »Wie wäre es mit, du bist Bäckerin? Wie interessant, ich bin zufällig Bäcker. Und habe einer netten alten Dame ihren Stammplatz auf dem Weihnachtsmarkt weggeschnappt, um fancy Hipster-Lebkuchen zu verkaufen und darüber auf Instagram zu posten.«

»Was?« Seine Wangen färben sich rot. »Das habe ich doch gar …«

»Aber nur, weil etwas gut aussieht, muss es noch lange nicht gut sein.«

Mittlerweile sind alle Gespräche um uns herum verstummt. Die Menschen in der Warteschlange schauen zwischen uns hin und her wie Zuschauer eines Tennis-Matches.

»Selbstverständlich sind unsere Waren gut!«, verteidigt er sich.

Die Wut in meinem Magen lässt mich unvorsichtig werden. »*Die besten Lebkuchen der Stadt, was*? Dafür braucht es mehr als ein paar Hochglanzfotos.«

»Das weiß ich.« Simons Stimme bekommt einen harten Unterton. »Deshalb modifiziere ich die Rezepte seit Jahren.«

»Gute Rezepte müssen nicht verbessert werden.« Das hat Mama immer gesagt, und zumindest darin waren wir uns einig.

»Wenn du wirklich das Beste herausholen willst, schon.« Simons Augen funkeln. »Aber das werden wir ja bald sehen.«

»Sehen? Wovon sprichst du?«

»Vom ersten bayerischen Lebkuchenwettbewerb.«

Mein Herz sackt eine Etage tiefer. »Das ist nicht dein Ernst.«

»Wieso nicht? Der Gewinner bekommt ein beachtliches

Preisgeld, eine Kooperation mit dem Excelsior und jede Menge kostenlose Publicity.« Simon lächelt, alle Anzeichen von Unsicherheit sind verflogen. »Weshalb ich plane, diesen Wettbewerb zu gewinnen.«

Im Club fand ich dieses Lächeln unwiderstehlich. Jetzt möchte ich ihm am liebsten einen steinharten Lebkuchen ins Gesicht schleudern.

Bevor mein gesunder Menschenverstand sich dazwischenschalten kann, höre ich mich antworten: »Das glaube ich kaum.«

Simon runzelt die Stirn. »Nein?«

»Nein. Ich werde nämlich gewinnen.«

Die Kunden in der Schlange starren mich an. Ich sehe aus den Augenwinkeln Handykameras blitzen.

Simon schaut mir direkt in die Augen. Erst jetzt wird mir bewusst, dass ich Mehlstaub auf der Jeans habe und der Wind lange Strähnen aus meinem Zopf gelöst hat, die mir wild in die Stirn hängen. Trotzdem halte ich seinem Blick stand.

»Na dann …« Er streckt mir über den Tresen hinweg seine Hand entgegen. »Möge der Bessere gewinnen.«

Ich zögere keine Sekunde, sie zu ergreifen. »Darauf kannst du Gift nehmen.«

Kapitel 7

Sag mir bitte, dass das ein Scherz ist.

Diese Nachricht leuchtet auf meinem Handydisplay, als mein Wecker um kurz nach sechs klingelt. Theresa war schon im Bett, als ich gestern Nacht nach Hause kam, durchgefroren und mit schwirrendem Kopf. Nach meinem Streit mit Simon Bergmüller konnte ich nicht einfach zurück zu unserem Wagen. Also bin ich einfach weitergelaufen, weg vom Markt und in die leeren Straßen des nächtlichen Falkenhain. Ich weiß, ich hätte meiner Schwester Bescheid sagen sollen, aber am Ende war es einfacher, mein Handy tief in meiner Tasche zu vergraben. Sie hätte mir schließlich überhaupt nicht von dem Kredit erzählt, wenn ich nicht darauf bestanden hätte.

Aber die Nachricht ist gar nicht von Theresa, sondern von Melanie. Sobald sie sieht, dass ich online bin, schreibt sie weiter.

Was ist in dich gefahren?

Noch im Halbschlaf entsperre ich den Bildschirm.

Kommentarlos schickt sie mir einen Link zu Bergmüllers Instagram-Profil. Das lässt mich schlagartig wach werden. Mit einem mulmigen Gefühl klicke ich darauf.

Das Internet ist nicht besonders schnell in meinem Zimmer unter dem Dach, deshalb dauert es ein paar endlose Sekunden, bis ich auf dem neuesten Post lande. Es ist ein Video, das Simon von einem anderen Account geteilt hat. Schon in der ersten Sekunde erkenne ich die Szene.

»Die besten Lebkuchen der Stadt, was?« Meine eigene Stimme schrillt mir entgegen, dann schwenkt die Kamera von einem Paar dunkler Sneaker nach oben, und mein Gesicht erscheint auf dem Bildschirm. *»Dafür braucht es mehr als ein paar Hochglanzfotos!«*

Ich erkenne die Frau auf dem Video kaum. Ihre Wangen sind gerötet, sie hat eine Zornesfalte auf der Stirn und ihre Haare fliegen ihr wirr ins Gesicht. Die Person hinter der Kamera schnaubt amüsiert, und mein Magen zieht sich zusammen. Ich sehe aus wie eine hysterische Furie.

Ganz anders als Simon. Die Kamera wendet sich ihm zu, ruhig und gefasst und nervtötend gut aussehend. *»Das weiß ich. Deshalb modifiziere ich die Rezepte seit Jahren.«*

Das Video geht weiter, jedes Wort unseres Streits, aber ich höre kaum noch zu. Blut rauscht in meinen Ohren.

»… darauf kannst du Gift nehmen«, sagt die Kathi auf dem Video, dann wackelt die Aufnahme und bricht ab. Unter dem Post steht nur ein kurzer Text. *Wir nehmen die Herausforderung an. #challenge#christmas#gingerbread*

Das Video hat jetzt schon über tausend Likes.

»Scheiße.«

Ich lasse den Kopf zurück ins Kissen sacken. »Scheiße, scheiße, scheiße!«

Bevor ich einen klaren Gedanken fassen kann, klingelt mein Handy.

»Wow. Du weißt echt, wie man eine Szene macht.« Melanie klingt, als hätte sie gerade ihren dritten Kaffee getrunken.

»Hey«, sage ich schwach. »Wieso bist du überhaupt schon wach?«

»Video-Meetings mit den Kollegen in Shanghai, die gerade Mittagspause haben. Die viel wichtigere Frage ist: Wieso erfahre ich erst durch eine Instagram-Markierung meiner kleinen Cousine, die scheinbar immer den neuesten Klatsch mitbekommt, von deiner Fehde mit der Lebkuchen-Konkurrenz?«

Ich denke an Mamas geheime Konten, den offenen Kredit, meinen Streit mit Theresa. »Lange Geschichte. Für die es gerade noch zu früh ist.«

»Weiß Theresa schon von deinem Auftritt?«

Der Gedanke lässt mich hochfahren. »Gott, ich hoffe nicht!«

»Nur die Ruhe«, sagt Melanie. »Sie hat gar kein Instagram, oder?«

»Stimmt.« Ich atme langsam aus und versuche, meinen Herzschlag zu beruhigen. »Drück mir die Daumen, dass sie es nicht von jemand anderem erfährt. Sonst kannst du schon mal eine Rede für meine Beerdigung vorbereiten.«

»Hier liegt Kathi«, antwortet Melanie mit feierlicher Stimme, »sie war die beste Lebkuchenbäckerin Bayerns, aber ihre große Klappe wurde ihr zum Verhängnis.«

»Sehr witzig.« Ich reibe mir mit der freien Hand über die Augen. »Das ist eine Katastrophe!«

»Abwarten. Wie ist der Plan?«

»Der Plan?«

»Na, wie willst du ihn fertigmachen? Auf diesem Lebkuchenwettbewerb?«

»Mit … besseren Lebkuchen?« Das hört sich selbst in meinen Ohren nicht überzeugend an.

Melanie schnalzt mit der Zunge. »Höre ich da etwa Zweifel in deiner Stimme? Glaubst du nicht, dass du das schaffen kannst?«

»Doch.« Ich schlage die Decke zurück und stelle die Füße auf den kühlen Holzboden. »Natürlich glaube ich das. Sonst hätte ich mich niemals auf diese Schnapsidee eingelassen!«

Noch während ich das ausspreche, spüre ich, wie mein Selbstbewusstsein zurückkehrt.

»That's my girl!«

Im Hintergrund klingelt etwas, und Melanie seufzt. »Die Pflicht ruft. Aber heute Abend erwarte ich einen ausgearbeiteten Schlachtplan. Im Weinkeller, zwanzig Uhr.«

»Aye, aye, Sir.«

Sie legt auf, und ich springe aus dem Bett und fahre meinen Laptop hoch. Die Webseite des Lebkuchenwettbewerbs finde ich schnell. Ausgerichtet wird er, wie schon auf dem Flyer angekündigt, von der Konditoren-Innung Bayern. Sie will »die besten Lebkuchen Bayerns« küren. Während ich die Seite überfliege, greife ich nach einem leeren Notizzettel und schreibe die wichtigsten Details mit. Der Wettbewerb wird in zwei Runden ausgetragen. Zuerst müssen alle Teilnehmenden bis zum 2. Advent

Fotos eines selbst gebackenen klassischen Lebkuchenhauses einschicken. Die kreativsten Einsendungen kommen ins Finale, das am 4. Adventssonntag in Falkenhain auf dem Weihnachtsmarkt ausgetragen wird. Dort müssen alle Finalisten ihre Lebkuchen live auf der Bühne backen und ein besonderes Design kreieren. Außerdem müssen sie in einer mündlichen Prüfung ihr theoretisches Wissen über das Handwerk unter Beweis stellen. Mein Mund wird trocken. Das klingt ja schlimmer als bei meiner Meisterprüfung. Der letzte Absatz lässt mich diesen Gedanken aber erst mal beiseiteschieben.

Der Gewinner oder die Gewinnerin erhält ein Preisgeld von 10.000 € und einen Vertrag über eine einjährige Kooperation mit dem Münchner 4-Sterne-Hotel Excelsior.

Mein Herz klopft laut in meiner Brust. Das kann ich schaffen. Das könnte tatsächlich die Lösung unserer Probleme sein!

Mein Enthusiasmus bekommt einen heftigen Dämpfer, als ich am Ende der Webseite ankomme. Neben Hochglanzfotos von beispielhaften Lebkuchenhäusern und einer E-Mail-Adresse für die Anmeldung steht eine unliebsame Erinnerung: Die Teilnahmegebühr beträgt fünfhundert Euro.

Theresa hat leider recht. Das ist Geld, das wir gerade eigentlich nicht haben. Aber wenn ich jetzt einen Rückzieher mache, dann gewinnt Simon Bergmüller womöglich den Wettbewerb, ohne dass ich es überhaupt versucht habe. Außerdem kursiert dieses verfluchte Video schon im Netz. Wenn ich nach diesem Auftritt jetzt doch noch kneife, mache ich mich und das Café Lindenthal komplett lächerlich.

Seufzend schließe ich den Laptop und schleppe mich unter die Dusche. Vielleicht kommt mir ja mit ausreichend heißem Wasser der rettende Einfall.

Auf dem Weg nach unten gehe ich alle meine Argumente im Kopf durch. Wenn wir gewinnen, können wir die erste Rate des Kredits zurückzahlen. Die Konditorei könnte sich offiziell mit dem Label »Beste Lebkuchen Bayerns« schmücken. Wir bekämen jede Menge positive Presse und dadurch neue Kunden.

Am Fuß der Treppe atme ich tief durch. Dann setze ich mein bestes Kundenservice-Lächeln auf und betrete den Verkaufsraum.

Theresa bedient gerade eine Gruppe Lehrerinnen der nahe gelegenen Grundschule. Als ich die Tür schließe, wirft sie mir einen kurzen Blick zu. Ich inspiziere die Auslage, öffne anschließend den Kühlschrank und beginne, frische Sandwiches vorzubereiten. Sobald die Lehrerinnen das Café verlassen haben, stellt Theresa sich zu mir und greift nach einer Gurke. Für ein paar Sekunden stehen wir schweigend nebeneinander und schnippeln.

»Du lebst also noch?« Ihre Stimme klingt kühl.

»Offensichtlich«, gebe ich zurück. Dann besinne ich mich und fahre in versöhnlichem Ton fort. »Sorry, dass ich mich nicht gemeldet habe. Ich musste nur einfach nachdenken.«

»Mmh.« Theresa sticht einen Zahnstocher in ihr Sandwich, als hätte es ihr persönlich Unrecht getan. »Verstehe.«

»Hey.« Ich stoße sie sanft mit dem Ellenbogen in die Seite, bis sie mich ansieht. »Es tut mir echt leid. Zur Entschädigung mache ich heute den ganzen Abwasch allein, okay?«

»Die ganze Woche«, kontert sie, ohne mit der Wimper zu zucken.

»Du bist eine harte Verhandlungspartnerin. Aber gut. Deal.«

Ein Grinsen huscht über ihr Gesicht, und ich spüre, wie sich der Knoten lockert, der seit gestern in meiner Brust sitzt. Wir sind im selben Team. Jetzt ist meine Chance.

»Hör mal, wegen des Kredits, ich wollte noch mal mit dir sprechen …«

»Ich auch mit dir.« Theresa lässt das Messer sinken und greift nach ihrem Notizbuch. »Als es gestern ruhiger wurde, habe ich mir noch mal unsere Zahlen angeguckt. Wenn wir überhaupt eine Chance haben wollen, den Kredit zurückzuzahlen, müssen wir sparen. Massiv.«

Das hört sich nicht gut an. Ich schlucke. »Was heißt das?«

»Wir könnten eine mögliche neue Stelle streichen. Nachmittags sollten wir es auch zu zweit schaffen. Und dann wäre da immer noch die Option, Gertrud in den Ruhestand zu entlassen und Teile des Sortiments zu reduzieren oder von extern zu beziehen …«

Theresa redet weiter, wedelt mit ihrem Kugelschreiber herum und deutet auf die Zahlen, die sie feinsäuberlich untereinandergeschrieben hat. Der Zettel mit den Notizen zum Wettbewerb brennt in meiner Hosentasche.

»Was denkst du?«

Meine Schwester sieht mich abwartend an.

»Ähm.« Ich öffne den Mund, schließe ihn wieder. »Ich glaube, also …«

Sie zieht die Augenbrauen zusammen. »Na los, spuck es aus.«

»Es fühlt sich falsch an, jemandem zu kündigen. Das hätte Mama nicht gewollt.«

Theresas Gesichtszüge verhärten sich. »Mag sein. Aber sie hat uns keine Wahl gelassen, oder?«

Ich schlucke die scharfe Antwort herunter, die mir auf der Zunge liegt. »Ich weiß nicht. Vielleicht gibt es ja noch eine andere Lösung?«

»Schön wär's.« Sie lässt die Schultern sinken. »Wenn dir was einfällt, immer raus damit. Es darf nur nichts kosten, kein zusätzliches Personal erfordern und den Regelbetrieb des Cafés nicht gefährden.«

Die Klingel ertönt, und Theresa wendet sich dem Ehepaar zu, das gerade das Café betritt. Wie in Trance belege ich mein Sandwich, platziere es in der Auslage, greife nach den nächsten Scheiben Toast. Meine Gedanken rasen. Nach diesem Vortrag ist eins klar: Theresa wird einer Teilnahme an dem Wettbewerb niemals zustimmen. Das Investment ist zu hoch, das Risiko eines Verlustes zu groß. Aber was dann? Jemanden entlassen und denselben Arbeitsaufwand mit einer Person weniger stemmen? Unmöglich.

Ich warte auf eine günstige Gelegenheit, um unser Gespräch fortzusetzen, aber der Morgenbetrieb nimmt Fahrt auf, und wir sind nie länger als fünf Minuten allein im Café. Als es kurz nach zwei Uhr ruhiger wird, schnappt sich Theresa die Autoschlüssel und schlüpft in ihren Wintermantel.

»Ich überlasse dir mal das Café und die Backstube. Maik kommt um vier für die Schicht auf dem Markt dazu, also spül ruhig in Ruhe ab.«

Ich zwinge mich dazu, ihr Grinsen zu erwidern. »Alles klar, ich habe es nicht vergessen. Aber wir sprechen später weiter, okay?«

»Sicher«, antwortet sie, während sie den Mantel zuknöpft. »Ich muss nur nach der Schicht noch schnell bei Francesca vorbeischauen. Aber das wird nicht lange dauern. Bis dann.«

Die Tür fällt klingelnd hinter ihr ins Schloss. Und ich bin keinen einzigen Schritt weitergekommen.

Es ist halb vier, und das Video meines Streits mit Simon Bergmüller hat mittlerweile über zweitausendfünfhundert Likes. Wider besseren Wissens nutze ich jede freie Minute zwischen zwei Kunden, um seinen Account zu checken und beobachte, wie die Zahl der Aufrufe ansteigt. Ich rechne jede Minute damit, dass Theresa mich anruft und eine Erklärung verlangt, aber mein Handy bleibt ruhig. Das macht es beinahe noch schlimmer. Nachdem ich das Video zum zehnten Mal angeschaut habe, gebe ich schließlich meiner quälenden Neugier nach und schaue mir den Rest des Accounts genauer an.

Mein erster Eindruck von gestern Abend bestätigt sich. Die Fotos sind ziemlich gut. Warme Farben, ansprechende Dekorationen, Nahaufnahmen, die einem das Wasser im Mund zusammenlaufen lassen: Apfel-Zimt-Schnecken, Mandeltörtchen, Orangenbiskuit und immer wieder Lebkuchen in allen erdenklichen Geschmacksrichtungen. Aber auf den zweiten Blick entdecke ich auch immer wieder Kleinigkeiten, die ich verbessern würde. Etwas mehr Licht, andere farbliche Nuancen, andere Geschmackskombinationen. Am Ende lande ich wieder auf dem verfluchten Video, aber dieses Mal erwacht neben Scham noch ein anderes Gefühl. Je länger ich die Kommentare lese, manche belustigt, andere abfällig, desto mehr kribbelt es mir in den Fingern.

Ich weiß, ich kann ihn schlagen.

Wenn ich nur die Chance dazu bekäme.

Während ich einen Cappuccino für Frau Siebenbrück von gegenüber zubereite, sehe ich es vor mir: Ich stehe auf der Bühne und nehme den Preis entgegen. Wir bringen draußen an der Tür ein Schild an, auf dem »Die besten Lebkuchen Bayerns« steht. Wir zahlen Mamas Kredit zurück und retten das Café.

Es ist ein wundervoller Traum.

Und ist es nicht irgendwie unsere einzige Chance? Wenn wir das Geld für die Bank nicht rechtzeitig zusammenkriegen, müssen wir schließen. Dann wäre all die Arbeit, die Mama seit über dreißig Jahren in das Café gesteckt hatte, umsonst. Und wir arbeitslos.

Ich bin so in Gedanken versunken, dass ich die volle Tasse etwas zu nah an den Rand des Tresens stelle. Als ich es bemerke, ist es schon zu spät. Mit einem lauten Scheppern landet sie auf dem Boden und zerspringt in Scherben.

»Mist! Das tut mir wirklich leid, bitte entschuldigen Sie!«, stammele ich und greife sofort nach einem Lappen. »Ich weiß gar nicht, was heute mit mir los ist. Sie bekommen sofort eine neue Tasse.«

Ich bin selbst überrascht, dass meine Hände zittern, als ich den Kaffee vom Boden aufwische.

»Machen Sie sich keinen Kopf, mein Kind«, sagt Frau Siebenbrück gutmütig. »Ich habe ja Zeit.«

Sie setzt sich an den kleinen Tisch direkt neben dem Tresen und schlägt ihren Roman auf. Seit ihr Mann vor drei Jahren gestorben ist, kommt sie fast jeden Tag hierher, liest eine Weile und plaudert mit den anderen Stammkunden. Wie die achtjährige Antonia, deren Mutter im Friseursalon in der Nachbarstraße arbeitet. Weil sie nicht gerne allein im Friseursalon sitzt, um ihre Hausaufgaben zu machen, kommt sie ein paar Nachmittage die Woche hierher. Ich fege gerade die Scherben zusammen, als sie mit einer Tragetasche unter dem Arm das Café betritt.

»Kathi? Was machst du denn da unten?«

Antonia bleibt stehen und beobachtet mich neugierig.

»Ich habe nur was fallen lassen, keine große Sache.«

»Scherben bringen Glück, sagt meine Mama immer«, antwortet sie ernsthaft.

»Dann hoffen wir doch mal, dass sie recht hat.« Ich stemme mich hoch und lächele sie an. »Eine heiße Schokolade für dich und später einen Kaffee zum Mitnehmen für deine Mutter?«

»Genau.« Ihr Lächeln offenbart eine neue Zahnlücke.

»Kommt sofort.«

Ich bereite einen frischen Cappuccino zu, während Antonia sich neben Frau Siebenbrück setzt.

»Hallo, Toni. Schön, dich zu sehen.« Frau Siebenbrück klappt ihr Buch zu. »Wie ist die Deutscharbeit gelaufen?«

»Ganz gut, glaube ich«, sagt Antonia und zieht ein dickes Heft aus ihrer Tasche. »Wir sollen für nächste Woche unsere Schreibschrift-Buchstaben üben. Hilfst du mir dabei?«

»Aber sicher. Zeig mal her.« Frau Siebenbrück rückt ihre Lesebrille zurecht. Als ich den beiden ihre Getränke bringe, sitzen sie tief gebeugt über Antonias Heft.

»Hier, ihr zwei. Damit lernt es sich besser.«

»Danke, Kathi!« Antonia nimmt einen großen Schluck und schließt genießerisch die Augen. »Das ist die beste heiße Schokolade der Welt. Kannst du mir nicht doch das Rezept verraten?«

»Altes Familiengeheimnis.« Ich zwinkere ihr zu.

»Das versuche ich auch schon seit Jahren, Toni. Aber die Lindenthal-Frauen hüten ihre Rezepte gut. Selbst als Kathi gerade mal so alt war die du, habe ich nichts aus ihr herausgekriegt.« Frau Siebenbrück tätschelt mir die Hand, dann wenden sich die beiden wieder Antonias Hausaufgaben zu.

Der Anblick schnürt mir unerwartet die Kehle zu. Was würde aus den beiden werden, wenn das Café schließen muss? Wo würde Antonia ihre Hausaufgaben machen, wo Frau Siebenbrück ihren Roman lesen? Vielleicht würden sie in das neue Café von Simon Bergmüller gehen. Oder sie blieben allein, Antonia im Hinterzimmer des Salons und Frau Siebenbrück in ihrer kleinen Wohnung am Ende der Straße.

Langsam kehre ich hinter den Tresen zurück, lasse den Blick durch das Café wandern. Es ist ein ruhiger Nachmittag, wie es zu Zeiten des Weihnachtsmarkts üblich ist. Trotzdem ist etwas mehr als die Hälfte der Tische besetzt, meist von Stammkunden, die schon seit Jahren hierherkommen. Die mich und Theresa hier haben aufwachsen sehen.

Die Ordner unter dem Tresen sind alle wieder da. Theresa muss den fehlenden gestern Nacht wieder eingeräumt haben. Nach einem schnellen Blick durch den Raum knie ich mich vor das Regal. Es dauert nicht lange, bis ich gefunden habe, was ich suche. Das zweite Konto, mit dem Mama uns den Kredit verheimlicht hat.

Ich starre auf die Zahlen, während im Hintergrund Tassen auf Porzellan klimpern. Antonia murmelt etwas, Frau Siebenbrück lacht leise.

Theresa wird mich hassen.

Aber ich habe keine Wahl.

Kapitel 8

Warte, warte, warte. Du hast was getan?« Melanie stellt ihr Weinglas mit einem Ruck auf den Tisch. Ich werfe einen verstohlenen Blick über die Schulter, aber die anderen Gäste, die sich an einem Mittwochabend in Falkenhains einzige Kneipe verirrt haben, schenken uns keine Beachtung.

»Auf dem zweiten Konto von Mama war noch Geld drauf. Knapp sechshundert Euro. Sie muss sie kurz vor ihrem Tod dahin überwiesen, aber nicht mehr an die Bank weitergeleitet haben.«

»Dem zweiten Konto, von dem ihr bis gestern nicht mal wusstet, dass es existiert?«, wiederholt Melanie langsam.

»Genau.«

»Und damit hast du jetzt …«

»… die Anmeldegebühr für den Wettbewerb bezahlt.«

Ich weiche Melanies Blick aus, fahre mit den Fingern über die Rillen des alten Holztisches in der Ecke, an dem wir immer sitzen.

»Mmh.« Sie nimmt einen Schluck Wein, schweigt.

»Jetzt sag schon was! Bitte.«

»Was glaubst du, was ich sagen will?«

»Dass ich eine furchtbare Schwester bin?« Ich werfe die

Hände in die Luft. »Dass ich einen riesigen Fehler gemacht habe und dafür für immer in der Hölle schmoren werde?«

»Interessant.« Melanie faltet die Hände auf dem Tisch zwischen uns. »Aber falsch. Ich bin ein bisschen krimineller Energie nie abgeneigt, wenn sie einer guten Sache dient.«

Ich lasse die Schultern sinken. »Okay. Danke.«

Wir nippen an unserem Wein. Im Hintergrund dudelt die Eighties-Musik, die der Besitzer des Falkenhainer Weinkellers seit fast vierzig Jahren ohne große Veränderungen spielt. Dann ergreift Melanie wieder das Wort. »Nur: Wie willst du verhindern, dass Theresa es herausfindet?«

»Ich werde es ihr natürlich sagen! Also, sobald feststeht, dass ich es ins Finale geschafft habe. Dann kann sie gar nicht mehr sauer sein.«

Meine Freundin hebt vielsagend die Augenbrauen.

»Zumindest nicht allzu lange. Und bis dahin werde ich einfach alle Schichten auf dem Weihnachtsmarkt übernehmen und mich richtig reinhängen. Mit etwas Glück kann ich die fünfhundert Euro wieder reinholen, bevor sie etwas merkt.«

Melanie wiegt den Kopf hin und her. »Okay, dieser Plan hat einige Lücken. Wie willst du mal eben so fünfhundert Euro zusätzlich verdienen? Deine Schwester macht doch die Buchhaltung, das würde ihr auffallen, es sei denn, du steckst es heimlich ein. Und überhaupt, wenn das so einfach wäre, bräuchtet ihr ja den Wettbewerb gar nicht.«

»Mir wird schon was einfallen.«

Wir trinken unsere Gläser aus und verlieren uns in wilden Spinnereien, wie wir meine Umsätze auf dem Weihnachtsmarkt steigern könnten. Als wir bei Cannabis-Lebkuchen und Striptease angekommen sind, stehe ich auf, um eine neue Runde zu holen. Während ich an der Theke warte, schaue ich schnell auf mein Handy. Theresa hat mir vor zwei Stunden geschrieben, dass es bei Francesca etwas länger dauern würde. Seitdem habe ich nichts mehr von ihr gehört. Wenn ich es nicht besser wüsste, würde ich vermuten, dass sie unserem Gespräch ausweichen will.

Na schön. Ist vielleicht besser so. Ich war noch nie eine besonders gute Lügnerin, schon gar nicht meiner Schwester gegenüber. Sie konnte mir schon immer an der Nasenspitze ansehen, wenn ich ihr etwas verheimlicht habe. Und das kann ich gerade wirklich nicht gebrauchen.

Als ich mit zwei vollen Weingläsern zurück an unseren Tisch komme, tippt Melanie gerade auf ihrem Handy herum. Ich lasse mich auf meinen Stuhl sinken, und sie legt das Handy mit einem verträumten Lächeln zur Seite.

»Na, wer ist der Glückliche?«

Ihr Lächeln wird breiter. »Harry Miller. Jazzmusiker aus München mit beeindruckendem Rhythmusgefühl.«

»Der Typ aus dem Aquarium?«

»Genau. Wir sind Samstagabend verabredet.«

»Glückwunsch.«

Ich habe Melanie nicht erzählt, wen ich im Aquarium wirklich kennengelernt habe. Tatsächlich habe ich versucht, diese Version von Simon Bergmüller völlig aus meinem Gedächtnis zu verbannen. Aber als ich jetzt an meinem Glas nippe, blitzt die Erinnerung sofort wieder auf. Warme braune Augen im gedimmten Licht des Clubs, das kleine Grübchen an der linken Wange. Ich bekomme eine Gänsehaut.

»Du bist übrigens mittlerweile eine kleine Berühmtheit.« Melanie zieht das Handy wieder zu sich und tippt etwas ein. »Fast fünftausend Aufrufe innerhalb eines Tages.«

Ich vergrabe das Gesicht in den Händen. »Erinnere mich nicht daran.«

»Warum eigentlich nicht?« Melanie hält inne, das Weinglas auf halbem Weg zum Mund. »Vielleicht ist das die Idee!«

»Was meinst du?«

»Du willst mehr Geld auf dem Markt verdienen. Also brauchst du mehr Kunden. Die bekommst du, indem du auf dich aufmerksam machst.«

»Ich kann dir nicht folgen.«

»Du schlägst die Bergmüllers mit ihren eigenen Waffen!« Sie haut mit der Hand auf den Tisch. »Sie haben jetzt zehntausend Follower auf Instagram? Dann hast du bald elftausend. Die Leute lieben Drama!« Sie deutet auf das Display, auf dem immer noch das Video unseres Streits zu sehen ist. »Jetzt musst du deine Chance nutzen und darauf aufbauen …«

»… indem ich ein Profil für das Café Lindenthal einrichte?«, vervollständige ich ihren Gedanken.

»Ganz genau!«

»Mmh.« Ich nicke langsam. »Das könnte tatsächlich funktionieren. Wenn wir damit mehr Kunden gewinnen, könnte ich das Geld für die Anmeldegebühr wieder reinholen. Dann könnte ich Theresa vielleicht auch davon überzeugen, dass wir niemanden entlassen müssen.«

Melanie prostet mir zu. »Also dann, auf deine Zukunft als Lebkuchen-Influencerin!«

Ein kleiner Teller aus weißem Porzellan steht auf einer dunkelroten Serviette. Darauf platziere ich zwei frische Lebkuchen, direkt aus dem kleinen Ofen unseres Verkaufswagens. Die Schokoladenglasur glänzt in der Mittagssonne und bildet eine harmonische Ergänzung zum dunklen Holz des Tresens. Ich gehe noch einen Schritt näher heran, suche nach dem perfekten Winkel. Noch etwas in die Knie und dann …

»Nanu, was wird das denn?«

Ich lasse vor Schreck beinahe mein Handy fallen.

»Claudia!«

Die Schneiderin zieht ihren Schal zurecht und mustert mich neugierig. »Du bist aber schon früh auf dem Markt.«

»Was? Ähm. Ja. Ich wollte nur schon mal ein bisschen was vorbereiten. Du weißt ja, wie das ist.«

»Und dazu fotografierst du einen einsamen Teller Lebkuchen?«, hakt sie nach.

Ich unterdrücke ein Seufzen. »Genau. Eigentlich wollte ich es dir erst erzählen, wenn ich alles fertig eingerichtet habe. Aber das Café Lindenthal ist ab jetzt online.« Ich deute auf den angerichteten Teller mit Lebkuchen. »Wir wollen mit Fotos wie diesen auf uns aufmerksam machen und neue Kunden erreichen. Das machen jetzt alle so.«

»Bergmüller macht das so, meinst du.« Claudia schürzt die Lippen.

Mein Herz setzt einen Schlag aus. »Du kennst seinen Account?«

Dann hätte sie das Video gesehen. Dann wüsste sie von dem Wettbewerb, und das hieße …

»Ich? Pff, ich bin schon froh, wenn ich mit meinem Handy

telefonieren kann. Meine Tochter kümmert sich um meine Webseite und dieses ganze Zeug. Sie hat mir davon erzählt.«

Ich wage wieder zu atmen. »Ach so. Und, was hältst du von der Idee?«

»Na ja, man muss wohl mit der Zeit gehen. Auch wenn ich immer noch der Meinung bin, dass eure Lebkuchen gar keine Werbung brauchen.« Sie zwinkert mir zu. »Gibst du mir noch ein paar mit der Zartbitterkuvertüre für die Mittagspause?«

»Aber sicher.«

Sobald Claudia sich verabschiedet hat, wende ich mich wieder meinem Lebkuchen-Arrangement zu. Die Sonne ist in der Zwischenzeit gewandert, sodass ich den Porzellanteller etwas weiter zur Seite schieben muss, um optimale Lichtverhältnisse zu haben. Ich mache aus jedem möglichen Winkel Fotos, bis ich schließlich mit dem Ergebnis zufrieden bin. Dann öffne ich Instagram und klicke auf *Neues Konto erstellen.*

Innerhalb weniger Minuten habe ich alle relevanten Daten eingegeben, meine Mailadresse bestätigt und einen Namen für den Account ausgewählt. *Kathis_Lebkuchenliebe*. Als Accountinhaber gebe ich das Café Lindenthal an.

Dann kommt der Moment der Wahrheit. Ich wähle aus meiner Galerie das schönste Foto aus und lege probeweise ein paar Filter darüber. Sepia, schwarz-weiß, an den Rändern abgedunkelt. Aber keiner wird dem warmen Licht des sonnigen Wintertags gerecht, deshalb entscheide ich mich am Ende dafür, es einfach ohne Filter zu posten. Unter das Foto schreibe ich: Die besten Lebkuchen Bayerns? Gibt es genau hier. #Lebkuchen #Weihnachtsgebäck #Bäckerin Und dann, bevor ich es mir anders überlegen kann, verlinke ich den Account der Bergmüllers und tippe auf *Posten.*

Kapitel 9

Hallo! Hast du mir überhaupt zugehört?«

»Was?« Ertappt lasse ich das Handy sinken. Um uns herum herrscht das typische Chaos eines Freitagmorgens im Café, und Theresa wedelt ungeduldig mit ihrer freien Hand. »Eine Tasse, bitte.«

»Ja, sofort.« Ich greife ins Regal über mir und reiche ihr das Gewünschte. Während sie die Kundin bedient, wage ich noch einen schnellen Blick auf mein Handy. Mein erstes Foto hat seit gestern Morgen über zweihundert Likes bekommen. Und jedes Mal, wenn ich nachsehe, sind es ein paar mehr.

»Hast du seit Neuestem einen Verehrer, den du mir verschweigst?« Theresa stemmt die Hände in die Hüften.

»Ich? Wie kommst du denn darauf?«

»Du hängst auf einmal nur noch am Handy. So kenne ich dich gar nicht.«

»Ich schreibe nur … mit Melanie.«

»Soso.« Theresa verengt die Augen. »Na dann, schöne Grüße.«

»Richte ich aus.« Ich weiß selbst nicht genau, wieso ich meiner Schwester nicht einfach von dem Instagram-Profil erzähle.

Aber irgendwie will ich mir erst sicher sein, dass mein Plan aufgeht, bevor ich sie einweihe.

»Könntest du heute die Schicht auf dem Markt allein übernehmen? Francesca muss das Haus in Ordnung bringen, bevor der Gutachter kommt.«

»Klar, kein Problem«, antworte ich schnell, dankbar für den Themenwechsel. »Moment, was für ein Gutachter?«

Theresa kaut auf ihrer Unterlippe. »Hatte ich das noch nicht erzählt? Ihre Mutter will das Haus verkaufen und zurück nach Hamburg ziehen.«

Ich blinzele. »Nein, das ist mir neu. Wann soll es denn losgehen?«

»Schon Mitte Januar, wenn sie bis dahin alles mit dem Verkauf des Hauses hier geklärt haben. Francesca hat eine schöne Wohnung für ihre Mutter gefunden, im selben Viertel, in dem sie aufgewachsen ist und ganz in der Nähe der Elbe.«

»Wow. Das geht ja jetzt richtig schnell.«

»Kann man wohl sagen.«

»Wie geht es Francesca damit?« Ich nehme mir ein Geschirrtuch und beginne, die Spülmaschine hinter dem Verkaufstresen auszuräumen. »Von hier nach Hamburg ist es ziemlich weit.«

»Allerdings.« Theresa greift das zweite Geschirrtuch und stellt sich neben mich. »Ich weiß auch nicht so richtig. Manchmal glaube ich, sie würde am liebsten hinterherziehen.«

Abrupt halte ich inne. »Nach Hamburg? Aber was wird dann aus euch?«

»Immer mit der Ruhe. Das wird sie natürlich nicht machen.«

»Das will ich auch hoffen. Schließlich brauche ich dich hier.«

»Klar«, murmelt sie und bückt sich, um das Besteck auszuräumen. »Das weiß ich doch.«

Den Rest des Vormittags ist sie ziemlich schweigsam. Immerhin macht sie keine Anstalten mehr, noch mal über das Thema Kündigungen zu sprechen, also lasse ich sie in Ruhe.

Gegen drei Uhr packe ich meine Sachen und fahre auf den Weihnachtsmarkt. Auf der Fahrt überlege ich schon mal, was für ein Foto ich als Nächstes posten könnte. Auf jeden Fall ein Foto von unserem Verkaufsstand, damit möglichst viele Leute auch dort vorbeikommen. Und danach vielleicht die Zimtsterne, hübsch angerichtet in einer Porzellanschale? Oder die frischen Nussecken in einer Papiertüte mit Schleife drum?

Während ich die Auslage mit frischen Waren bestücke und alles für den Verkaufstag vorbereite, brummt mein Handy mehrmals. Vermutlich Melanie, die mir seit gestern jede halbe Stunde Pinterest-Fotos mit Dekoideen schickt. Während ich die Zimtsterne stapele, werfe ich einen schnellen Blick auf das Display und erstarre.

Die Nachricht kam nicht von Melanie.

Baked_by_Bergmueller hat einen Kommentar unter meinem ersten Bild hinterlassen.

Eine gewagte Behauptung mit zweifelhaftem Wahrheitsgehalt 😉

Ein zwinkernder Smiley. Er besitzt die Dreistigkeit, einen zwinkernden Smiley dahinter zu posten. Das neueste Foto auf seinem Account ist ein winterliches Arrangement, in dessen Zentrum ein großer Teller Spritzgebäck steht. Natürlich glutenfrei.

Ich beiße die Zähne zusammen. Dann schnappe ich mir die Zimtsterne und beginne, sie zu einem kunstvollen Turm zu stapeln. Dieses Spiel kann man auch zu zweit spielen.

»Theresa? Bist du da?« Als ich nach Schichtende nach Hause komme, brennt ein Teil von mir darauf, ihr von meinem Tag zu erzählen. Ihr mein neues Foto für den Account zu zeigen, der mittlerweile über fünfhundert Follower hat. Und mich mit ihr über Simon aufzuregen. Das ganz besonders. Ich bin sicher, sie würde ihn genauso arrogant und unausstehlich finden wie ich. Aber die Wohnung ist leer, als ich meinen Mantel aufhänge und aus den Winterstiefeln schlüpfe. Wahrscheinlich ist das auch besser so. Sonst müsste ich Theresa auch unsere peinliche Begegnung im Club beichten. Und vielleicht fände sie meine Idee mit dem Account ja albern. Zeitverschwendung, die wir uns gerade nicht leisten können. Es reicht, wenn ich ihr davon erzähle, sobald er uns tatsächlich Kunden einbringt.

Also schicke ich Melanie eine lange Sprachnachricht mit den aktuellen Entwicklungen, während ich ins Bad wandere und mich aus den Klamotten schäle. Die heiße Dusche fühlt sich himmlisch an. Ich schäume mich von Kopf bis Fuß ein und genieße den Duft des Ingwer-Zitronen-Shampoos, bleibe unter dem Wasserstrahl, bis meine Haut sich rot färbt und der große Spiegel an der Tür beschlagen ist. Während ich mich abtrockne, beobachte ich, wie die Schlieren sich lichten und den Blick auf meinen Körper freigeben.

Mama hat immer gesagt, man könnte den Lindenthal-Frauen ansehen, dass sie gute Konditorinnen sind. Sie schien sich nie etwas daraus zu machen, dass ihre Hüften breiter und ihre Wangen runder waren als die der Frauen auf den Illustrierten. Auch Theresa hat es kaltgelassen, wenn ihre Klassenkameradinnen über ihre Diäten und Size-Zero-Jeans geredet haben. »Klamotten müssen mir passen, nicht andersrum«, war schon mit dreizehn ihre Devise. Ich dagegen habe in demselben Alter angefangen, Kuchen heimlich wegzuschmeißen, anstatt ihn zu essen und immer den längsten Weg von der Schule nach Hause zu gehen. So schlank wie die anderen Mädchen in meiner Klasse wurde ich dadurch trotzdem nicht. »Leben ohne Kuchen ist zwar möglich, aber sinnlos«, sagte Mama mir, als sie mich schließlich zur Rede gestellt hatte. Dann bat sie mich um meine Meinung zu einem neuen Keksrezept, und ich beschloss, dass sie recht hatte.

Linus' Verlobte ist schlanker als ich.

Obwohl es völlig irrelevant ist, hat mein Gehirn diese Information gespeichert, um mich in Momenten wie diesen daran zu erinnern. Ich ziehe meine Jogginghose über die Hüften und widerstehe der Versuchung, den Bauch einzuziehen. Es gibt Wichtigeres zu tun.

Ich schlüpfe in meine Hausschuhe und setze Teewasser auf. Dann nehme ich Mamas altes Rezeptbuch vom Regal in der Küche und mache mich auf die Suche nach dem Originalrezept, das sie früher immer für ihre Lebkuchenhäuser verwendet hat. Dafür müssen die Lebkuchen nämlich etwas fester sein als die, die wir jeden Tag im Café verkaufen, schließlich sollen sie am Ende ein Haus zusammenhalten. Das Rezeptbuch ist in rotes Leder eingeschlagen und schon ziemlich abgegriffen. Die Seiten hat Mama alle feinsäuberlich per Hand beschrieben. Auf den meisten sind schon Kaffeeflecken oder Abdrücke von teigverschmierten Kinderhänden.

Durch das Buch zu blättern, fühlt sich an wie eine Reise in die Vergangenheit. Das Rezept für Schoko-Brownies auf Seite 24 hat Mama zu Theresas elftem Geburtstag erfunden. Sie waren ein Hit bei ihr und ihren Freundinnen. Die Erdbeer-Sahnetorte war meine erste eigene Kreation. Das Nussecken-Rezept, nach dem wir heute noch backen, ist an einem verschneiten Weihnachtswochenende nach drei Fehlversuchen entstanden. Und das Himbeersoufflé habe ich Theresa serviert, um sie über ihren ersten Liebeskummer hinwegzutrösten. Ich lasse mich auf einen Küchenstuhl sinken und blättere langsam weiter. Früher haben wir die Samstagnachmittage fast immer zu dritt in der Küche verbracht. Neue Ideen ausprobiert und unserer Kreativität freien Lauf gelassen. Die Erfolge landeten am Ende auf dem Papier. Irgendwann hatte Theresa keine Lust mehr und hat ihre Zeit lieber am Computer oder mit ihren Freunden verbracht. Mama und ich sind länger dabeigeblieben, aber auch wir hatten irgendwann immer weniger Zeit. Das letzte neue Rezept ist schon über drei Jahre alt, dahinter sind die Seiten leer. Früher hatte ich oft so viele Ideen im Kopf, dass es mir schwerfiel, mich für eine zu entscheiden. Jetzt sehe ich die weißen Blätter an, und mein Hirn ist leer.

Aber wenn ich bedenke, was meine letzten glorreichen Ideen angerichtet haben, ist das wahrscheinlich besser so. Ich sollte einfach bei dem bleiben, was ich kenne. Dann kann nichts schiefgehen.

Ich blättere zurück zu der Seite mit dem Lebkuchenrezept und mache mich auf den Weg in die Backstube.

Das erste Adventswochenende fliegt an mir vorbei. Tagsüber arbeite ich entweder im Café oder auf dem Weihnachtsmarkt, und die Abende verbringe ich in unserer Backstube bei dem Versuch, das perfekte Lebkuchenhaus zu kreieren. Das ist allerdings schwieriger als gedacht: Die ersten paar Male misslingt mir der Teig, wird zu hart oder bröselt auseinander. Danach stehe ich vor der Herausforderung, ein Haus zu bauen, das nicht nach wenigen Minuten wieder zusammenfällt. Optimalerweise müsste der Teig erst mehrere Stunden abkühlen und aushärten, bevor ich ihn zum Bauen benutzen kann. Aber beim Wettbewerb habe ich diese Zeit auch nicht, also muss ich improvisieren.

Und das alles, ohne dass Theresa Verdacht schöpft.

So wird das bis nächste Woche nichts mit dem Einzug ins Finale, schreibe ich Melanie am Sonntagabend und schicke ihr ein Foto meiner neuesten Kreation. Es sollte eigentlich ein kleines Herrenhaus werden, mit zwei Etagen und Säulen vor dem Eingang. Stattdessen sieht es aus wie das Werk eines fünfjährigen Möchtegern-Architekten mit Sehschwäche.

Melanie hat mir zuletzt heute Nachmittag geschrieben, ein kleines Update ihres erfolgreichen Dates mit Jazzmusiker Harry Miller. Sie haben spontan entschlossen, den Sonntag zusammen zu verbringen, daher kann ich von ihr heute wahrscheinlich keine aufmunternden Worte mehr erwarten. Seufzend lasse ich mich auf den Stuhl vor der Arbeitsplatte sinken und spiele kurz mit dem Gedanken, Theresa doch einzuweihen. Sie hatte schon früher immer das beste Gespür, wenn Mama und ich mit einem Rezept nicht weiterkamen.

»Da fehlt noch Butter.« »Versucht es mal mit Dinkelmehl.« »Eine Prise Vanille würde es abrunden.«

Ein Blick in die Rührschüssel genügte, um die Lösung des Problems parat zu haben. Aber dann müsste ich ihr auch von den fünfhundert Euro für die Teilnahmegebühr erzählen.

Und ich kann Mamas wütendes Gesicht immer noch vor mir sehen.

»Glaubst du vielleicht, du kannst hier alles allein entscheiden?«

Eine Säule des Herrenhauses kippt um und zerfällt in kleinen Teigkrümeln auf der Arbeitsfläche.

Nein, das kommt nicht infrage. Irgendwie werde ich das schon hinkriegen.

Draußen schlägt die Kirchturmuhr elf, und ich beschließe, für heute Schluss zu machen. Nachdem ich die Spuren meiner nächtlichen Backaktion beseitigt habe, lösche ich das Licht und schleiche nach oben. Theresas Zimmer ist dunkel. Tatsächlich bin ich mir nicht sicher, ob sie überhaupt zu Hause ist, weil sie direkt nach ihrer Schicht noch mal zu Francesca gefahren ist. So war es die meisten Abende in dieser Woche. Offenbar ist der Umzug von Francescas Mutter aufwendiger als angenommen. Bei dem Gedanken daran zieht sich mein Magen zusammen. Obwohl Theresa mir versichert hat, ihre Freundin würde nicht nach Hamburg ziehen, lässt mich diese Vorstellung nicht los. Das wäre eine Katastrophe. Würde Theresa sich von ihr trennen? Oder ihr hinterherziehen?

Morgen müssen wir unbedingt mal wieder richtig reden. Nicht nur im Vorbeigehen auf der Treppe oder zwischen zwei Kunden.

Mit diesem Gedanken falle ich ins Bett. Bevor ich das Handy weglege, wandern meine Finger wie von selbst auf das Instagram-Symbol auf meinem Display. Mein letztes Foto, ein geschmackvolles Arrangement aus Nussecken und einer Tasse frischem Kakao auf einem hölzernen Servierbrett, hat schon über tausend Likes und einundvierzig Kommentare, die auf eine Antwort warten. Es ist beinahe absurd, wie schnell die Zahl meiner Follower gewachsen ist. Vermutlich sind die meisten erst durch Bergmüllers Kommentar unter dem ersten Post auf uns aufmerksam geworden, aber das ist Nebensache. Wichtig ist, sie nehmen uns wahr. Offenbar hatte Melanie recht: Die Leute lieben Drama. Neben denen, die nach Rezepten fragen oder einfach meine Fotos mögen, kommentieren immer wieder Menschen, die meine Bilder mit denen von Bergmüller vergleichen. Und der befeuert diese Entwicklung. Erst vor ein paar Stunden hat er ebenfalls ein Video hochgeladen, in dem er erklärt, wie man Nussecken backt. Natürlich mit Kokosblütenzucker und Hafermilch.

Und die nächste Runde ist eröffnet, schreibt ein Nutzer darunter. Ob Kathi kontern wird? #bakerybattle.

#bakerybattle? Klingt gar nicht schlecht. Wenn er eine Schlacht will, kann er sie kriegen! Es wird Zeit für meinen nächsten Schachzug. Ich könnte ein Video mit dem Rezept für die Mandelsplitter drehen. Danach haben sich schon einige Leute erkundigt. Oder vielleicht sogar eine ganze Reihe von Posts über die beliebtesten Weihnachtsplätzchen.

Bevor mir die Augen zufallen, schreibe ich die Idee in meiner Notizen-App auf und beantworte alle neuen Kommentare. Dann lösche ich das Licht und träume, dass ich von den Trümmern eines riesigen Lebkuchenhauses zerquetscht werde.

Kapitel 10

»Kaffee ist fertig«, sagt Gertrud am Montag zur Begrüßung, als ich in die Backstube komme.

»Danke.«

Sie und Theresa stehen bereits an der Arbeitsfläche, die Hände in Rührschüsseln. Bevor ich mich dazugeselle, nehme ich einen großen Schluck aus der Tasse, die sie für mich hingestellt hat. Gertruds Kaffee ist bitter und stark, und ich fühle mich sofort etwas wacher.

»Ich weiß nicht, was wir ohne dich und deine Spezialmischung machen würden«, murmele ich dankbar in meine Tasse. Gertrud bedenkt mich mit demselben Lächeln, das sie mir schon als Kind zugeworfen hat, wenn ich versucht habe, ihr in der Backstube zu helfen. Und dabei unweigerlich ein Chaos veranstaltet habe. Abgesehen davon, dass ihre kurzen dunkelbraunen Haare mittlerweile von grauen Strähnen durchzogen sind, hat sie sich seitdem nicht verändert, und die Erkenntnis, dass ich niemals wissen werde, wie meine Mama mit sechzig Jahren aussieht, sticht mir unerwartet ins Herz.

»Das musst du ja auch nicht, meine Liebe.«

Theresa wirft mir einen Seitenblick zu. Erst jetzt fällt mir auf, wie müde meine Schwester aussieht. Ihr blonder Zopf franst an mehreren Stellen aus, und ihr Concealer schafft es nicht, die dunklen Ringe unter ihren Augen zu verbergen. Sofort bekomme ich ein schlechtes Gewissen. Über die Arbeit und den Stress mit dem Wettbewerb habe ich sie in den letzten Tagen nicht einmal gefragt, wie es ihr geht.

»Ist es gestern spät geworden?«

»Kann man so sagen«, murmelt sie, während sie den Teig für unsere süßen Hefeschnecken knetet. »Ich habe Francesca dabei geholfen, die Papiere für die Rentenbescheinigung und die Versicherungen auszufüllen. So viel Papierkram nur für eine neue Anschrift.«

»Kann ich mir vorstellen.« Ich widme mich dem Blech Apfelkuchen, das ich gestern vorbereitet habe und verteile die Streusel darauf. Dann füge ich beiläufig hinzu: »Allein deshalb würde ich nicht umziehen.«

»Mmh.« Theresa knetet weiter. Ich warte darauf, dass sie weiterspricht, aber das tut sie nicht.

Wahrscheinlich ist sie einfach nur müde. Kein Grund, sich Gedanken zu machen.

Als Gertrud den Raum verlässt, um die erste Ladung Brötchen in der Auslage zu verteilen, sagt sie unvermittelt: »Ich habe gestern noch mal die Zahlen der letzten Woche durchgeschaut.« Ich bin gerade dabei, das Blech mit Apfelkuchen in den Ofen zu schieben und erstarre mitten in der Bewegung. »Und?« Meine Stimme klingt piepsig. »Irgendetwas Besonderes?«

Zum Beispiel fünfhundert Euro, die ohne Erklärung fehlen? Meine Hände fangen an zu schwitzen.

»Im Café nicht, aber auf dem Markt sind unsere Einnahmen gestiegen. Jeden Tag sind ein paar Leute mehr gekommen.«

Ich atme langsam aus. Offenbar hat sie in Mamas zweites Konto nicht reingeguckt »Das ist doch super, oder?«

»Ja, schon.« Sie teilt den Teig in mehrere Stücke und beginnt, daraus Schnecken zu formen. »Ich hab keine Ahnung, woher das kommt, aber hoffen wir einfach mal, dass es anhält. Und was die Entlassungen angeht …«

»… können wir damit nicht noch etwas warten?«, unterbreche ich sie. »Bis nach dem Weihnachtsmarkt? Du hast selbst gesagt, dass sich unsere Zahlen verbessern.«

»Minimal. Das wird nicht reichen, um genug Geld für den Kredit zusammenzusparen.« Ihre Schultern verspannen sich. »Ich will doch auch niemanden rausschmeißen, Kathi. Aber …«

»Dann tu es nicht! Warte den Markt ab«, wiederhole ich. »Wenn es dann immer noch nicht reicht, können wir uns überlegen, wen wir entlassen.«

Dilara, Maik oder Gertrud. Zwei Azubis des Autokonzerns, die Wochenendschichten machen, um ihre Familien zu unterstützen und Gertrud, die schon länger hier arbeitet, als ich auf der Welt bin. Bei dem Gedanken, sich zwischen ihnen zu entscheiden, zieht sich mein Magen zusammen.

»Du bist eine unverbesserliche Optimistin, weißt du das?« Theresa wirft mir über die Schulter ein müdes Lächeln zu.

Und eine Lügnerin, erinnert mich mein Gewissen.

»Schon möglich.« Ich lächele zurück, aber es fühlt sich falsch an.

Wenn ihr an meiner Antwort etwas komisch vorkommt,

lässt sie es sich nicht anmerken. Sie wendet sich wieder ihrem Brot zu und murmelt: »Das musst du von Mama haben.«

Wir arbeiten schweigend weiter. Ich stelle den Ofen ein und beginne, Zimtsterne aus dem gestern vorbereiteten Teig auszustechen, während sie den Lebkuchenteig für den Tag vorbereitet. Ihr letzter Satz schwebt zwischen uns im Raum wie Morgennebel. Seit Theresa mir von dem Kredit erzählt hat, haben wir nicht mehr über Mama gesprochen. Auch eine Woche später weiß ich immer noch nicht so richtig, was ich dazu sagen soll.

War sie wirklich eine Optimistin? Oder wollte sie einfach nur die Realität nicht wahrhaben? Und was bedeutet das alles für unseren Streit? Für ihre letzten Worte an mich?

»Wir bräuchten dringend neue Gewürze: Zimt, Vanille, Sternanis. Und Mehl wird auch knapp«, bricht Theresa schließlich das Schweigen. »Ich würde ja nach der Schicht im Café zum Großhandel fahren, aber Francesca braucht heute noch mal Hilfe dabei, die Möbel abzubauen, die sie ihrer Mutter hinterherschicken will.«

Für einen Moment steigt Ärger in mir auf. »Kann sie das nicht ausnahmsweise mal allein machen?«

»Einen zwei Meter hohen Kleiderschrank auseinanderbauen? Wohl kaum.« Theresas Stimme wird weicher. »Ich weiß, dass der Zeitpunkt gerade echt blöd ist. Aber ich kann sie da jetzt nicht hängen lassen. Den Schrank noch, dann ist es so gut wie geschafft.«

Mein Gewissen wird lauter. Schließlich ist es nicht Theresa, die ihre Schwester anlügt und ihre Abende mit der heimlichen Vorbereitung eines Wettbewerbs verbringt. »Klar, das verstehe ich. Dann fahre ich einfach nachher beim Großmarkt vorbei. Kein Problem.«

»Danke dir. Du bist ein Schatz.« Sie gibt mir im Vorbeigehen einen Kuss auf die Wange.

Ich schaue ihr nach und versuche, meine Schuldgefühle in schwarzem Kaffee zu ertränken.

Es ist Viertel vor acht Uhr abends, als ich auf dem Parkplatz des Großhandels den Motor ausstelle. Dilara hat sich netterweise bereit erklärt, das Aufräumen des Verkaufswagens auf dem Weihnachtsmarkt allein zu übernehmen, sonst hätte ich es nicht mehr rechtzeitig vor Ladenschluss geschafft. Mit großen Schritten überquere ich den Parkplatz und atme auf, als ich den beheizten Innenraum des Ladens betrete. Nach sechs Stunden im Verkaufswagen ist mir die Kälte bis unter meine Skiunterwäsche gekrochen. Ich nicke dem Kassierer zu, mit dem Mama früher immer gequatscht hat, zu und schnappe mir einen Einkaufswagen. Außer mir ist fast niemand mehr im Laden, sodass ich zügig durch die leeren Gänge schiebe. *Mehl, Milch, Backpulver, brauner Zucker.* Nach und nach arbeite ich mich durch Theresas Einkaufsliste und packe kiloweise Backzutaten in den Einkaufswagen. Im hintersten Gang stehen die Gewürze. Allerdings sehe ich schon auf den ersten Blick, dass hier scheinbar ein Riese die Regale eingeräumt hat. Zimt und Sternanis stehen auf dem obersten Regalbrett, das ich nur erreichen kann, wenn ich mich auf die Zehenspitzen stelle. Was mit eingefrorenen Zehen in Boots gar nicht so einfach ist.

Ich strecke mich und angele nach der Zimtdose, aber meine Finger streifen lediglich den Rand. Nach einem schnellen Blick den Gang herunter stelle ich meinen Fuß auf das unterste Regalbrett und stemme mich nach oben.

»Brauchst du vielleicht Hilfe?«

Vor Schreck rutsche ich mit dem Fuß ab und verliere das Gleichgewicht. In einer Sekunde hänge ich am Regal, in der nächsten liege ich in einem wenig eleganten Haufen aus Winterkleidung auf dem Fußboden. Vor meiner Nase stehen zwei Paar Stiefel, in denen mit Jeans bekleidete Beine stecken. Meine Augen wandern weiter nach oben.

»Das kann nicht dein Ernst sein.«

Simon Bergmüller streckt mir eine Hand hin. »Tut mir leid, ich wollte dich nicht erschrecken.«

»Da bist du leider auf ganzer Linie gescheitert.« Ich ignoriere seine Hand und rappele mich auf. »Was sollte das überhaupt werden? Ich hätte mir sonst was brechen können.« Das ist vielleicht etwas übertrieben, aber mein Herz hat bei seinem Anblick einen Schlag ausgesetzt und sich noch nicht wieder erholt.

»Ich wollte dir lediglich meine Hilfe anbieten. Bei den Gewürzen.« Er wendet sich dem Regal zu und nimmt eine Dose Zimt herunter. Dafür muss er sich noch nicht mal strecken. Als er sie mir hinhält, taucht das Grübchen in seiner linken Wange wieder auf.

»Wer sagt denn, dass ich Hilfe brauche?«

»Nur so ein Gedanke. Oder übst du beim Einkaufen immer nebenbei klettern?«

»Vielleicht tue ich das.« Ich stelle den Fuß wieder auf das untere Regal. »Du wirst feststellen, dass ich ziemlich gut im Training bin …« Ich stemme mich hoch und nehme ebenfalls eine Zimtdose aus dem Regal, » … wenn ich nicht gerade abgelenkt werde.«

»Sehr beeindruckend.« Sein Lächeln wird breiter. Mir ist auf einmal zu warm unter meinem Wintermantel. Ich wende mich ab und lege den Zimt in meinem Einkaufswagen. »Hoffentlich hast du auch Verwendung dafür«, sage ich mit einem Blick auf die Dose, die er immer noch in der Hand hält. »In deine Stollen kommt ja schon mal kein Zimt rein, wie ich heute gelernt habe.«

»Du schaust also meine Stories?«

Am liebsten würde ich ihm das triumphierende Grinsen aus seinem hübschen Gesicht wischen. Stattdessen sage ich: »Klar. Ich muss schließlich wissen, was die Konkurrenz macht. Christstollen ohne Zimt ist … abenteuerlich.«

»Ich dachte mir, ich versuche mal was Neues«, Simon zuckt mit den Schultern. »Den Kunden scheint es zu schmecken.«

Ich beiße die Zähne zusammen. »Wie schön für euch. Dann stell den Zimt am besten dahin zurück, wo du ihn hergenommen hast und sei so freundlich, mich durchzulassen.«

Simon rührt sich nicht von der Stelle. »Nicht nötig, dafür finde ich eine andere Verwendung.«

»Oh, da bin ich sicher«, murmele ich, während ich mich an ihm vorbeischiebe. »Pumpkin Spice Muffins oder zuckerfreies Zuckerbrot oder was auch immer die coolen Kids in der Stadt heutzutage essen.«

»Ich könnte es dir zeigen.«

Ich halte inne. »Was meinst du?«

Simon verschränkt die Arme und lehnt sich an das Regal. »Ich könnte dir zeigen, wofür ich den Zimt brauche. Und unsere neue Backstube. Eine perfekte Gelegenheit, die Konkurrenz im Auge zu behalten, wenn du so willst.« Er hebt herausfordernd die Augenbrauen.

»Ähm, aber … also, wieso?«, stottere ich. Dieses verdammte Grübchen bringt mich aus dem Konzept. »Ich meine, was hättest du davon?«

»Die Freude und das Vergnügen, einer Kollegin meine Arbeit zu zeigen.« Er zwinkert mir doch tatsächlich zu. »Und wer weiß? Vielleicht lernst du ja noch was.«

Damit klemmt er sich den Zimt unter den Arm und lässt mich mit offenem Mund stehen. Wenige Sekunden später vibriert mein Handy. Es ist eine private Instagram-Nachricht von Simon Bergmüller. Eine Adresse und der Satz:

Morgen Abend nach Schichtende?

Ich starre ein paar Sekunden auf den Bildschirm und weiß nicht, wie ich mich fühlen soll. Aber dieses Kribbeln in meinem Magen ist definitiv Wut. Keine Frage.

»Dir werde ich zeigen, wer hier noch was lernen kann«, murmele ich, dann sende ich meine Antwort.

Ich werde da sein.

Kapitel 11

Am Dienstagmorgen postet Simon ein Foto von Zimt-Orangen-Muffins. Im Text heißt es: Eine unserer neuesten Kreationen. Das Rezept bleibt aber erst mal unser Geheimnis 😉

Ich könnte schwören, dieser zwinkernde Smiley richtet sich direkt an mich.

Vielleicht werde ich auch langsam paranoid.

Theresa kommt nach Ladenschluss des Cafés auch auf den Weihnachtsmarkt, um mich und Maik beim Bedienen der Nachmittagskundschaft zu unterstützen. Allerdings ist sie heute ungewöhnlich schlecht gelaunt. »Dieses verfluchte Mistwetter.« Sie reibt ihre behandschuhten Hände aneinander. »Wenn es schon so kalt sein muss, kann es nicht wenigstens schneien?«

»Stress mit Francesca?«, frage ich, während ich die Verkaufstheke mit einem Lappen von Krümeln befreie.

»Bitte?« Sie tritt einen Schritt zur Seite, um mir Platz zu machen. »Wie kommst du darauf?«

»Du bist so ein Ausbund an guter Laune heute.«

»Pfff. Das hat damit nichts zu tun.«

Ich werfe ihr einen Seitenblick zu. »Also habt ihr euch gestritten?«

»Ist nicht so wichtig. Ich ärgere mich nur über diesen Bergmüller. Heute Morgen im Café durfte ich mir mehrfach anhören, dass wir doch auch mal vegane Backwaren anbieten könnten. Selbst die Prantls waren scheinbar schon an seinem Stand.« Sie presst die Lippen zusammen. »Und dann ist er auch noch ein paar Cent günstiger. Wahrscheinlich nur, um uns schlecht aussehen zu lassen. Vielleicht hast du doch recht, was die arroganten Städter betrifft.«

»Ich habe immer recht«, murmele ich, sehe sein Grinsen wieder vor mir. *Vielleicht lernst du ja noch was.* Sofort steigt mir Hitze ins Gesicht. »Arrogant ist noch nett formuliert.«

Gleichzeitig sticht mich mein schlechtes Gewissen in die Rippen. Aber ich treffe ihn ja nur, um herauszufinden, wie er arbeitet. Um uns einen Vorteil zu verschaffen. Das würde meine Schwester bestimmt verstehen.

Während Theresa auf dem Klo ist und Maik sich was zu trinken holt, nehme ich das Foto für meinen neuesten Post auf. Weil das letzte Plätzchenrezept gut angekommen ist, habe ich mich entschieden, die Reihe mit den Weihnachtsplätzchen durchzuziehen. Heute stehen Vanillekipferl auf dem Programm.

»Echt coole Idee, mit dem Instagram-Account. #bakerybattle, das feiere ich.«

Ich war so auf die Komposition des perfekten Fotos konzentriert, dass ich Maik nicht habe reinkommen hören. Ertappt zucke ich zusammen.

»Du weißt davon?«

»Klar.« Er stellt seine Punschtasse ab und reicht mir ebenfalls eine. »Mit besten Grüßen von Greta. Sie sagt, du hast dich schon länger nicht mehr blicken lassen.«

Das schlechte Gewissen sticht ein zweites Mal zu. »Danke. Ich gehe heute Abend auf jeden Fall bei ihr vorbei.«

»Yup.«

Für ihn ist das Thema damit offensichtlich beendet, und er wendet sich dem Ofen zu, in dem gerade eine frische Ladung Lebkuchen backt. Ich räuspere mich. »Noch mal zu dem Account. Woher kennst du ihn? Ich hab nichts gesagt.«

»Es ist im Internet.« Maik zuckt mit den Schultern. »Das Video von dir und diesem Möchtegern-Hipster ist hier in der Stadt ziemlich viral gegangen. Und dann hat diese Foodbloggerin aus München in ihrer Story davon erzählt und bam, #bakerybattle war geboren.«

»Davon habe ich gar nichts mitbekommen.« Aber je länger ich darüber nachdenke, desto mehr ergibt es Sinn. Das würde zumindest erklären, wieso ich in so kurzer Zeit so viele Follower gewonnen habe.

»Du bist ja scheinbar ziemlich gut informiert«, sage ich möglichst beiläufig. »Auf wessen Seite sind die Leute denn so in diesem Duell?«

Maik legt den Kopf schief. »Kommt drauf an. Viele feiern Bergmüllers Rezepte. Du weißt schon, frische Ideen, ungewöhnliche Kreationen. Wir sind eher die Underdogs. Aber gerade das macht uns sympathisch.«

Ich nicke, als hätte ich irgendeine Ahnung, was das heißt. Bevor Maik sich den beiden kleinen Mädchen zuwendet, die sich gerade unserem Wagen nähern, fasse ich ihn am Ellenbogen. »Eine Sache noch: Sag Theresa bitte nichts von dem Account.«

Er runzelt die Stirn. »Okay?«

»Es soll eine Überraschung werden«, flüstere ich. Zumindest, bis ich im Finale des Wettbewerbs bin und ihr die ganze Wahrheit sagen kann.

»Klar. Kein Ding.«

»Danke.«

Er wendet sich unseren jungen Kundinnen zu, und ich lade mein Foto hoch. Als Theresa zurückkommt, mimt Maik hinter ihrem Rücken, wie er seine Lippen verschließt.

»Hab ich was verpasst?«, fragt meine Schwester.

Nur, bis wir im Finale sind, wiederhole ich in Gedanken. Dann werde ich es ihr sagen.

»Nein, nichts.«

Es ist kurz nach neun, als ich geduscht und umgezogen durch den Flur zur Haustür schleiche. Ein Blick durch die halb geöffnete Wohnzimmertür verrät, dass Theresa vor dem Fernseher eingeschlafen ist. In Jogginghose und Kuschelsocken liegt sie auf dem Sofa und schnarcht leise. Auf dem Bildschirm werden gerade die Kandidaten irgendeiner Dating-Show vorgestellt.

Für einen Moment sieht sie genauso aus wie Mama.

Ich schiebe den Gedanken zur Seite und schließe leise die Tür. Dann schlüpfe ich in die Winterstiefel und werfe einen prüfenden Blick in den Spiegel. Meine braunen Locken fallen frisch gewaschen über die Schultern. Aus einer Laune heraus habe ich eben noch einen Hauch Lippenstift aufgetragen. Dark Rose, meine Lieblingsfarbe. Sie passt perfekt zu dem grünen Rollkragenpullover. Nicht, dass das eine Rolle spielen würde. Aber wenn Simon Bergmüller glaubt, er könnte mich einschüchtern, dann hat er sich geirrt. Dem werde ich zeigen, wie der Hase läuft.

Wenig später ziehe ich die Tür des Cafés hinter mir ins Schloss. Die ganze Aktion weckt alte Erinnerungen an den Sommer, in dem ich mit Linus zusammengekommen bin. Ich war gerade sechzehn geworden und habe mich fast jede Nacht heimlich rausgeschlichen, um ihn zu treffen.

Jahre später stellte sich heraus, dass Theresa und Mama die ganze Zeit davon wussten. Und natürlich, dass Linus ein Arschloch war.

Dabei ist das hier natürlich etwas ganz anderes. Ein Geschäftsbesuch. Eiskalter Wind fährt mir durch die Haare, und ich stelle den Mantelkragen auf. Bis zur alten Nähstube in der Kalandstraße ist es nicht weit, also lasse ich das Auto stehen. Auf meinem Weg durch die Kopfsteinpflasterstraßen begegnet mir niemand. Nach dem Stress des Verkaufstages ist es herrlich ruhig. In fast allen Fenstern hängen Holzsterne, Lichterketten oder Tannenzweige. Frau Liebrecht an der Straßenecke hat ihren Adventskranz auf die Fensterbank gestellt. Das Highlight ist aber ohne Zweifel der Vorgarten des Ehepaars Glöcker, die für ein paar Jahre in den USA gelebt und die dortigen Deko-Traditionen mit nach Falkenhain gebracht haben. Jeder Busch und Baum ist mit Lichterketten umschlungen, im Vorgarten steht ein beleuchteter Schlitten mit Rentieren und an ihrem Schornstein hängt ein lebensgroßer Weihnachtsmann aus Plastik.

Es klingt vollkommen absurd, aber irgendwie funktioniert es.

Viel zu schnell biege ich in die Kalandstraße ein. Die Fassade der alten Nähstube leuchtet in warmem Gelb, und eine Straßenlaterne wirft ihr Licht auf die Schrift über dem Eingang. *Bäckerei Bergmüller. Münchner Backwaren mit Stil.* Über dem großen Fenster ist eine Markise in Taubenblau befestigt, und rechts und links von der Eingangstür stehen Buchsbäume in schlanken Tontöpfen.

Es sieht hübsch aus. Ganz objektiv betrachtet.

Ich bleibe einen Moment vor der schweren Holztür stehen und sammle meine Gedanken. Das Ziel des heutigen Abends lautet, herauszufinden, was Simon Bergmüller im Schilde führt. Mit dieser Bäckerei, beim Lebkuchenwettbewerb, in Falkenhain überhaupt. Und ihn dann mit seinen eigenen Waffen schlagen.

Ich drücke auf die Klingel.

»Moment!« Drinnen poltert etwas, dann nähern sich Schritte.

Simon öffnet die Tür in Jeans und einem dunkelblauen Pullover. Darüber trägt er allerdings eine Schürze und an seiner rechten Schläfe hängt etwas Mehlstaub.

»Du bist es.« Er wirkt beinahe überrumpelt.

»Ähm, ja. ja. Du hast mich eingeladen, schon vergessen?«

Er blinzelt. Dann breitet sich das vertraute Grinsen auf seinem Gesicht aus. »Natürlich nicht. Ich dachte nur nicht, dass du wirklich kommen würdest.«

»Tatsächlich? Ich kann auch wieder …«

»Sei nicht albern, komm rein.« Er tritt zur Seite und deutet mit ausladender Geste nach innen. »Nach dir.«

Ich trete an ihm vorbei durch die Tür, erhasche dabei einen Hauch Zimt, Orange und etwas anderes, Herberes. Kiefernholz und Meerwasser.

Ich räuspere mich. »Ich sehe, die Renovierung ist abgeschlossen.«

Der Innenraum der alten Nähstube ist kaum wiederzuerkennen. An der Fensterseite des Raums ist eine hohe, durchgehende Tischplatte befestigt, vor der Barhocker stehen. Links steht ein Verkaufstresen aus hellem Holz, über dem eine große Kreidetafel mit der Getränkekarte hängt. Dahinter steht ein großes Regal mit Bastkörben für Brot und Brötchen. Im Rest des Raums sind kleine Tische verteilt, auf denen jeweils eine Kerze und eine Blume in einer Vase stehen. Die Deko ist ebenso elegant wie minimalistisch.

»Fühlt sich an, als wäre ich plötzlich in einer Münchener Szenekneipe gelandet. Nach Falkenhain sieht es jedenfalls nicht aus.«

»Das ist eben das Design der Bergmüller-Bäckereien«, antwortet er. Es klingt beinahe entschuldigend. »Hier entlang.«

Ich folge ihm hinter den Verkaufstresen ins Hinterzimmer, in dem früher Nähmaschinen und Stoffreste gelagert wurden. Jetzt wird der Raum von einem großen Industrieofen dominiert, in dem man sechs Bleche gleichzeitig backen kann. An den Wänden entlang ziehen sich Regale voller Backzutaten und in der Mitte des Raums steht eine Arbeitsplatte, auf der absolutes Chaos herrscht. Töpfe, Schüsseln, Rührbesen und Messbecher, eine angebrochene Packung Mehl, ein Netz Orangen, Marzipanrohmasse und ein Brettchen mit gehackten Mandeln.

»Hilfe! Ist hier was explodiert?«

»Nein, ich war nur … oh, Mist!« Simon eilt zu der kleinen Kochplatte neben dem Waschbecken und nimmt einen Topf vom Herd. »Ich habe gerade die Schokolade geschmolzen. Aber zum Glück ist noch nichts angebrannt.«

Er rührt ein paarmal im Topf, und der schwere, süße Geruch nach dunkler Schokolade steigt mir in die Nase.

»Könntest du vielleicht einmal kurz …?«

Er deutet auf das Schlachtfeld auf seinem Tisch. Ich räume ein paar Schüsseln zur Seite, damit er den heißen Topf abstellen kann.

»Vielen Dank.«

»Was soll das werden, wenn es fertig ist?«

»Dominosteine. Mit selbst gemachtem Orangengelee und Mandelsplittern.«

Ich hebe die Augenbrauen. »Ziemlich aufwendig.«

»Kann man so sagen«, er schmunzelt. »Vor allem, weil das schon mein dritter Versuch ist. Die ersten zwei Male waren ein ziemlicher Flop.«

»Das Gelee, oder?«

»Ja, genau. Beim ersten Mal wurde es nicht richtig fest und danach war es quasi wie Beton.«

»Das Problem kenne ich.«

Wir tauschen einen Blick aus. Im Licht der Deckenlampe über der Arbeitsfläche haben seine Augen die Farbe von flüssigem Karamell. Ich wende mich ab.

»Hier arbeitest du also? Kreierst die berühmten Bergmüller-Rezepte?« Während er Töpfe und Schüsseln von links nach rechts schiebt, wandere ich durch den Raum. Tatsächlich sieht diese Backstube gar nicht so anders aus wie unsere, wenn überhaupt etwas kleiner, dafür aber besser sortiert. Neben Backpulver, Hefe und Vanillezucker stehen Mandelmehl und Matcha-Pulver, Goji-Beeren und Kokosblütenzucker. Im Regal rechts vom Ofen ruhen ein paar Laibe Brot und mehrere Bleche mit Streuselkuchen. Im obersten Regalbrett steht ein weiteres Blech, das mit einem Handtuch abgedeckt ist.

»Wann immer ich die Zeit dafür finde, ja.« Er sieht vom Topf mit der Schokoglasur auf und folgt meinem Blick. »Schließlich muss ich mich ja auch um die Vorbereitungen für den Wettbewerb kümmern.«

»Klar.« Ich kneife die Augen zusammen, versuche, unter dem Handtuch eine Form auszumachen, aber es gelingt mir nicht. »Geht mir ja genauso.«

Der Einsendeschluss für die erste Runde ist in fünf Tagen. Und mein letztes Lebkuchenhaus ist mir gestern Abend unter der Last der Dekorationen zusammengebrochen.

»Und, wie läuft es?«

»Gut. Sehr gut.«

»Bei mir auch.«

Für einen Moment ist nur das Kratzen des Löffels in der Schüssel mit Schokoglasur zu hören. Ich beende meinen Inspektionsgang durch den Raum und bleibe an der Arbeitsfläche stehen. Simon stellt den Topf zur Seite und holt eins der Bleche aus dem Regal neben dem Ofen. Der süße Duft nach Lebkuchen steigt mir in die Nase. Er hebt den Teig mithilfe des Backpapiers vom Blech und breitet ihn zwischen den Töpfen und Schüsseln vor sich aus. Dann beginnt er, Orangengelee darauf zu verteilen. Ich beobachte ihn dabei, wie er das Gelee sorgfältig verstreicht, bis jede Ecke des Teigs bedeckt ist. Seine Finger sind schlank, aber kräftig und trotzdem führt er den Löffel mit geübter Präzision.

Wie sich diese Finger wohl auf meiner Haut anfühlen würden?

Ich schüttele den Kopf, als könnte ich so auch diesen Gedanken loswerden. Simon bemerkt es. »Mache ich was falsch?«

Blut schießt mir ins Gesicht. »Na ja …« Mein Blick wandert suchend über die Arbeitsfläche und landet auf dem Topf mit der Glasur. »Ich meine: Ja. Du hast die Schokolade zu früh geschmolzen. Die Dominosteine müssen bestimmt eine Stunde in den Kühlschrank, bevor du sie glasieren kannst.«

Er nickt. »Normalerweise würde ich dir recht geben. Aber diese Dominos haben eine kleine Überraschung in der Mitte.« Er greift ohne hinzusehen einen sauberen Löffel aus dem Chaos und taucht ihn in die Schokolade. Dann setzt er einen kleinen Klecks auf das Orangengelee. »Einen Schokoladenkern aus dunkler Schokolade. Ich habe noch etwas Sahne reingeschmolzen, sodass er etwas cremig bleibt. Optimalerweise.«

Ich nicke langsam. »Interessante Idee. Falls es nicht klappt, könntest du noch etwas Butter dazugeben. Oder es mit Kokosöl versuchen.«

Er hält inne. »Guter Tipp. Das behalte ich im Hinterkopf.«

Ich grinse triumphierend. »Wer lernt hier jetzt von wem?«

Anstelle einer herablassenden Antwort oder eines sarkastischen Lobs grinst er zurück. »Es ist ein Geben und Nehmen, würde ich sagen.«

Damit habe ich nicht gerechnet. Wo ist das arrogante Arschloch vom Weihnachtsmarkt? Der Typ, der stichelnde Instagram-Kommentare schreibt und in mir den Wunsch auslöst, ihm seine Lebkuchen ins Gesicht zu pfeffern? Mit dieser Version von ihm kann ich nicht umgehen.

»Wenn das so ist, habe ich noch was für dich: Ich würde die Schokokleckse etwas kleiner machen. Die anderen Aromen sollen ja auch noch zur Geltung kommen.«

Ich warte darauf, dass er die Geduld verliert, aber er deutet nur auf den Berg an Utensilien neben sich. »Da müsste noch ein sauberer Löffel dabei sein. Tu dir keinen Zwang an.«

»Na schön.«

Ich lege meine Winterjacke ab und schiebe benutzte Messer, einen Schneebesen und ein Nudelholz zur Seite, bis ich einen sauberen Löffel finde. Langsam tauche ich ihn in die flüssige Schokolade und nähere mich dem Blech, immer noch in der Erwartung, dass er mir den Löffel aus der Hand nimmt. Aber Simon ist voll auf seine Arbeit konzentriert. Also beginne ich, kleine Schokokleckse auf meiner Seite des Backblechs zu verteilen, während er auf der anderen Seite arbeitet. Langsam bewegen wir uns aufeinander zu. Obwohl uns eine Tischplatte trennt, fühlt es sich seltsam intim an. Definitiv zu intim. Es wird Zeit, dass ich mich wieder dem eigentlichen Grund dieses Besuchs zuwende: Betriebsspionage.

»Entwickelst du häufig neue Rezepte?«, frage ich betont beiläufig, während ich Schokolade aus der Schüssel kratze.

»So oft wie möglich.« Er wirft mir einen schnellen Blick zu. »Es ist irgendwie wie eine Auszeit für mich. Ich kann mal nur das machen, was ich für richtig halte.«

»Wie meinst du das? Du führst doch die Bäckereien, dann bist du doch immer dein eigener Boss.«

»Schön wär's.«

»Wieso?«

»Was ist mit dir?«, antwortet er, ohne auf meine Frage einzugehen. »Wie oft stehst du in der Backstube und entwickelst etwas Neues?«

Auf diese Frage war ich nicht vorbereitet. Aber ich überrasche mich selbst mit dem Bedürfnis, die Wahrheit zu sagen. »Nicht mehr so oft wie früher.«

Sobald ich es ausgesprochen habe, will ich die Worte zurückholen. Als Nächstes wird er fragen, wieso, und ich habe wirklich keine Lust, Simon Bergmüller mein Herz auszuschütten.

Tatsächlich hält er inne, den Löffel wenige Zentimeter über dem Teig. »Vermisst du es?«

Ich erstarre. Was soll ich darauf sagen? Ja, natürlich. Jeden Tag. Aber sie vermisse ich so viel mehr.

»Manchmal.« Meine Stimme ist rau. »Wir brauchen noch mehr Schokolade.«

Er hält meinen Blick, einen Herzschlag, noch einen. Dann nickt er und deutet auf das Regal hinter mir. »Bedien dich.«

Ich wirbele herum und lasse mir Zeit dabei, die dunkle Kuvertüre herauszusuchen. Es ist eine willkommene Ausrede, um seinen aufmerksamen Augen zu entgehen. Als ich es nicht länger hinauszögern kann, drehe ich mich wieder um und gehe an ihm vorbei zur Herdplatte. Die Backstube ist nicht sonderlich groß, sodass wir jetzt beinahe Rücken an Rücken stehen. Sein Körper strahlt Wärme aus. Mit Mühe zwinge ich meine Gedanken zurück zu unserer Unterhaltung.

»Du hast meine Frage nicht beantwortet. Wieso backst du nicht öfter? Wer hindert dich daran?«

»Dir entgeht nichts, was?«

»Selten. Also?«

Ich riskiere einen Blick nach hinten. Ein Muskel in seinem Nacken verspannt sich. »Die Bäckereien Bergmüller sind eben ein Familienunternehmen. Ich bin sicher, du weißt, wie das ist.«

»Verstehe.« Dabei verstehe ich gar nichts. Aber etwas an seinem Tonfall hindert mich daran, noch mal nachzuhaken. Außerdem hat er in einem Punkt recht: Ich weiß, was es heißt, in einem Familienunternehmen zu arbeiten. Auch wenn Mama dachte, ich hätte es vergessen.

Wir schweigen, während ich die Schokolade schmelze und dann den heißen Topf wieder zur Arbeitsfläche trage. Gemeinsam arbeiten wir weiter. Die Stille fühlt sich nicht unangenehm an.

»Ich muss zugeben, so hatte ich mir diesen Abend nicht vorgestellt«, sage ich schließlich.

»Nein?« Er platziert vorsichtig einen weiteren Schokoklecks, dann sieht er auf. »Wie dann?«

»Ich bin mir nicht sicher«, gebe ich zu. »Aber ich hatte etwas mehr Angeberei erwartet. Eine Tour in den geheimen Keller zum Rezept für Bayerns beste Lebkuchen. Vielleicht ein paar dramatische Monologe.«

Seine Lippen zucken amüsiert. »Meinen Plan zur Weltbeherrschung erzähle ich doch nicht beim ersten Date.«

Wir tauchen gleichzeitig unsere Löffel in den Schokoladentopf und unsere Hände stoßen zusammen. Strom fährt mir durch die Adern. »Wer hat hier irgendwas von Date gesagt? Das hier ist ein rein berufliches Treffen.«

Sein Lächeln wird breiter. »Natürlich. Ich dachte nur, unangemessene Anspielungen wären Teil meiner Rolle als Bond-Bösewicht, die du mir offenbar zugewiesen hast.«

Ich schnaube. »Du überschätzt dich. Du wärst höchstens der dritte Handlanger von links, der schon während der ersten Konfrontation von einem Querschläger erschossen wird.«

»Ich bin tief getroffen.« Er presst sich mit großer Geste eine Hand an die Brust.

Es kostet mich Mühe, nicht zu lachen. »Das solltest du auch. Also los, zurück an die Arbeit.«

Wir verteilen den Rest Schokolade, dann öffnet Simon den Kühlschrank und holt ein Blech mit Marzipanmasse heraus, die er sorgfältig auf das Orangengelee mit den Schokoklecksen setzt. Zuletzt schneidet er mit einem scharfen Messer kleine Quadrate aus. »Jetzt wandern sie eine Nacht in den Kühlschrank und morgen früh kommt dann die Schokolade außenrum.« Er wischt seine schokoladigen Finger an einem Handtuch ab. »Aber vorher noch der wichtigste Schritt.«

Er nimmt zwei der kleinen Quadrate vom Blech und hält mir eins hin. »Die Kostprobe.«

»Ich bin gespannt.«

Behutsam nehme ich den unglasierten Dominostein in die Hand. Er prostet mir mit seinem Stück zu, dann stecken wir sie uns gleichzeitig in den Mund.

»Oh. Wow.« Mit geschlossenen Augen lasse ich mir den Teig auf der Zunge zergehen. Der Lebkuchen ist weich, das Orangengelee süß, aber nicht zu süß, und die Marzipanschicht in Kombination mit dem Klecks warmer, dunkler Schokolade verleiht dem Ganzen etwas herrlich Dekadentes.

Langsam öffne ich die Augen wieder und sehe Simon an, der offenbar auf mein Urteil wartet. Die Deckenlampe wirft einen Schatten über die rechte Hälfte seines Gesichts, an seiner Lippe klebt ein Hauch Marzipan. Er sieht beinahe unsicher aus.

Ich frage mich, wie es sich anfühlen würde, das Marzipan von seiner Lippe zu küssen.

»Und, was denkst du?«

Ertappt zucke ich zusammen. »Gut. Sehr gut.«

»Wirklich?«

»Wie ein Kuss vor dem Kaminfeuer«, platzt es aus mir heraus. »Der Geschmack, meine ich.«

Ein Lächeln breitet sich auf seinem Gesicht aus. »Das freut mich! Vielen Dank für deine Hilfe. Ich bin sicher, meine Kunden werden es lieben.«

Dieser Satz befördert mich wirkungsvoll zurück auf den Boden der Tatsachen. Simon und ich sind Rivalen. Auf dem Weihnachtsmarkt und im Wettbewerb. Sein Erfolg ist eine direkte Gefahr für unser Café. Und ich Idiotin habe ihm auch noch dabei geholfen, einen neuen Kassenschlager zu produzieren.

»Wie schön für euch. Ich muss dann auch los«, sage ich kühl und greife nach meiner Jacke.

»Sicher?« Simon sieht einen Moment lang tatsächlich überrascht aus. »Ich könnte dir noch einen Glühwein anbieten.«

Ich suche in seinem Blick nach Sarkasmus, Arroganz oder Häme und finde nichts. Aber wer weiß? Vielleicht ist er ein besserer Schauspieler als ich dachte.

»Nein, danke. Du hast übrigens noch Marzipan im Gesicht«, antworte ich. »Genau hier.« Ich deute auf seine Lippe, dann drehe ich mich um und ergreife die Flucht.

Kapitel 12

Als mein Wecker nach fünf Stunden Schlaf klingelt, glaube ich kurz, der gestrige Abend wäre nur ein Traum gewesen. Dann pingt mein Handy und lässt die Illusion zerplatzen.

Es ist eine Benachrichtigung von Instagram. Baked_by_Bergmueller hat ein neues Foto gepostet. Ich klicke es an.

Es sind die Dominosteine, die wir gestern vorbereitet haben, jetzt mit einer Schicht dunkler Schokolade überzogen. Leider sehen sie genauso gut aus, wie ich sie mir vorgestellt habe. Darunter steht: Das perfekte Präsent für einen romantischen Abend zu zweit. Falls ihr sie nicht vorher allein aufesst 😊 #Lieblingsgebäck #Dominosteine #romantisch

Einen romantischen Abend zu zweit. Will er damit etwa auf unser Treffen anspielen? Oder will er mich einfach nur provozieren?

Das wird es sein, denke ich und versuche, meinen Herzschlag zu beruhigen. Simon denkt offenbar, dass er mich mit solchen Psychotricks einlullen kann, bis ich vergesse, was hier eigentlich gespielt wird. Darauf kann er lange warten. Ich rolle mich auf den Bauch und tippe einen Kommentar.

Das Problem mit Schichtkonfekt ist: Man kann nie wissen, ob die unterste Schicht schlecht ist. Das Gleiche gilt übrigens beim Dating 😉 Falls ihr ein Rezept gegen Liebeskummer braucht, findet ihr bei uns jede Menge Plätzchen. #Dating #bakerybattle.

Andeutungen und Doppeldeutigkeiten kann ich auch.

Bevor ich mich zurück ins Kissen sinken lassen kann, fängt im Untergeschoss etwas an zu piepen. Es klingt wie eine Alarmanlage. Sekunden später poltern Schritte die Treppe hoch und Theresa stürmt ins Zimmer. »Kathi? Zieh dir was über und komm runter. Das musst du dir ansehen.«

Als ich im Bademantel in die Backstube stolpere, ist Theresa gerade dabei, die Fenster aufzureißen. Gertrud wedelt mit einem Handtuch, ist aber machtlos gegen die dicken Rauchschwaden in der Luft. Der Feuermelder piept ohrenbetäubend, und es stinkt nach verbranntem Teig. »Was ist denn hier passiert?«

»Wenn ich das wüsste. Der Ofen ist mir einfach durchgebrannt, als ich die Brötchen für heute Morgen reinschieben wollte«, ruft Gertrud über den Lärm hinweg.

Erst jetzt sehe ich, dass die Rauchschwaden aus dem rechten unserer beiden Backöfen kommen.

»Scheiße!«

»Was?«

»Ich sagte nur … warte kurz.«

Ich schnappe mir einen Stuhl und klettere darauf, um an den Feuermelder zu kommen. Stille fällt über den Raum.

»Habt ihr schon beim Hersteller angerufen?«, frage ich und hüpfe vom Stuhl.

Theresa schüttelt den Kopf. »Es ist kurz vor sieben Uhr, da ist jetzt noch niemand.«

»Vielleicht ist es ja auch gar nicht so schlimm.«

Zusammen nähern wir uns dem Ofen und begutachten den Schaden. In der oberen Schiene liegt noch das Blech mit Brötchen, die Gertrud backen wollte. Sie ähneln allerdings jetzt eher einem Haufen Kohlebriketts. Als sich die Rauchschwaden lichten, können wir sehen, dass die Brennstäbe unter der Decke des Ofens durchgeschmort sind.

»Ich bin ja keine Fachfrau, aber das sieht nicht gut aus.« Theresa presst die Lippen zusammen.

»Stimmt.« Ihr Tonfall beunruhigt mich. »Dann müssen wir uns also um die Reparatur kümmern. Ich kann gleich um acht beim Hersteller anrufen.«

»Dieser Ofen ist fast zwanzig Jahre alt.« Meine Schwester massiert sich den Nasenrücken. »Wir müssen damit rechnen, dass sie keine Ersatzteile für dieses Modell mehr haben.«

»Vielleicht kann ich ja bei meinem Cousin anfragen«, schlägt Gertrud vor. »Der hat bei sich im Lager immer alles Mögliche herumfliegen.«

»Ja, gute Id…«

»Kathi, können wir kurz allein reden?«, fällt Theresa mir ins Wort.

»Klar.«

Sie wirft Gertrud einen entschuldigenden Blick zu und geht nach draußen. Mir bleibt nichts anderes übrig, als ihr zu folgen. Sobald sich die Tür hinter uns schließt, sagt sie: »Gretas Cousin handelt mit Autos, nicht mit Öfen. Er wird nichts für uns haben. Das heißt, wir müssten einen neuen Ofen kaufen. Was wir uns nicht leisten können. Oder nur noch mit einem Ofen arbeiten. In jedem Fall bedeutet das einen massiven Verdienstausfall.«

Ein Windstoß fegt eisige Morgenluft unter der Tür zur Backstube hindurch. Ich ziehe den Bademantel enger. »Worauf willst du hinaus?«

»Wir haben keine Zeit mehr zu verlieren. Wir müssen unser Sortiment verkleinern. Und uns überlegen, wen wir entlassen können.«

»Kommt nicht infrage.« Ich verschränke die Arme vor der Brust. »Das können wir nicht machen.«

»Kathi, ich weiß, du willst niemanden enttäuschen.«

»Es ist nicht nur das! Die Arbeit schaffen wir ja so schon kaum, wie soll das gehen, wenn wir jetzt auch noch jemanden entlassen?«

»Und wie sollen wir alle bezahlen?« Theresa wirft die Hände in die Luft. »Ich würde ja auch gerne einen Bündel Geld herzaubern, aber so funktioniert das leider nicht!«

»Glaubst du, das weiß ich nicht?« Ich werde ebenfalls lauter. »Aber unsere Verkaufszahlen auf dem Weihnachtsmarkt werden immer besser. Wir können das wieder reinholen. Ich werde …«

Ich werde den Münchener Lebkuchenwettbewerb gewinnen. Sobald ich ein Lebkuchenhaus gebaut habe, das mir einen Platz im Finale sichert. Aber die Worte bleiben mir im Hals stecken, wenn ich an die Teilnahmegebühren denke.

»Ich werde zur Not Extra-Schichten machen.«

»Das ist nicht die Lösung.« Meine Schwester schüttelt den Kopf. »Selbst wenn wir Tag und Nacht arbeiten, wird es nicht reichen. Versteh das doch, Kathi.« Ihre Stimme nimmt den Ton an, in dem sie mir früher immer die Hausaufgaben erklären wollte.

»Ach, du glaubst, ich verstehe das nicht? Ich bin kein Kind mehr, Theresa.«

»Dann wird es Zeit, den Tatsachen ins Auge zu sehen. Wir müssen etwas ändern. Jetzt.« Ihre Augen verengen sich zu Schlitzen. »Ob es dir gefällt oder nicht.«

»Wir werden niemanden entlassen.«

»Wir haben keine Wahl.«

»Das ist immer noch unser Café.« Meine Stimme zittert um diese Worte. Aber Theresa kann nicht wissen, was Mama zu mir gesagt hat, also zwinge ich mich dazu, weiterzusprechen. »Es ist unser Café, nicht deins. Und ich sage: Wir entlassen niemanden. Bis wir wissen, wie viel der Weihnachtsmarkt eingebracht hat.«

Meine Schwester funkelt mich an, aber ich gebe nicht nach. Ihre Nasenflügel beben. »Schön. Okay. Wenn du meinst, das ist klug, bitte. Aber wirf mir nicht vor, ich hätte dich nicht gewarnt, wenn du Mamas Geschäft endgültig gegen die Wand fährst.«

Ich stolpere zurück, als hätte sie mich geschlagen. Sie stürmt an mir vorbei und lässt die Tür der Backstube mit einem lauten Knall hinter sich ins Schloss fallen.

Ich bleibe mit den letzten Rauchschwaden in der Luft allein zurück.

Trotz der voll aufgedrehten Heizung herrscht im Café heute Morgen Eiszeit. Weil wir nur noch mit einem Ofen arbeiten können, ist Gertrud extra länger geblieben. Nur deshalb können wir überhaupt Brötchen verkaufen. Trotzdem muss eine von uns ständig zurück in die Backstube laufen, um Bleche auszutauschen und vergriffenes Gebäck nachbacken. Dabei sprechen Theresa und ich kein Wort miteinander. Unser Schweigen legt sich wie eine bleierne Decke über den ganzen Raum. Selbst die Kunden scheinen zu bemerken, dass etwas nicht stimmt. Die meisten bestellen ihre Getränke to go und die wenigen Stammgäste, die sich hinsetzen, bleiben nicht lange, obwohl draußen eisige Regentropfen gegen die Fenster schlagen. Am liebsten würde ich ebenfalls flüchten. Das letzte Mal, dass meine Schwester und ich uns ernsthaft gestritten haben, ist Ewigkeiten her. Aber nachdem sie mich drei Stunden lang keines Blickes gewürdigt hat, fühle ich mich wieder wie die Elfjährige, die versehentlich ihren weißen Lieblingspullover in die Buntwäsche geworfen hat.

In einer Toilettenpause schreibe ich Melanie, ob sie heute Abend Zeit für ein Notfalltreffen im Weinkeller hat. Ihre Antwort folgt prompt.

Ich würde dich sehr gerne heute Abend abfüllen, aber ich muss beruflich nach München 🙁 Passt Freitag?

Seufzend lasse ich das Handy sinken. Von dieser Seite brauche ich also auch keine Unterstützung erwarten. Wäre Mama noch hier, wäre die Sache wahrscheinlich schnell geklärt. Sie hat immer darauf bestanden, dass man jede Streitigkeit beilegt, bevor man abends ins Bett geht. Wäre ich nur an jenem Abend nicht so wütend davongestürmt …

Ich drehe den Wasserhahn auf und werfe mir eine Handvoll

kaltes Wasser ins Gesicht. Es ist sinnlos, darüber nachzudenken. Wäre Mama noch hier, dann wären wir überhaupt nicht in diese Situation gekommen. Aber sie ist tot, und wir sitzen in der Scheiße.

Ich trockne mich ab und setze mein freundlichstes Verkäuferinnenlächeln auf. Dann stelle ich mich wieder neben meine schweigende Schwester und kümmere mich um die Kaffeebestellungen.

Das Wetter wird zum Nachmittag hin noch schlechter. Über der Stadt hängen dicke graue Wolken, aus denen immer wieder ein nasskalter Mix aus Regen und Schnee fällt. Trotzdem melde ich mich freiwillig für die Nachmittagsschicht auf dem Weihnachtsmarkt. Alles ist besser, als noch länger Theresas eisiges Schweigen zu ertragen.

Also stehe ich um kurz nach zwei in Schal und Mütze gehüllt in unserem Verkaufswagen und warte auf die ersten Kunden. Ausgerechnet heute lassen die aber auf sich warten. »Offenbar kann auch ein Insta-Account keinen bei dem Wetter vor die Tür locken«, murmele ich düster, während ich von einem Bein aufs andere trete. Dabei habe ich eigentlich wirklich anderes zu tun. An meinem Lebkuchenhaus für den Wettbewerb arbeiten, zum Beispiel. Die Uhr bis zur Deadline für die erste Runde tickt unerbittlich, und ich habe noch nichts zustande gebracht, das auch nur im Entferntesten preisverdächtig wäre. Das hätte ich gestern machen sollen, anstatt Simon Bergmüller hinterherzulaufen. So sieht es mal wieder nach einer Nachtschicht aus.

Um mich abzulenken, beantworte ich ein paar Kommentare auf Instagram und wende mich dann dem nächsten Post zum Thema Weihnachtsplätzchen zu. Heute steht Spritzgebäck auf dem Plan. Ich öffne die Auslage und breite eine Handvoll Plätzchen auf einem Schneidebrett aus. Das sieht allerdings noch nicht wirklich Insta-tauglich aus, also krame ich in den Schubladen unter der Verkaufstheke nach Requisiten zur Dekoration. Am besten wäre es natürlich gewesen, die Fotos neben unserer Gebäckpresse zu machen, die wir benutzen, um den Teig in die typische Form zu bringen. Aber daran habe ich heute Morgen in der Aufregung nicht gedacht. Stattdessen drapiere ich zuerst eine Rührschüssel und eine Packung Mehl auf dem Schneidebrett. Nein, das sieht komisch aus. Dann hänge ich ein paar rote Weihnachtskugeln von der Girlande über mir ab und verteile sie um die Plätzchen, aber auch das gefällt mir nicht. Also krame ich weiter. Erst als mir der Geruch nach verbranntem Teig in die Nase steigt, halte ich inne.

»Verdammte Scheiße!«

Im Ofen wartet eine frische Portion Lebkuchen. Und ich habe sie völlig vergessen. So schnell wie möglich nehme ich die Topflappen vom Haken und öffne die Ofentür. Der Brandgeruch verstärkt sich. Als ich das Blech raushole, ist der Teig dunkelbraun und steinhart.

»Mist. Mist, Mist, Mist!«

Ich knülle die Topflappen zusammen und pfeffere sie in die Ecke.

»Wieso kann nicht einmal etwas funktionieren?« Die Lebkuchen antworten nicht. Ich will sie gerade mitsamt Backpapier in den Müll befördern, als mir eine Idee kommt.

Das Foto ist schnell gemacht, und ich spare mir Filter und Bearbeitung. Die graue Beleuchtung passt perfekt zu meiner Stimmung und zur Aussage dieses Posts.

Für diejenigen, die mir in den letzten Tagen geschrieben haben, dass ihre Backversuche immer danebengehen.
Ihr seid in guter Gesellschaft. #backenmitkathi#fail#neuerversuch

Bevor ich zu lange darüber nachdenken kann, tippe ich auf *Posten.*

Das Spritzgebäck wandert zurück in die Auslage, und die roten Kugeln nehmen ihren Platz in den Tannenzweigen wieder ein. Dann rühre ich eine neue Portion Lebkuchenteig an. Die ganze Zeit lasse ich mein Handy mit dem Bildschirm nach unten neben der Kasse liegen. Als es vibriert, lasse ich fast das Blech mit den frischen Lebkuchen fallen.

Simon Bergmüller hat dir eine Nachricht geschickt.

Eigentlich sollte ich sie einfach löschen. Wahrscheinlich will er sich nur über meine verbrannten Lebkuchen lustig machen.

Aber vielleicht ist es ja auch was Wichtiges.

Ach wirklich? Was denn zum Beispiel? Die Stimme in meinem Kopf klingt wie Theresas. Wenn die noch mit mir reden würde. Aber nein, sie weiß ja immer alles besser, ob es jetzt das Café oder mein Privatleben betrifft.

Ich öffne die Nachricht.

Es stellt sich heraus, dass es nichts Wichtiges war. Allerdings auch kein Spott. Da steht nur:

Einen harten Tag gehabt?

Ich runzele die Stirn. Was soll das jetzt werden? Ein weiterer Versuch, mich mit falscher Freundlichkeit in die Irre zu führen?

Auf der anderen Seite verschafft ihm dieses Wissen keinen wirklichen Vorteil, also antworte ich: Kann man so sagen.

Soll er damit machen, was er will.

Ich stecke das Handy weg und bediene ein paar Kunden, die sich durch den Sprühregen zu unserem Stand durchgeschlagen haben. Mein Handy brummt mehrfach, aber ich ignoriere es. Nachdem die Kunden weg sind, sortiere ich die frischen Lebkuchen in die Auslage, spüle die Schüsseln ab und fege Plätzchenkrümel zusammen. Irgendwann gehen mir allerdings die Beschäftigungen aus.

Simon hat mir geantwortet.

Falls es dich tröstet. Dazu hat er mehrere Fotos von einem Blech voller Dominosteine geschickt, aus denen das Orangengelee wie Suppe wieder herausfließt.

Das ist … unerwartet nett. Nicht, dass ich das öffentlich zugeben würde.

Ich stecke das Handy wieder weg und schlage den Mantelkragen hoch. Aber der Wind fühlt sich plötzlich nicht mehr ganz so kalt an.

Kapitel 13

Es beginnt harmlos. Nachdem ich bis zwei Uhr morgens an meiner Einsendung für den Wettbewerb gearbeitet habe, bin ich am nächsten Tag auf dem Weihnachtsmarkt so müde, dass ich kaum geradeaus laufen kann. Zwischen Theresa und mir herrscht immer noch Funkstille. Melanie war seit Stunden nicht mehr online, weil sie für eine berufliche Konferenz nach München musste und seit Stunden in einer Besprechung ist. Als Simon mir also ein Foto seiner Dominosteine – dieses Mal perfekt gelungen – schickt, sende ich ihm ein Bild meiner ebenfalls makellosen Lebkuchen zurück. Kurz nach meiner Mittagspause lädt er eine Story über die Tücken des Hefeteigs hoch, und ich frage ihn in unserem privaten Chat nach seiner besten Hefe-Horrorstory. Insgeheim rechne ich damit, dass er die Frage ignoriert. Aber er antwortet sofort, schreibt von einem Zwischenfall bei seiner Meisterprüfung, bei dem eine Mikrowelle und ein Dackel mit im Spiel waren. Ich pruste los, ernte verwirrte Blicke von Weihnachtsmarktkunden. Und so geht es weiter. Er schickt mir ein Foto eines neuen Backexperiments, und ich antworte darauf. Ich bediene eine besonders anstrengende Kundin und will jemandem davon erzählen, der versteht, was ich meine. Eigentlich ist das Theresa. Jetzt bleibt mir nur Simon Bergmüller. Natürlich vergesse ich dabei keine Minute, dass wir nicht auf derselben Seite stehen. Aber es kann ja nicht schaden, wenn er sich in Sicherheit wiegt.

Am Nikolausmorgen wacht Falkenhain in dichtem Schneegestöber auf. Die erste Stunde des Tages verbringen Theresa und ich damit, den Gehweg vor dem Café zu räumen und Salz zu streuen. Jeder Kunde, der sich zum Café durchkämpft, spricht über den plötzlichen Wintereinbruch. Aber selbst die Leute, die sich beschweren, haben dieses gewisse Funkeln in den Augen. Es ist schließlich der erste Schnee des Winters. Simon schickt mir ein Foto von den Schneemassen vor der Tür seiner Bäckerei. Ich antworte: Vielleicht ist man das in München nicht mehr gewohnt, aber hier auf dem Land nennen das die Leute SCHNEE.

Er schreibt zurück: Danke für den Hinweis. Solltest du dich in den nächsten Tagen zufällig in Schneeball-Wurfweite von mir befinden, demonstriere ich gerne, was wir in München mit Schnee machen.

Ich schnaube amüsiert.

»Was ist so witzig?« Theresa sieht von der Kasse auf und mustert mich mit gerunzelter Stirn.

»Nichts. Alles gut.« Sofort lasse ich das Handy wieder verschwinden.

»Aha.« Sie sieht immer noch misstrauisch aus. Aber immerhin ist es das erste Mal seit unserem Streit, dass wir über etwas anderes als die Arbeit reden. Diese Chance muss ich nutzen.

»Wie geht es eigentlich Francesca? Klappt das mit dem Verkauf des Hauses alles wie geplant?«

Theresa zuckt zusammen, als hätte ich sie gerade mit der Hand in der Teigschüssel erwischt. »Ihr geht es gut«, sagt sie schnell. »Alles in Ordnung.«

Jetzt bin ich diejenige, die misstrauisch wird. »Sicher?«

»Klar.« Sie sieht mich nicht an. »Kannst du bitte einmal neue Kaffeebohnen raufholen?«

Ihr Ton ist höflich, aber distanziert. Ich verdrehe die Augen. »Was soll das? Bist du wirklich immer noch sauer auf mich? Wollen wir das nicht langsam mal klären wie Erwachsene?«

»Gerne. Aber nicht jetzt.« Sie deutet mit dem Kinn auf die besetzten Tische. »Kaffeebohnen?«

Ich unterdrücke ein Seufzen. »Schon auf dem Weg.«

Ohne dass wir es abgesprochen hätten, mache ich mich nach der Mittagspause für den Weihnachtsmarkt fertig. Wie die letzten Tage verbringt meine Schwester ihre Pause im Büro und wälzt Ordner, als würden sie die Lösung all unserer Probleme enthalten. Aber das ist mir ganz recht so. Schließlich habe ich damit mehr Zeit, ungestört Fotos für den Account zu machen. Das Rezept des heutigen Tages: Schneeballen. Die frittierten Teigbällchen mit Puderzucker passen wunderbar zum Wetter und sind ein richtiger Verkaufsschlager auf dem Markt. Simon hat vor ein paar Tagen schon ein Video mit seinem Rezept veröffentlicht, aber ich habe mit dem plötzlichen Wintereinbruch definitiv das Timing auf meiner Seite. Dieser Punkt im #bakerybattle wird an mich gehen. Obwohl die Räumfahrzeuge seit dem Morgengrauen arbeiten, sind die Straßen vom ununterbrochen fallenden Schnee noch immer voll. Für meinen Weg zum Marktplatz brauche ich doppelt so lange wie sonst, weil die Nebenstraßen kaum befahrbar sind. Auch die Parkplatzsuche gestaltet sich schwierig, weil Schneeverwehungen und vom Räumdienst beseitigte Schneehaufen viele Parkflächen rund um den Marktplatz unbenutzbar machen. Deshalb bin ich gezwungen, auf dem Parkplatz des nahe gelegenen Discounters zu parken, auf dem Mitarbeiter durchgehend Schnee schaufeln. Dadurch nähere ich mich dem Weihnachtsmarkt ausnahmsweise von der anderen Seite. Mit Kisten voller frischer Backwaren beladen stapfe ich durch den Schnee über den noch leeren Platz.

»Wieso musste ich auch ausgerechnet heute die neuen Gewürze mitschleppen … Hey!« Ohne Vorwarnung trifft mich etwas Kaltes, Hartes am Rücken. Ich lasse beinahe die Kisten fallen. »Was zur Hölle!«

»Ich habe dich ja gewarnt.«

Ich wirbele herum. Erst jetzt fällt mir auf, dass ich durch meinen Umweg an Simons Stand vorbeigekommen bin. Der steht direkt davor, einen zweiten Schneeball in der Hand und ein Grinsen im Gesicht. »Das macht man bei uns in München mit Schnee.«

Einen Moment lang starre ich ihn sprachlos an. Als er aber Anstalten macht, auch noch den zweiten Schneeball zu werfen, reagiere ich sofort. »Na warte.« Ich stelle die Gebäckkisten ab und gehe dahinter in Deckung. Sobald sein Schneeball an der obersten Kiste abgeprallt ist, versenke ich meine Handschuhe im Schnee und forme eine solide Kugel. Der Schnee ist schwer und feucht, perfekt für Schneeballschlachten. Ich luge vorsichtig über meine Kisten und sehe, dass er sich gerade nach neuem Schnee bückt. Dann richtet er sich wieder auf, und ich ziele, hole aus, werfe. Der Schneeball fliegt in einem hohen Bogen und landet genau auf seiner rechten Schulter.

»Uff!« Er stolpert einen Schritt zurück. »Den habe ich nicht kommen sehen.«

»Man sollte uns Landeier nicht unterschätzen.« Während ich hinter dem Rücken einen weiteren Schneeball halte, komme ich hinter meinen Kisten hervor und gehe langsam auf ihn zu. »Das könnte man sonst ziemlich schnell bereuen.«

»Ist das so, ja?« Er beobachtet jeden Schritt, den ich mache, einen schwer zu deutenden Ausdruck im Gesicht.

»Allerdings.«

»Verstehe.«

»Ich habe aber auch mal gehört, dass Selbstüberschätzung mindestens genauso gefährlich …«

Der Rest seines Satzes geht in einer Schneebombe unter. Ich habe den Schneeball extra nicht zu fest zusammengedrückt, sodass er in seinem Gesicht explodiert.

»Also das …« Er hustet, spuckt eine Ladung Schnee aus, »… das war unfair.«

Ich stehe jetzt direkt vor ihm. Seine Wangen sind vor Kälte gerötet, und feine Schneekristalle haben sich in seinen Augenbrauen verfangen. »Im Krieg ist ja bekanntlich alles erlaubt.«

Er nimmt die Brille ab, um sie mit seinem Schal von Schnee zu befreien, aber er wendet den Blick nicht ab. »Und in der Liebe.«

Mein Blick verfängt sich in seinem. Karamellbraune Augen mit kleinen hellen Flecken, die mir zum ersten Mal auffallen. Er wischt sich etwas Schnee von der Lippe, und meine Augen folgen der Bewegung automatisch.

»Wie auch immer.« Ich trete einen Schritt zurück. »Das sollte dir eine Lehre sein. Vergiss nicht, mit wem du dich angelegt hast.«

Ohne auf seine Antwort zu warten, drehe ich mich um und marschiere zurück zu meinen Gebäckkisten. Den Rest des Tages halte ich nach ihm Ausschau. Wenn ich zum Toilettenhäuschen gehe, rechne ich jeden Moment damit, dass er mit einem Schneeball in der Hand aus einer Gasse hervorspringt. Als ich mir bei Greta einen Punsch hole, wandern meine Augen immer wieder über die anderen Besucher, auf der Suche nach seinem dunkelblonden Haarschopf. Aber er scheint seine Lektion gelernt zu haben. Zumindest für heute. Als ich am Abend auf dem Rückweg zu meinem Auto wieder am Stand der Bergmüllers vorbeilaufe, ist er noch dort und sortiert die Auslage. Er fängt meinen Blick auf und wirft mir über den Kopf der letzten Besucher ein Grinsen zu. Ich verdrehe die Augen und gehe weiter.

Der Schnee ist offenbar gekommen, um zu bleiben. Noch gut zwei Wochen bis Weihnachten, und die Moderatoren im Radio machen bereits Hoffnungen auf weiße Weihnachten. Also parke ich auch am nächsten Tag wieder beim Supermarkt und begegne Simon, der gerade seinen Wagen aufschließt. Heute hat er keinen Schneeball in der Hand.

Wir nicken einander zu, und ich setze meinen Weg ungestört fort. Als ich an unserem Wagen ankomme, habe ich eine Nachricht von ihm.

Meine Rache wird kommen. Aber erst, wenn du es am wenigsten erwartest. Dazu schickt er ein Foto von einem Schneeball.

Darauf kannst du lange warten.

In einer ruhigen Minute poste ich mein Rezept für Mandelsplitter, für das ich schon nach wenigen Minuten die ersten Likes bekomme. Mittlerweile folgen über tausendvierhundert Menschen meinem Account. Das sind mehr, als Falkenhain Einwohner hat. Etwa eine halbe Stunde später veröffentlicht Simon allerdings ein Video, in dem er auch welche backt – natürlich vegan und glutenfrei.

Das habe ich vor zwei Tagen vorbereitet. Ich konnte ja nicht wissen, dass du heute dasselbe vorhast.
Ist klar.

Nach kurzem Überlegen erstelle ich eine Umfrage auf Instagram, in der ich meine Follower frage, welches Rezept sie eher ausprobieren würden.

Hier geht es um mehr als Lebkuchen. Auf welcher Seite steht ihr im #bakerybattle?

Bis zum Feierabend haben über tausend Leute abgestimmt und fünfhundertdreiundfünfzig der Stimmen gehen an das Rezept des Café Lindenthal. Knapp, aber eindeutig.

Als ich dieses Mal an Simon vorbeigehe, bin ich es, die grinst.

Kapitel 14

Es ist Samstagabend, kurz nach neun Uhr, und ich wollte gerade in die Backstube schleichen, um endlich meine Einsendung für den Wettbewerb fertigzustellen. Dort begegne ich allerdings Theresa, die mehrere Ordner auf der Arbeitsfläche ausgebreitet hat.

»Was … was hast du vor?«

»Rechnen«, antwortet sie knapp. »Und auf ein Wunder hoffen.«

Kalter Schweiß bricht auf meiner Stirn aus. »Was genau rechnest du denn?«

»Unsere Einnahmen und Ausgaben der letzten Monate. Vielleicht können wir ja noch irgendwo sparen.« Ihr Tonfall macht deutlich, dass sie das bezweifelt. Aber ich bin zu erleichtert, um darauf einzugehen. Das Geheimnis meiner Überweisung ist erst mal weiterhin sicher.

Theresa sieht mich abwartend an. »Wolltest du was?«

»Ich? Ähm, ich wollte nur … also ich hatte meine … Schürze vergessen.« Dankbar greife ich nach dem Stück Stoff, das über einem der Stühle hängt. »Die wollte ich noch waschen.«

»Aha.« Sie wendet sich wieder ihrer Rechnung zu.

Ich trete von einem Bein aufs andere. »Sag mal, brauchst du noch lange?«

»Wieso?« Dieses Mal schwingt ein gewisses Misstrauen in ihrer Stimme mit. Das kann ich ihr noch nicht mal verübeln.

»Ach, nur so.« Ich lächele so unschuldig wie möglich. »Dann viel Erfolg.« Sobald die Tür der Backstube hinter mir ins Schloss fällt, greife ich nach meinem Handy.

»Darf ich deine Küche benutzen?«

»Dir auch einen guten Abend, liebste Kathi.« Melanie gähnt am anderen Ende der Leitung. »Ich bin gerade erst wieder reingekommen und habe noch nicht mal ausgepackt.«

»Jetzt erst?«

»Ja, wir mussten die Delegation aus China heute noch zum Flughafen bringen, und dann gab es Stau, und ich bin gerade echt einfach nur fertig.« Sie gähnt noch einmal.

»Bitte? Es ist lebenswichtig. Ich brauche nur ein paar Stunden.«

»Ein paar Stunden? Ich bin gefühlt immer noch in der Zeitzone von Shanghai. Ich frage mich ja, wieso meine Kollegen überhaupt eine Konferenz in Deutschland abhalten, wenn sie den ganzen Ablaufplan nach der heimischen Uhr ausrichten. Da schlafen sie übrigens jetzt. Das solltest du vielleicht auch tun.«

»Schlafen kann ich, wenn ich den Wettbewerb gewonnen habe. Aber das muss dich nicht davon abhalten. Also, deine Küche? Du hast doch einen funktionierenden Backofen, oder?«

»Ich bitte dich. Ich lebe größtenteils von Ofenkäse und Tiefkühlpizza.«

»Wie konnte ich das vergessen. Ich bin in zehn Minuten da. Du bist meine Rettung.«

Es dauert zwanzig Minuten, weil ich darauf warten muss, dass Theresa eine Toilettenpause einlegt, um den gestern angesetzten Teig aus dem Kühlschrank zu holen. Dann mache ich mich zu Fuß auf den Weg zu Melanie. Sie wohnt im zweiten Stock eines Mehrfamilienhauses und trägt bereits einen Pyjama, als sie mir die Tür öffnet.

»Also, was genau ist der Backofen-Notfall?«

Ich folge ihr durch den Flur in die kleine Küche, die offensichtlich innerhalb weniger Minuten so gut wie möglich aufgeräumt wurde. Dreckige Tassen und Teller stapeln sich im Spülbecken, Zeitschriften und Rechnungen liegen auf einem unordentlichen Haufen auf der Fensterbank und mehrere Tupperdosen warten darauf, wieder in den Schrank sortiert zu werden. Melanie nimmt sich ein Stück Pizza aus dem Karton auf dem Herd und lässt sich auf einen der Stühle sinken. »Hatte ich gerade bestellt, als du angerufen hast. Möchtest du ein Stück?«

»Ist Ananas drauf?« Ich werfe ihr einen vielsagenden Blick zu.

»Du bist ein Snob, weißt du das?«, antwortet sie kauend.

»Und du begehst gerade ein geschmackliches Kapitalverbrechen.« Ich räume meine Tasche aus und platziere den in Frischhaltefolie eingewickelten Teigklumpen zwischen uns auf der Tischplatte. »Ich habe nur noch bis morgen, um ein Lebkuchenhaus für die erste Runde zu bauen und ein Foto einzuschicken. Und Simons ist mindestens dreißig Zentimeter hoch, das muss ich also toppen.«

»Simon, also?« Melanie hebt vielsagend die Augenbrauen. »Sind wir schon beim Du angekommen?«

»Was soll das denn heißen? So heißt er halt.«

»Und woher weißt du, wie groß sein Lebkuchenhaus ist?« Irgendwie schafft sie es, diesen Satz doppeldeutig klingen zu lassen.

Ich überhöre die anzüglichen Zwischentöne und zucke mit den Schultern. »Möglicherweise habe ich es gesehen, als ich bei ihm in der Backstube war.«

Melanies Gesicht leuchtet auf. »Soso, du warst also bei ihm in der Backstube.«

»Rein geschäftlich«, betone ich. »Und das ist auch gut so, denn weil nur noch einer unserer Öfen funktioniert, will Theresa unbedingt sofort jemanden entlassen, und seit diesem Streit reden wir nicht mehr …«

»Moment.« Melanie hebt eine Hand. »Ich habe offensichtlich in den letzten Tagen einiges verpasst. Könntest du von vorne anfangen?«

Während ich den Teig aus Ermangelung eines Nudelholzes mit einer alten Weinflasche ausrolle, erkläre ich in knappen Worten, was die letzten Tage vorgefallen ist. Nur die Tatsache, dass Simon und ich uns seit meinem Besuch bei ihm mehrmals täglich schreiben, lasse ich weg.

»Wow«, Melanie pfeift langsam durch die Zähne. »Tut mir echt leid, das mit eurem Ofen. Wenn ich euch irgendwie helfen kann …?«

»Das tust du gerade schon«, unterbreche ich sie.

»Du weißt, was ich meine.«

»Ja. Und nein. Aber danke fürs Angebot.« Ich umklammere

die Flasche fester. Melanie seufzt. »Du bist eine verdammt sture Ziege.«

»Schon möglich.«

»Na schön. Dann lautet der Plan wie?« Melanie steht auf und schaltet den Ofen ein. »Wie hoch?«

»200 Grad, Ober-/Unterhitze. Danke.« Ich schaue von meinem Teig auf und lächele sie an. »Ernsthaft, danke.«

»Keine große Sache. Also. Der Plan?«

»Schritt eins: ins Finale des Lebkuchenwettbewerbs kommen. Daran arbeiten wir ja gerade.« Ich nehme ein Messer aus der Schublade unter der Mikrowelle und beginne, die nötigen Formen für das Lebkuchenhaus aus dem Teig auszuschneiden.

»Klar. Und weiter?«

»Danach steht die Vorbereitung für das Finale an. Die Finalisten müssen auf einer Bühne vor Publikum ihren Teig vorbereiten und dann etwas aus Lebkuchen kreieren. Ein einfaches Haus wird für den ersten Platz nicht reichen, da werde ich mir etwas ganz Besonderes einfallen lassen müssen. Außerdem ist da noch die mündliche Theorieprüfung. Dafür muss ich noch mal meine Lehrbücher aus der Meisterlehre durchgehen.«

»Mündliche Prüfung? Wo du Reden vor Menschen doch so liebst?«

Melanie ist eine der wenigen Menschen, die weiß, dass ich meine Meisterprüfung zweimal ablegen musste. Beim ersten Mal war ich so nervös, dass ich bei der mündlichen Prüfung kein Wort herausgekriegt habe.

Ich mache eine wegwerfende Handbewegung. »Darum

kümmere ich mich, wenn es so weit ist. Wenn ich den Wettbewerb erst mal gewonnen habe, verdienen wir damit genug Geld, um den Kredit abzubezahlen. Dann muss auch niemand entlassen werden. Und Theresa spricht hoffentlich wieder mit mir. Und bis dahin arbeite ich natürlich auch weiter an unserem Instagram-Account, um noch mehr Kunden zu gewinnen.«

»Das scheint ja gut zu laufen.« Melanie nimmt das letzte Stück Pizza aus dem Karton. »Das #bakerybattle ist offenbar in aller Munde. Selbst im Zug aus München hierher haben zwei Teenies in der Reihe vor mir davon geredet.«

»Echt?« Ich halte inne. »Das ist ja verrückt.«

Und irgendwie auch ein bisschen gruselig. Natürlich ist mehr Publicity genau das, was wir brauchen, und ich sehe ja, dass die Zahl meiner Follower jeden Tag steigt. Aber mir war nicht klar, dass unser Wettkampf auch im echten Leben solche Kreise ziehen würde.

»Also marketingmäßig ist das natürlich der Hammer«, bestätigt Melanie. »Eine Sache hat mir in deinem Plan aber bisher gefehlt.«

»Echt? Was denn?«

»Was hast du mit Simon Bergmüller vor?« Sie gestikuliert vielsagend mit dem angebissenen Pizzastück.

»Wenn du so weitermachst, sammelst du gleich Ananasstückchen vom Fußboden.«

»Versuch nicht, mich abzulenken.«

»Tue ich nicht.« Mir rutscht das Messer ab und landet in meiner Fingerkuppe. »Ach, scheiße!«

Melanie reicht mir kopfschüttelnd ein Pflaster. Dann klappt

sie den Pizzakarton zu und holt zwei Weingläser aus dem Küchenschrank. »Irgendwas sagt mir, dass wir für diese Unterhaltung Alkohol brauchen.«

Ich protestiere halbherzig, aber sie schenkt uns beiden bereits Rotwein ein.

»Den gab es zur Pizza dazu. Also, auf die Zukunft des Café Lindenthal.«

»Darauf muss ich ja wohl trinken.« Wir stoßen die Gläser zusammen, und ich nehme einen großen Schluck.

»Also. Simon Bergmüller.«

»Was ist mit ihm?«

»Das frage ich dich.«

»Nichts. Mit ihm ist gar nichts. Er ist ein arroganter Typ aus der Großstadt, der mir mit veganem Hipster-Gebäck das Geschäft streitig machen will.« Zumindest dachte ich das noch vor einer Woche. Jetzt habe ich Dutzende Nachrichten von ihm auf meinem Handy, lustige Fotos von missglücktem Gebäck und dämliche Witze, und die Worte hinterlassen einen bitteren Nachgeschmack auf meiner Zunge.

»Ein arroganter Typ, mit dem du schon einen Abend zusammen verbracht hast.«

»Es war ein rein berufliches Treffen«, wiederhole ich. »Ich wollte eben wissen, wie die Konkurrenz so arbeitet.«

»Und?« Melanie verschränkt die Arme.

Überraschend kompetent. Kreativ, aber lernbereit. Mit geschickten Fingern und schlagfertigen Antworten und …

»Ganz normal eben. Nichts Besonderes.«

Melanie schaut mich lange an, bevor sie sagt: »Nicht jeder ist so wie Linus, weißt du?«

Ich zucke zusammen. »Und nicht jeder möchte alles vögeln, was nicht bei drei auf den Bäumen ist.«

Sobald ich es ausgesprochen habe, bereue ich meine Worte. »So war das nicht gemeint. Es ist nur …«

Ich warte darauf, dass sie abwinkt oder den Satz für mich beendet. Stattdessen sieht sie mich abwartend an und nippt an ihrem Weinglas. »… selbst wenn ich es wollte«, an dieser Stelle hebe ich den Zeigefinger, »was ich definitiv *nicht* tue. Aber selbst dann wäre es absurd. Wir sind Konkurrenten. Er nimmt mir die Kundschaft weg, die unser Geschäft zum Überleben braucht. Und er …«

Er könnte wahrscheinlich fast jede haben. Mit diesen Augen und diesem Grübchen. Mit dem Charme und dem Lächeln und der erfolgreichen Bäckereikette. Er wäre eher Cosima Winters Kragenweite. Bei dem Gedanken zieht sich mein Magen zusammen.

»Er ist einfach nicht mein Typ. Basta.«

Ich nehme einen großen Schluck Wein, dann greife ich nach einer Bio-Zitrone und reibe etwas Schale in den Topf. »Genug von Simon. Was macht die Arbeit?«

Während die Teigstücke im Ofen backen, berichtet Melanie mir von ihrem Meeting. Mein Handy vibriert, und ich werfe einen kurzen Blick auf das Display. Nicht, dass Theresa doch auf Mamas zweites Konto geschaut und das fehlende Geld entdeckt hat.

Aber es ist eine Nachricht von Simon. Ein Foto seiner Backstube, die so aussieht, als sei dort gerade eine Tüte Mehl explodiert. Vielleicht hätte ich doch einfach ins Bett gehen sollen.

Ich kichere.

»… dass ich vielleicht im neuen Jahr endlich mal wieder nach Shanghai fliege … Sag mal, hörst du mir überhaupt zu?«

Ertappt lasse ich das Handy sinken. »Ja, natürlich. Tut mir leid.«

»Nachricht von Theresa?« Ihr Gesicht wird weicher.

Ich hasse es zu lügen. Die Wahrheit sagen kann ich ihr aber auch nicht, ohne mich komplett unglaubwürdig zu machen. Ich nicke stumm.

»Das ist doch gut, oder? Vielleicht könnt ihr euren Streit ja beide einfach vergessen.«

Ich schnaube. »Du hast mich eben eine sture Ziege genannt. Jetzt stell dir vor, wie wohl meine große Schwester drauf ist.«

Wie die Mutter, so die Töchter.

Melanie schnalzt mit der Zunge. »Na gut. Dann gehört das eben auch noch zu deinem Plan: Versöhnung mit Schwester arrangieren.«

Der Ofen piept. Erleichtert über die Ablenkung springe ich auf und nehme das heiße Blech heraus.

»Zeit für ein bisschen Weihnachtsstimmung, würde ich sagen.«

Wenige Sekunden später ertönen die ersten Klänge von »White Christmas«, dem ersten Song meiner Spotify-Weihnachtsplaylist. Melanie summt mit und räumt nebenbei ihre Reisetasche aus, während ich meine Lebkuchen-Villa zusammensetze. Vielleicht ist es der Wein, vielleicht die Musik oder die Gesellschaft meiner besten Freundin, aber heute geht mir der Bauprozess leicht von der Hand. Als die Kirchturmuhr ein Uhr schlägt, lege ich den Spritzbeutel mit dem Zuckerguss beiseite und betrachte mein Werk. Eine zweistöckige Lebkuchen-villa mit Treppenstufen vor dem Eingang, Säulen vor der Haustür, einem Balkon im ersten Stock und einem Schornstein auf dem Dach.

»Wow!« Melanie steckt den Kopf zur Küchentür herein, einen vollen Wäschekorb in der Hand. »Du hast dich selbst übertroffen. Das sieht super aus! Lass mich noch schnell die Sachen in die Waschmaschine werfen, dann machen wir die Bilder.«

Wie von der Jury des Wettbewerbs vorgegeben, machen wir mehrere Fotos, um das Lebkuchenhaus aus verschiedenen Perspektiven zu zeigen. Dann verbindet sie ihr Handy mit dem Laptop und öffnet den Teilnehmer-Bereich auf der Homepage der Veranstalter. Hier müssen alle ihre Fotos hochladen.

»Bist du bereit?«, fragt Melanie, den Finger über der Maus.

Ich schlucke. »Habe ich eine Wahl?«

»Hey, wo ist dein Selbstbewusstsein«, sie knufft mich in die Rippen. »Das ist großartig geworden. Du kommst auf jeden Fall ins Finale.«

»Aua.« Ich reibe mir die Seite. »Kein Grund, gewalttätig zu werden.« Dabei war das genau die Erinnerung, die ich brauchte. Ich bin verdammt gut in meinem Job. Und ich werde diesen Wettbewerb gewinnen, koste es, was es wolle.

»Worauf wartest du noch? Laden wir die Fotos hoch.«

Kapitel 15

Sobald ich am nächsten Morgen die Augen aufschlage, fasse ich einen Entschluss. Dieser Streit zwischen Theresa und mir muss aufhören. Wir sind schließlich zwei erwachsene Frauen. Außerdem weiß ich nicht, wie viele Tage ich die kalte Schulter meiner großen Schwester noch ertragen kann. Anstatt noch zweimal auf den Snooze-Knopf zu drücken, rolle ich mich aus dem Bett und springe unter die Dusche. Dann schlüpfe ich in meinen kuscheligsten Strickpullover und meine Lieblingsjeans und mache mich auf den Weg in die Backstube. Obwohl ich erst um kurz nach zwei im Bett lag, bin ich überhaupt nicht müde. Das Hochladen meiner Fotos hat mir einen richtigen Energieschub verpasst, und ich fühle mich irgendwie aufgedreht. Am liebsten würde ich sofort meine Mails checken, ob die Jury schon geantwortet hat, aber das ist natürlich unmöglich, schließlich ist heute Sonntag. Stattdessen schiebe ich die Brötchen in den noch funktionierenden Ofen, drehe die Heizungen im Café auf und bereite neue Zimtsterne für den Weihnachtsmarkt vor. Als Theresa eine Viertelstunde später durch die Tür tritt, erfüllt ein süßer Duft nach Zimt und Honig den Raum.

»Guten Morgen. Dein Kaffee steht da drüben, Gertruds Spezialmischung.« Ich nicke mit dem Kinn in Richtung Fensterbank, beide Hände in der Teigschüssel.

»Was ist denn hier los?« Theresa versteckt ein Gähnen hinter ihrer Hand. Auch sie trägt heute Morgen einen Strickpullover in Dunkelgrün, der ihre blonden Haare zum Leuchten bringt. Leider passt er aber auch gut zu den dunklen Ringen unter ihren Augen.

»Hast du was angestellt?«

»Haha. Darf eine kleine Schwester ihrer großen Schwester nicht mal einfach so Kaffee kochen?«

»Doch, natürlich.« Sie greift danach und mustert mich misstrauisch über den Tassenrand. »Nur machst du das normalerweise nicht.«

Sie nimmt einen Schluck, schließt die Augen. »Mmmh. Ja. Das habe ich jetzt gebraucht.« Sie senkt die Tasse, hält sie aber weiterhin fest umklammert. »Danke.«

»Gern geschehen.«

Dann sagt sie: »Ich bin ja gestern die Zahlen noch mal durchgegangen. Es sieht nach wie vor schlecht aus.«

Mein Herz rutscht eine Etage tiefer. »Aber …«

»Aber …« Sie hebt die Hand, um mich zu unterbrechen. »… wir haben ja immer noch die Weihnachtsfeier der Auto-Fritzen. Wenn wir da die Preise etwas erhöhen, könnten wir genug reinholen, um uns über die nächsten Monate zu bringen.«

Richtig, die große Weihnachtsfeier, die Cosima und ihre Kollegen jedes Jahr kurz vor den Betriebsferien veranstalten. Für den Kredit wird das nicht reichen, das wissen wir beide. Aber ich erkenne einen Olivenzweig, wenn ich ihn sehe.

»Gute Idee. Die haben so viel Geld, da werden sie das wahrscheinlich nicht mal bemerken.«

»Genau. Ich werde mal einen neuen Preisvorschlag ausarbeiten. Es ist zwar schon ein bisschen knapp, aber ich versuche mal, zu argumentieren, Inflation und so. Schaust du nachher drüber?«

»Gerne.«

Wir lächeln uns an. Ich weiß, dass damit noch längst nicht alles geklärt ist. Aber trotzdem hebt sich ein unsichtbares Gewicht von meinen Schultern.

Theresa gähnt noch einmal.

»Wie lange hast du gestern noch gemacht? Du siehst echt fertig aus.«

Sie tritt neben mich, späht in die Schüssel. »Zimtsterne?«

»Genau.«

»Riecht super.«

Ich hebe den Teig aus der Schüssel und platziere ihn auf der bemehlten Arbeitsfläche. »Danke. Aber mal im Ernst, deine Augenringe haben Augenringe, Schwesterherz.«

Sie nimmt das Blech Brötchen heraus und legt sie zum Abkühlen auf das Gitter. »Hast du in letzter Zeit mal in den Spiegel geguckt? Ich würde sagen, ich bin in guter Gesellschaft.«

»Mmh.« Ich werfe einen Blick in die Fensterscheibe. Draußen ist es noch dunkel, sodass ich darin mein Spiegelbild sehen kann. »Immerhin stehen sie mir besser.«

»Träum weiter.«

»Weißt du, was wir bräuchten?« Ich steche den ersten Zimtstern aus dem Teig. »Urlaub. Mindestens drei Wochen. Irgendwohin, wo es richtig warm ist.«

Sie seufzt sehnsüchtig. »An was hattest du gedacht? Hawaii? Mauritius? Seychellen?«

»Was immer du willst. Jetzt gerade wäre ich auch schon mit einer Hütte im Allgäu glücklich. So wie früher.«

»Aber dieses Mal bitte mit fließendem Wasser. Und mehr als einer Steckdose.«

»Mein Gott, ist die Dame anspruchsvoll geworden.« Wir kichern. Dann wird Theresa wieder ernst. »Ich fürchte, wenn du eine Auszeit im Warmen willst, musst du dich näher an den noch funktionierenden Ofen stellen. Mehr ist finanziell leider in absehbarer Zeit nicht drin.«

»Dann spare ich mir immerhin die Sonnencreme«, antworte ich leichthin. In Gedanken bin ich allerdings immer noch am Strand. Wer weiß, wenn ich den Wettbewerb gewinne, können wir vielleicht wirklich mal für ein paar Tage wegfahren.

»Das ist die richtige Einstellung. Ich kümmere mich um die Kaffeebohnen, bringst du kurz den Müll raus?«

»Klar. Mach ich.« Der eisige Wind vor der Tür bringt mich unsanft zurück auf den Boden der Tatsachen. Aber nicht mal das kann meine Zuversicht dämpfen. Theresa und ich reden wieder miteinander. Die Weihnachtsfeier des Autokonzerns wird uns finanziell über die nächsten Wochen bringen. Und ich habe meine Fotos für die erste Runde eingereicht. Alles wird gut.

Meine gute Laune hält an, während ich den morgendlichen Kundenansturm abarbeite. Sie verleiht mir Inspiration für einen Instagram-Post (das Foto eines lächelnden Lebkuchen-Männchens mit der Frage, welches Gebäck glücklich macht) und trägt mich durch die ersten Stunden meiner Schicht auf dem Weihnachtsmarkt. Die Temperaturen bleiben deutlich unter dem Gefrierpunkt, aber Maik hilft mir heute wieder am Stand, sodass ich meine Pinkelpause auch dazu nutzen kann, bei Greta vorbeizugehen, um einen heißen Punsch mitzunehmen. Allerdings bin ich offensichtlich nicht die Einzige mit dieser Idee. Die Schlange vor ihrem Stand ist mehrere Meter lang. Ohne Punsch wieder umzukehren, ist bei diesem Wetter keine Option, und ich will nicht den Ärger der ganzen Schlange auf mich ziehen, also stelle ich mich schicksalsergeben hinten an. Während ich warte, lese ich die ersten Kommentare auf meinen Post.

Schokokekse machen immer glücklich.

Der Marmorkuchen meiner Mama ist mein Trostpflaster.

Ich kann nicht traurig sein, wenn mein Mann mir Brownies backt.

Ich beantworte so viele Kommentare wie möglich und mache mir gleichzeitig Notizen für Rezepte, die ich in Zukunft posten könnte.

»Eine interessante Frage, die du da gestellt hast.«

Ich zucke zusammen. Wie aus dem Nichts taucht Simon Bergmüller neben mir auf, gehüllt in einen dicken Wintermantel mit einer dunkelroten Mütze auf dem Kopf. Darunter blitzen blonde Haarsträhnen hervor. »Die Antwort lautet eindeutig: Zimtschnecken.«

»Ist das so?«, frage ich, um meine Überraschung zu überspielen. »Gute Wahl. Aber wie kommt es dann, dass ihr keine Zimtschnecken im Angebot habt?«

»Du kennst unser ganzes Angebot auswendig? Ich fühle mich geschmeichelt.« Er zwinkert mir zu. Wärme steigt mir in die Wangen, aber ich weigere mich, den Köder zu schlucken.

»Wissen ist Macht. Also, wo sind eure Zimtschnecken?«

»Wir hatten mal welche, aber das Rezept war noch nicht ausgereift. Ich wollte es verbessern, bin aber nicht mehr dazu gekommen.« Irgendetwas sagt mir, dass hinter dieser Antwort noch mehr steckt. Ein Teil von mir würde liebend gerne nachbohren, aber er schlägt den Mantelkragen hoch und wechselt das Thema. »Was ist mit dir? Was ist dein Lieblingsgebäck?«

»Das kann ich nicht sagen. Ich liebe alle meine Kinder gleich.«

Das ist nicht die ganze Wahrheit. Aber die geht Simon Bergmüller nun wirklich nichts an.

»Unmöglich. Jeder hat einen Favoriten.«

»Reden wir hier noch über Gebäck oder über Kinder?«, schieße ich zurück.

Er zuckt zurück. »Vergiss es. Ist auch nicht so wichtig.«

Die Schlange rückt ein Stück vor. Ich werfe Simon einen verstohlenen Seitenblick zu. Er kaut auf seiner Unterlippe, die Stirn gerunzelt und die Schulter gegen den Wind hochgezogen. Irgendwie erinnert er mich in diesem Moment an einen getretenen Welpen. Vielleicht ist es dieses innere Bild, das mich dazu bringt, ihn mit dem Ellenbogen in die Seite zu stoßen.

»Hey. Wenn du so guckst, kann ich dich nicht ernst nehmen. Du bist der Bösewicht in diesem Bond-Film, schon vergessen?«

Seine Mundwinkel zucken. »Ich dachte, ich bin der dritte Handlanger von links?«

»Du bist befördert worden«, sage ich gönnerhaft.

»Womit verdiene ich diese Ehre?« Sein Blick hat etwas Intensives, Magnetisches, das mir schon im Aquarium aufgefallen ist. Wenn er mich so ansieht, fühle ich mich wie die einzige Person auf der Welt.

Ich räuspere mich. »Der eigentliche Bösewicht ist krank geworden. Lebensmittelvergiftung. Er hat offenbar schlechte Lebkuchen gegessen.«

Jetzt lacht er, ein warmes Geräusch, das mich die Kälte um uns herum vergessen lässt. »Das ist tragisch. Wo er die wohl herhatte?«

»Da fragst du die Falsche. Mit ungenießbaren Lebkuchen kenne ich mich nicht aus.«

»Natürlich nicht. Wahrscheinlich war er nicht von hier.«

»Wahrscheinlich.«

Wir grinsen uns an. Die Reihe rückt wieder etwas nach vorne. Jetzt trennt uns nur noch ein älteres Ehepaar vom Tresen.

»Darf ich Sie auf einen Drink einladen?«, fragt Simon übertrieben förmlich, deutet eine Verbeugung an. »Um Ihnen dabei meine Pläne zur Welteroberung zu erklären?«

»Und meinen Punsch zu vergiften? Nein danke, diesen Film habe ich schon gesehen.«

»Vergiften? Ich bin entsetzt, dass Sie mir so wenig Kreativität zutrauen, 007.« Er senkt die Stimme. »Für Sie werde ich mir etwas ganz Besonderes einfallen lassen.«

Ich bekomme eine Gänsehaut.

Das Ehepaar vor uns nimmt zwei Tassen Apfelglühwein entgegen und gibt den Weg frei. »Wir hätten gerne zwei Tassen Punsch«, sagt Simon zu der Frau hinter dem Tresen, bevor ich protestieren kann. Zum Glück ist es nicht Greta selbst, sondern eine ihrer Angestellten. Greta steht mit dem Rücken zu uns an der anderen Seite des Standes. Hoffentlich bleibt das so. Wie soll ich ihr erklären, wieso ich auf einmal mit Simon Bergmüller Punsch trinke?

»Kein Problem. Geht das getrennt oder zusammen?«

»Getrennt.«

»Zusammen.«

»Was denn jetzt?« Die Frau schaut verwirrt zwischen uns hin und her. »Das Angebot steht, 007«, sagt Simon leise. »Ganz ohne Gift, das kann ich garantieren.«

»Vielleicht ein anderes Mal«, gebe ich im gleichen Ton zurück. Laut sage ich: »Getrennt, bitte.«

Wir bezahlen unseren Punsch und halten wenig später zwei dampfende Tassen in der Hand. In diesem Moment dreht Greta sich zu uns um.

Ohne nachzudenken, fasse ich Simon am Ärmel seines Wintermantels und ziehe ihn zur Seite.

»Vorsicht, mein Punsch!«

Ich ignoriere seinen Protest, lasse erst wieder los, als wir in einer kleinen Gasse zwischen zwei Marktständen in Deckung sind.

»Was war das denn?« Er wischt an einem dunkelroten Fleck auf seinem Mantel. Dabei berühren sich unsere Arme. Mir wird mit einem Schlag bewusst, wie nah wir uns stehen. Aber ich kann auch nicht zurückweichen, weil ich eine solide Holzfassade im Rücken habe.

»Ich habe in der Menge einen Doppelagenten erspäht«, antworte ich so unbefangen wie möglich. Dabei rauscht mir das Blut in den Ohren.

»Schämst du dich etwa, mit mir gesehen zu werden?«, fragt er, ein feines Lächeln auf seinen Lippen. Dieses Grübchen trägt nicht dazu bei, meinen Herzschlag zu beruhigen.

»Ich habe einen Ruf zu verlieren.«

»Ah, verstehe. Und dem würde es schaden, wenn man dich beim Kollaborieren mit dem Feind beobachtet.« Er lehnt sich an die Holzwand hinter sich und nimmt einen Schluck Punsch. Selbst jetzt, wo wir beide mit dem Rücken an der Wand lehnen, liegen höchstens fünfzig Zentimeter zwischen uns. Ich müsste nur den Arm ausstrecken, dann könnte ich ihn berühren.

»So in etwa.« Ich hebe ebenfalls die Punschtasse an die Lippen und wünsche mir, ich hätte mich für etwas Stärkeres entschieden.

Als ich die Tasse wieder senke, fange ich Simons Blick auf. Er betrachtet mich wie ein Gebäckstück, dessen Rezept er ergründen will, eindringlich und ohne Scham. Der Bartschatten an seinen Wangen ist etwas dunkler geworden und es sind ein paar Schneeflocken auf seiner Brille gelandet, aber davon abgesehen sieht er genauso aus wie der Mann, den ich an der Bar im Aquarium kennengelernt habe. Der mich zum Lachen gebracht und das erste Mal seit Langem dem Wunsch in mir geweckt hat, einen Schritt auf jemanden zuzugehen.

Bis sich herausgestellt hat, dass er zwischen mir und der Rettung unseres Cafés steht.

»Habe ich was im Gesicht?«, zische ich. Er blinzelt, als hätte ich ihn gerade aus einer Trance geweckt. Dann stößt er sich von der Wand ab. »So gerne ich auch in engen Gassen mit dir herumstehe, das Geschäft ruft.« Ich muss den Kopf heben, um ihm in die Augen zu sehen. Sein Atem streift meine Wangen, riecht nach Zimt und Apfelpunsch.

»Ganz genau.« Meine Stimme ist rau. »Ich muss auch zurück.«

»Die Welt beherrscht sich schließlich nicht von allein.« Er zwinkert mir zu, dann tritt er aus der Gasse hinaus und ist innerhalb von Sekunden in der Menschenmenge verschwunden.

Ich lasse mich gegen die Holzwand sinken. »Scheiße. Scheiße, scheiße, scheiße.« Mit jedem Wort stoße ich meinen Hinterkopf gegen das Holz.

Wieso kann er nicht einfach das Arschloch sein, für das ich ihn seit seinem Auftauchen auf dem Weihnachtsmarkt gehalten habe? Wieso hat er diese Augen und dieses Lächeln und dieses Grübchen? Und wieso fühle ich mich irgendwie wohl in seiner Gegenwart? Die Welt ist einfach unfair.

Mein Punsch ist mittlerweile nur noch lauwarm. Ich nehme trotzdem einen großen Schluck, in der Hoffnung, der Geschmack von Apfel und Zimt könnte die Erinnerung an die letzte halbe Stunde herunterspülen.

Es funktioniert nicht.

Kapitel 16

Nachdem Theresa und ich uns wieder versöhnt haben, fällt es mir noch schwerer, meine Geheimnisse vor ihr zu verbergen. Ich ertappe mich in den nächsten Tagen immer wieder dabei, wie ich ihr ein neues Foto für den Account zeigen oder sie nach ihrer Meinung zu einem Entwurf für das Finale fragen will. Zucke jedes Mal zusammen, wenn sie die Bäckerei Bergmüller in einem Nebensatz erwähnt. Aber sie bemerkt es nicht. Im Gegenteil, sie wirkt selbst die meiste Zeit abgelenkt. Wann immer ich nachfrage, was los ist, winkt sie ab, aber ich kenne sie besser. Offenbar läuft es mit Francesca seit dem Umzug ihrer Mutter schlechter, als Theresa zugeben will. Aber da darf ich sie erfahrungsgemäß nicht drängen. Wenn sie bereit für eine schwesterliche Portion Trost und Schokokekse ist, wird sie zu mir kommen.

Ich habe auch so mehr als genug zu tun. Die Abende verbringe ich entweder über meinen Lehrbüchern oder über mein Notizheft gebeugt, zeichne Skizzen für Lebkuchenschlösser, Pyramiden oder japanische Teehäuser. Aber es ist wie verhext, keiner der Entwürfe überzeugt mich und mit jeder herausgerissenen Seite sinkt mein Selbstvertrauen. Wenn ich gerade nicht arbeite, lerne oder zeichne, checke ich meine E-Mails. Doch egal, wie oft ich im Lauf des Montags und Dienstags mein Postfach öffne, ich entdecke keine Antwort der Jury. Dabei ist das Finale schon in zwei Wochen. Mit jedem Tag werde ich nervöser.

Dazu kommt, dass ich *ihm* ständig begegne. Nachdem wir uns zuerst problemlos aus dem Weg gehen konnten, sehe ich Simon Bergmüller jetzt überall. Morgens, wenn ich zu unserem Stand laufe, auf dem Parkplatz, am Montagabend sogar im Falkenhainer Hallenbad. Er kam gerade heraus, als ich durch die Eingangstür ging, fest entschlossen, endlich mal wieder etwas Sport zu machen. Die Vorstellung von ihm in Badehose verfolgte mich bei jeder Bahn, die ich schwamm. All diese Begegnungen erinnern mich daran, dass die Konkurrenz nicht schläft. Aber selbst wenn wir uns nicht sehen, trage ich die Erinnerung an ihn immer in meiner Hosentasche. Mehrmals am Tag ein neuer Post, eine neue Story, auf die ich reagieren muss. Dazu kommt unser privater Chat. Seit unserem Treffen am Glühweinstand warten mehrere unbeantwortete Nachrichten auf mich. Aber ich kann dieses Spiel nicht länger spielen. Wir sind Gegner, sonst nichts.

»Ich werde langsam wahnsinnig«, gestehe ich Melanie am Dienstagabend bei zwei Gläsern Wein. Sie hat mich nach Schichtende quasi am Handgelenk gepackt und in die Weinbar geschleppt, weil ich »aussehe, als hätte ich schon vergessen, wie man das Wort Spaß schreibt«. Ich habe keinen nennenswerten Widerstand geleistet.

»Sag bloß. Ist mir noch gar nicht aufgefallen.«

»Haha.« Ich verziehe das Gesicht. »Wieso habe ich das Gefühl, dass du meine existenzielle Krise nicht wirklich ernst nimmst?«

Sie greift über den Tisch nach meiner Hand. »Süße, ich nehme dich immer ernst. Aber du solltest wirklich mal einen Gang zurückschalten.«

»Würde ich ja gerne. Aber die Jury vom Wettbewerb meldet sich nicht, meine Entwürfe fürs Finale sind alle furchtbar, ich muss mir jeden Tag ein neues Rezept für Instagram aus dem Ärmel schütteln und Simon Bergmüller aus dem Weg gehen und das alles, ohne dass Theresa irgendwas davon mitkriegt.« Ich hole tief Luft, atme langsam aus. Melanie mustert mich über den Rand ihres Glases. »Vielleicht wäre es Zeit, ihr die Wahrheit zu sagen.«

»Ich bin vielleicht verrückt, aber nicht lebensmüde.«

»Dein ganzer Plan basiert darauf, dass du den Wettbewerb gewinnst«, sagt sie langsam. »Aber hast du schon mal, nur so ganz hypothetisch, darüber nachgedacht, was du tust, wenn das nicht passiert?«

»Was willst du damit sagen?«

»Nichts. Ich meine ja nur. Es ist möglich, dass du verlierst.«

»Das würde das Ende für das Café bedeuten«, antworte ich mit belegter Stimme.

»Möglicherweise«, stimmt sie mir zu. »Aber du bist mehr als das Geschäft deiner Mutter, Kathi. Du könntest …«

»Ich will aber nicht! Das Café Lindenthal ist nicht nur das Geschäft meiner Mutter. Es ist …« Mein Geschäft, will ich sagen, aber die Worte bleiben mir im Hals stecken.

»Es ist mehr als das. Und ich werde es nicht aufgeben!« Ich

leere mein Weinglas und stehe auf. »Meine Skizzen warten auf mich.«

Als ich meinen Wintermantel überwerfe, pingt mein Handy.

»Kathi, warte.«

Hinter mir quietschen Stuhlbeine über den Linoleum-Boden. Aber ich höre es kaum. Stattdessen starre ich auf das Display, auf dem mir gerade eine neue E-Mail angezeigt wird.

Wir freuen uns, Ihnen mitteilen zu können …

Wortlos lasse ich mich wieder auf den Stuhl sinken.

»Alles okay?« Melanie ist ebenfalls aufgestanden und schaut jetzt besorgt auf mich herunter. Anstelle einer Antwort schiebe ich ihr das Handy über die Tischplatte. Ihre Augen weiten sich.

»Ich hab es geschafft«, murmele ich leise, immer noch ungläubig. »Ich bin im Finale.«

»Simon Bergmüller allerdings auch«, gibt sie zu bedenken. Ich nehme das Handy wieder in die Hand und scrolle durch die E-Mail, in der alle Finalisten aufgezählt werden. Simon steht direkt unter mir.

»Umso besser«, sage ich. »Dann kann ich ihn auf der großen Bühne besiegen.«

Melanie nickt langsam. »Die Einstellung gefällt mir.«

»Setz dich wieder hin«, sage ich. »Der nächste Wein geht auf mich.«

Bei einem Wein bleibt es nicht. Als ich mehrere Stunden später nach Hause wanke, bin ich fest entschlossen, Theresa alles zu gestehen. Die ganze Wahrheit. Mein Sieg ist schon zum

Greifen nahe. Es kann quasi nichts mehr schiefgehen. Ich brauche drei Versuche, bis ich den Schlüssel ins Schloss bekomme, dann stolpere ich die Treppe in den ersten Stock hoch. »Theresa? Schwesterherz, bist du noch wach?«

Keine Antwort. Komisch. Aber meine Schwester war immer schon eine tiefe Schläferin. Zeit, härtere Geschütze aufzufahren. »Theresa?« Ich klopfe an ihre Zimmertür, einmal, zweimal. »Wach auf. Ich muss dir was erzählen.«

Ich rechne mit wüsten Verwünschungen, einem Kissen, das von der anderen Seite gegen die Tür geworfen wird. Stattdessen herrscht Stille.

»Letzte Warnung.« Ich kichere leise. »Ich komme jetzt rein.«

In meinem Kopf zähle ich langsam bis drei. Dann reiße ich die Tür auf. »Ich habe dich gewa… Theresa?«

Das Zimmer ist leer. Ihr Bett ist unberührt, sie war heute Abend noch gar nicht hier.

Meine Schultern sinken. *Ach, Francesca. Müsst ihr euren Streit ausgerechnet heute klären?* Ich weiß, dass es unfair ist, aber in diesem Moment möchte ich ihre Freundin am liebsten auf den Mond schießen. Seit Beginn des Weihnachtsmarkts verbringt meine Schwester jede freie Minute bei ihr. Es ist beinahe so schlimm wie damals, als sie zusammengekommen sind. Mama und ich haben Theresa für vier Monate kaum zu Gesicht bekommen.

»Gönn deiner Schwester ihr Glück«, hat Mama gesagt, wenn ich mich darüber beschwert habe, dass ich schon wieder allein die Morgenschicht übernehmen musste. »Sie hat es sich verdient.«

Eigentlich eine komische Bemerkung, wenn ich so darüber

nachdenke. Aber ich habe nie nachgefragt, was Mama damit meint. Und jetzt ist es zu spät dafür.

Klar gönne ich es dir, Schwesterherz, murmele ich in den leeren Raum. »Ich gönne dir alles Glück der Welt.«

Trotzdem hat meine Freude über den Einzug ins Finale ein Loch bekommen, wie ein Luftballon, in den man eine Nadel piekst. Denn im Gegensatz zu Theresa habe ich keinen Partner, mit dem ich den Sieg feiern könnte. Der Einzige, der mir schon geschrieben hat, ist Simon. Nur ein kurzer Satz: Glück fürs Finale. Du wirst es brauchen. Darauf werde ich später antworten. Langsam hänge ich den Mantel an die Garderobe und wandere in mein Zimmer. Auf dem Schreibtisch liegt immer noch mein Skizzenbuch. Ich nehme einen Bleistift zur Hand, mache ein paar unsaubere Striche. Aber in Gedanken bin ich nicht bei dem Finale.

Ich bin bei *ihm*.

Vielleicht ist es der Wein, vielleicht Theresas Abwesenheit, aber ich denke das erste Mal seit Langem wieder an Linus.

Wir hatten eine gute Zeit, damals. Er war mein Erster in so vielem. Erster Kuss, erstes Mal, erste große Liebe. Eine Zeit lang war ich mir sicher, dass das mit uns für immer wäre. Ich liebte seine große Familie, die einen kleinen Bauernhof am Rande von Falkenhain führte, und er half mir nachmittags im Café aus, ohne sich zu beschweren. Nach dem Abi sind wir zusammen nach Neuseeland geflogen, haben in Bars, Tankstellen und Hostels gearbeitet, in Zelten geschlafen und surfen gelernt. Er zumindest, ich hatte nie das nötige Gleichgewicht dazu.

Alles war perfekt.

Bis er mir ein paar Tage nach unserer Rückkehr nach Deutschland den Brief mit seiner Zulassung an der Universität München unter die Nase hielt.

Zuerst dachte ich: Kein Problem, das kriegen wir hin. Ich würde meine Konditorlehre im Nachbarort machen und in unserem Café weiterarbeiten, während er studierte. Am Wochenende käme ich dann nach München oder er zurück nach Falkenhain. Aber offensichtlich sah er das anders. Bei jedem meiner Besuche versuchte er, mich davon zu überzeugen, zu ihm nach München zu ziehen. Wenn er bei mir war, plante ich schon, wie wir später gemeinsam das Café führen würden. Rückblickend haben wir uns beide etwas vorgemacht.

Zumindest bis zu diesem einen Samstag im Dezember vor sechs Jahren. Er hatte am Abend vorher Geburtstag, und ich konnte nicht mit ihm feiern, weil ich auf dem Weihnachtsmarkt aushelfen musste. Deshalb bin ich am nächsten Morgen mit dem ersten Zug nach München gefahren, einen Gutschein für ein Wellnesswochenende in den Alpen im Gepäck. Mein Geschenk an ihn, für das ich die letzten Monate gespart hatte. An der Tür seiner WG machte mir sein Mitbewohner Kai auf, verkatert und offensichtlich gerade erst aufgewacht. Als er mich erkannte, wurde er eine Spur blasser.

»Linus? Du solltest mal kommen«, rief er über seine Schulter hinweg. In diesem Moment ahnte ich, dass irgendetwas nicht stimmte.

Ohne mich um seinen Protest zu kümmern, schob ich mich an Kai vorbei und marschierte zu Linus' Zimmertür. Ich hatte die Hand gerade an der Klinke, als die Tür von innen aufgerissen wurde.

»Was ist … Kathi?«

Vor mir stand mein Freund, in Boxershorts und mit bettverstrubbelten Haaren. An seinem Hals prangte ein fetter Knutschfleck. Und in seinem Bett lag ein Mädchen aus seinem Tutorium.

Im ersten Moment war ich noch bereit, an einen Ausrutscher zu glauben. Einen Moment der Schwäche, alkoholisiert und gedankenlos. Aber in dem Gespräch, das wir danach in der WG-Küche führten, zwischen leeren Schnapsflaschen und Pizzakartons, wurde ich eines Besseren belehrt. Linus hatte mich nicht das erste Mal betrogen.

Verrückt, dass etwas so lange her sein kann und immer noch unglaublich wehtut. Ich stemme mich von meinem Stuhl hoch und gehe in die Küche. Es dauert nicht lange, bis ich eine angefangene Flasche Rotwein entdecke. Ich mache mir nicht die Mühe, ein Glas aus dem Schrank zu nehmen, nehme einen großen Schluck im fahlen Licht des Kühlschranks.

»Du bist nie hier«, hat er mir in dem Gespräch vorgeworfen. »Selbst an meinem Geburtstag ist dir die Arbeit wichtiger.«

Ich wollte mich verteidigen, wollte ihm klarmachen, wie absurd seine Vorwürfe waren, aber er ließ mich kaum zu Wort kommen. Er redete und redete, über sein zeitraubendes Studium und seinen Nebenjob in einer Anwaltskanzlei und sein Engagement beim Studierendenparlament. Ich müsste doch verstehen, dass er keine Zeit hätte, alle zwei Wochen nach Falkenhain zu fahren. »Cafés gibt es auch in München, Kathi. Wenn du diese Beziehung wirklich wolltest, hättest du einfach nur bei mir sein müssen.«

Ich umklammere die Weinflasche fester. »Und was war mit

dir?«, frage ich die leere Küche. »Wieso durftest du deine Träume verfolgen und ich nicht?«

Niemand antwortet.

Ich nehme die Flasche mit in mein Zimmer, setze mich wieder an den Schreibtisch. Eigentlich weiß ich es besser. Aber es ist kurz nach Mitternacht, ich bin angetrunken und allein. Also öffne ich Instagram und tippe seinen Namen in der Suchzeile ein. Sein Profil zu finden ist einfach. Er benutzt immer noch denselben Nutzernamen wie in dem Online-Chatportal, das zu unserer Abi-Zeit beliebt war. Über das wir damals stundenlang geschrieben haben, bevor wir zusammenkamen.

Mein Finger schwebt über seinem Profil, ein letzter Moment der Unsicherheit. Dann nehme ich noch einen Schluck Wein und öffne es.

Er sieht anders aus. Aus dem jugendlichen Gesicht mit den hohen Wangenknochen und den Sommersprossen ist ein seriöses Erwachsenengesicht geworden, auf dem eine Brille sitzt. Seine dunkelbraunen Haare, früher meistens etwas zu lang und verwuschelt, sind modisch kurz geschnitten. Auf einigen Fotos trägt der ehemalige Junge vom Bauernhof, den ich in Gummistiefeln und Overall kennengelernt habe, Anzug und Krawatte. Offenbar ist er mittlerweile ein erfolgreicher Anwalt für Arbeitsrecht in München. Und verlobt. Das weiß ich ja von Melanie. Trotzdem zieht sich mein Magen zusammen, als ich mich durch die Fotos seines Maledivenurlaubs wische. Sie ist die Frau aus dem Tutorium, die ich damals bei ihm im Bett gefunden habe. Die Fotos zeigen die beiden am Strand, zwischen exotischen Blumen, auf einem Balkon mit Blick über das Meer. Händchenhaltend zwischen Palmen bei Sonnenuntergang. Auf dem letzten Bild sind nur ihre Hände zu sehen, an denen elegante silberne Ringe verkünden, dass hier zwei Menschen zusammengehören.

Mit jedem Foto wird der Knoten in meinem Magen etwas fester. Als ich das Handy weglege, schmeckt selbst der Wein bitter.

Dabei will ich Linus nicht zurück. Nicht wirklich. Wenn ich mir vorstelle, ich wäre die Frau auf den Fotos, die mit ihm auf die Malediven fliegt und seinen Antrag annimmt, dann fühlt sich das falsch an.

Also wieso zur Hölle tut es dann so verdammt weh?

Eine Träne tropft auf mein Skizzenblatt, dann noch eine. Schnell drehe ich mich weg und krame in meinen Hosentaschen nach einem Taschentuch.

Eigentlich weiß ich, was das Problem ist. Ich will ihn nicht zurück, aber ich will das, was er hat. Jemanden, mit dem ich alberne romantische Fotos bei Sonnenuntergang machen kann. Der mit mir in den Urlaub fährt, und selbst wenn es nur zum Camping ins Allgäu ist. Jemand, der meine Hand hält und mich zum Lachen bringt und mir verspricht, dass er bei mir bleibt.

Ich schließe die Augen, träume mich an einen tropischen Strand. Meine Füße stecken im warmen Sand und die Wellen rauschen hinter mir und eine Hand liegt in meiner. Wir laufen zusammen ins Meer, herrlich kühles Wasser spritzt an mir hoch, und er lacht, ein tiefes, warmes Lachen, fast so wie Simons …

Ich reiße die Augen auf, schüttele mich. Nein. Das ist keine Option. Niemals.

»Ich werde wohl allein sterben, was?«, murmele ich in die Weinflasche. Mittlerweile ist sie fast leer.

»Selbst du lässt mich im Stich.« Ich kichere, bis ich schluchze. Schnell presse ich mir eine Hand vor den Mund. Bis mir einfällt, dass es dazu keinen Grund gibt. Es ist niemand hier, der mich hören könnte. Theresa ist nicht da. Mama auch nicht.

Also höre ich auf, mich zurückzuhalten.

Kapitel 17

Am Mittwochmorgen brauche ich zwei Kopfschmerztabletten und zwei Tassen von Gertruds Spezialmischung, um einen klaren Gedanken fassen zu können. Theresa sieht mindestens genauso fertig aus.

»Hey. Wann bist du zurückgekommen?«

Sie wedelt schwach mit der Hand. »Um zwei? Oder halb drei? Bin mir nicht sicher.«

»Alles okay?«

»Klar. Alles top.«

Ihr Gesicht spricht Bände.

»Und bei dir?«

»Ebenso.«

Wir prosten uns mit unseren Kaffeetassen zu und treffen dabei einen unausgesprochenen Pakt, nicht zu genau nachzufragen. Stattdessen unterhalten wir uns beim Teigkneten mit Gertrud über ihre Enkel und ihre Katze und vermeiden bewusst jedes andere Gesprächsthema. Mehrmals bin ich kurz davor, Theresa von meinem Einzug ins Finale zu erzählen, aber sie starrt den ganzen Morgen düster vor sich hin, und mich verlässt jedes Mal in letzter Sekunde der Mut. Was, wenn für sie meine heimliche Anmeldung doch schwerer wiegt als der Einzug ins Finale? Wenn ich dadurch den gerade erst wiederhergestellten Frieden zwischen uns zerstöre? Oder noch schlimmer: Was, wenn sie sie daran zweifelt, dass ich gewinnen kann?

Ich weiß nicht, ob ich damit umgehen könnte.

Passend zu meiner Stimmung zeigt der Winter sich heute von seiner trübsinnigsten Seite. Es ist wärmer geworden, sodass der Schnee auf den Straßen antaut und die ganze Stadt in ein braunes, matschiges Chaos verwandelt. Dazu fängt es auch noch an zu regnen, als ich das Auto auf dem Parkplatz abstelle und mich auf den Weg zum Marktstand mache. Der nasse Schnee ist verdammt rutschig, und ich lege mich mit meinen Kisten voller Backwaren zweimal fast auf die Nase. Vielleicht merke ich es deshalb erst, als ich fast vorbeigegangen bin. Simon hat ein neues Schild aufgehängt.

Wir haben es geschafft:
Die Bäckerei Bergmüller ist im Finale
des Bayerischen Lebkuchenwettbewerbs.
Um das zu feiern, senken wir für euch unsere Preise.

Ich bleibe wie angewurzelt stehen. »Was zur Hölle?«

Tatsächlich hat jemand über Nacht die große Preistafel hinter dem Tresen bearbeitet. Während wir vorher für eine Tüte Lebkuchen fast den gleichen Preis genommen haben, sind seine Backwaren jetzt auf einmal fünfzig Cent günstiger.

»Das kann nicht wahr sein.« Wut steigt in mir hoch, vertreibt den letzten Rest meines Katers. »Dem werde ich was erzählen.«

Aber von Simon keine Spur. Stattdessen steht heute eine junge Frau hinter dem Tresen, die gerade die Waren für den Tag einräumt. Als sie meinen finsteren Blick auffängt, blinzelt sie nur irritiert. Ich drehe mich um und stapfe weiter, die Finger fest um meine Kisten gekrallt.

Mit jedem Schritt werde ich wütender. Wie konnte ich auch nur für einen Moment denken, er wäre kein Arschloch? Mich von seiner freundlichen Fassade und seinem albernen Lächeln täuschen lassen? Der kriegt was zu hören, wenn ich ihn das nächste Mal in die Finger bekomme.

Mit den ersten Kunden offenbart sich allerdings noch ein weiteres Problem. Mittlerweile folgen einige unserer Stammkunden meinem Instagram-Account und haben natürlich mitbekommen, dass ich ebenfalls im Finale des Wettbewerbs bin. Allein in der ersten Stunde sprechen mich drei von ihnen darauf an, ob wir unseren Finaleinzug nicht auch mit einer Preissenkung feiern wollen. Zum Glück ist Theresa heute wieder im Café geblieben. Aber was, wenn sie morgen jemand darauf anspricht?

»Ich kann immer noch nicht glauben, dass er das getan hat«, murmele ich in meine Punschtasse.

Greta wischt gerade nach Ladenschluss über die Theke und wartet, bis ich meine Tasse hebe, um die Flecken darunter beseitigen zu können. »Aus geschäftlicher Perspektive macht das durchaus Sinn.«

»Ja klar. Es ist nur …« Ich hatte gerade angefangen, ihn nicht mehr aus tiefster Seele zu hassen. Aber das kann ich ihr schlecht sagen. »Es ist nur ein verdammt schlechter Zeitpunkt.

Wir können die Preise unmöglich senken, das weißt du so gut wie ich.«

»Aber ihr seid doch auch im Finale, oder?«, fragt sie beiläufig. Ich erstarre. »Was?«

»Na ja, ich hab's doch gesehen. Du hast so ein Foto gepostet.«

»Du hast Instagram?«

Greta hebt die Augenbrauen. »Ich bin vielleicht fünfundsechzig, aber noch nicht völlig eingerostet. Meine Enkelin hat es mir eingerichtet.« Sie schmunzelt. »Aber bei den Stories, die sie so postet, hat sie glaube ich vergessen, dass ihre Oma ihr folgt.«

»Okay. Verstehe.« Ich umklammere meine Tasse. »Kannst du mir nur einen Gefallen tun? Sag Theresa nichts davon.«

Sie hält in der Bewegung inne, den Lappen immer noch auf dem Tresen. »Wieso das?« Ich antworte nicht sofort. Ihr Gesicht wird weicher. »Was hast du angestellt, mein Mädchen?«

Ihre Stimme ist sanft, aber bestimmt. Genauso wie früher, als sie auf Theresa und mich aufgepasst hat, wenn wir Mama in unserem Wagen nur vor den Füßen herumliefen. Wir haben in Gretas Auto gesessen, die Standheizung eingeschaltet und Bilderbücher gelesen, die sie uns aus München mitgebracht hat. Bis es unweigerlich zu irgendeinem Streit kam, weil Theresa zu schnell umblätterte oder ich versehentlich eine Seite einriss.

Dabei hat Greta uns nie verboten zu streiten. Sie hat sich immer beide Seiten angehört, und bis dahin hatten wir meist selbst vergessen, wieso wir eigentlich sauer waren. Jetzt sieht sie mich genauso an wie damals, und es kostet mich all meine Willenskraft, nicht schon wieder in Tränen auszubrechen.

»Ich hab uns für den Wettbewerb angemeldet. Gegen Theresas Willen.«

Wortlos füllt Greta meine Tasse nach, während ich stockend erzähle, was in den letzten Wochen passiert ist. Sie nimmt alles auf, ohne mich zu unterbrechen. Als ich fertig bin, sagt sie eine ganze Weile lang nichts.

»Du wusstest es«, sage ich langsam. »Das mit dem zweiten Konto und dem Kredit.«

Greta seufzt. »Ich wusste, dass Clara finanziell immer wieder Schwierigkeiten hatte. Von dem Kredit selbst hat sie nie etwas gesagt, aber es überrascht mich nicht.«

»Mich schon«, murmele ich bitter. »Aber offenbar kannte jeder hier Mama besser als ich.«

Sie legt den Kopf schief. »Wie meinst du das?«

»Nicht so wichtig.«

Ich kann ihr nicht von dem Streit erzählen. Es reicht schon, dass ich mich einmal verschätzt habe. Ich könnte es nicht ertragen, wenn Greta zu demselben Schluss kommt wie Mama.

»Also, noch mal zu Theresa«, sage ich, bevor sie nachhaken kann. »Versprichst du mir, ihr nichts zu sagen?«

Sie schnalzt mit der Zunge. »Das gefällt mir nicht. Irgendwann wird sie es sowieso herausfinden. Spätestens am Tag des Finales selbst.«

»Ja, natürlich. Ich will es ihr ja auch sagen. Aber noch nicht jetzt. Ich brauche einfach noch etwas Zeit.«

Greta wiegt den Kopf hin und her, eine tiefe Falte zwischen den Augenbrauen.

»Bitte?«

»Na schön. Ausnahmsweise.« Sie nimmt mir die leere Tasse

ab. »Aber Lügen haben kurze Beine. Sag nicht, ich hätte dich nicht gewarnt.«

»Du bist die Beste!« Ich lehne mich über den Tresen und drücke ihr einen Kuss auf die Wange. Dann schlüpfe ich in meine Handschuhe und wirbele herum.

»Nanu, wo willst du denn jetzt hin?«

»Zu Simon Bergmüller«, rufe ich über meine Schulter. »Mit dem habe ich noch ein Hühnchen zu rupfen.«

Mit neuem Schwung mache ich mich auf den Weg zu Simons Stand. Die letzten Gäste sind gerade dabei, den Markt zu verlassen, sodass ich Slalom laufen muss, um angetrunkenen Jugendlichen und mit Geschenktüten beladenen Großmüttern auszuweichen. Aber das ist mir ganz recht. So haben wir dieses Mal immerhin kein Publikum, wenn ich Simon zur Rede stelle. Schon von Weitem sehe ich, dass er vor seinem Wagen steht und die Glasscheiben poliert. Ich hebe das Kinn und marschiere auf ihn zu.

Als ich gerade den Mund öffnen will, tritt er einen Schritt zur Seite, und Cosima Winters' blassgrauer Wintermantel taucht hinter ihm auf. Der Wind trägt einzelne Wortfetzen zu mir herüber.

»Wirklich beeindruckend. Was du hier … kurzer Zeit … aufgebaut hast.« Cosimas Stimme ist glockenhell. Simon wischt etwas kräftiger an einem Fleck auf der Scheibe. Sie tritt näher, legt ihm eine Hand auf die Schulter. »Ich erkenne einen guten Geschäftsmann, wenn ich ihn sehe.«

Eigentlich sollte ich einfach umdrehen und gehen. Noch haben sie mich nicht gesehen. Aber meine Füße tragen mich einfach immer weiter auf sie zu. Simon antwortet ihr etwas, zu leise für meine Ohren, und sie wirft lachend den Kopf in den Nacken. Dabei fällt ihr Blick auf mich.

»Kathi! Was machst du denn hier?«

Ich erstarre mitten in der Bewegung. »Ich, ähm. Also, ich …«

Jetzt dreht sich auch Simon zu mir um. Mit seinem verräterischen Lächeln und seinem albernen Grübchen und seinen durchdringenden Augen. Aber heute Abend weicht er meinem Blick aus, mustert stattdessen die Spitze meiner Winterstiefel. Bilde ich mir das ein, oder sehe ich da ein Hauch Schuldgefühl auf seinem Gesicht?

Das gibt mir den nötigen Auftrieb. »Ich arbeite hier. Schon seit Jahren«, antworte ich. »Vielleicht erinnerst du dich?«

»Natürlich«, Cosima lächelt zuckersüß. »Seid ihr immer noch in diesem uralten Holzwagen?«

Ich nicke mit zusammengebissenen Zähnen, aber sie scheint sich gerade erst warmzulaufen. »Machst du denn jetzt schon Feierabend? Laufen eure Geschäfte so gut?« Ihr Ton ist unschuldig, aber ihr spöttischer Blick spricht Bände.

Ich ignoriere die Frage. »Bevor ich Feierabend mache, wollte ich mal schauen, ob die Lebkuchen des werten Kollegen auf einmal kleiner sind. Oder vielleicht heute alle angebrannt. Anders konnte ich mir den plötzlichen Preissturz nicht erklären.«

Den letzten Teil des Satzes richte ich an Simon, der weiterhin auf meine Stiefel schaut, als wären sie das Interessanteste, was er seit Langem gesehen hat.

»Für mich sehen sie normal groß aus«, sagt Cosima unschuldig. »Und sie schmecken hervorragend, wenn ich das sagen darf.« Ihre Hand wandert wieder auf Simons Schulter. Er presst die Lippen zusammen, sagt aber nichts. Cosima sieht mich an, die Augenbrauen leicht erhoben. Das »Sonst noch was?« bleibt unausgesprochen, steht ihr aber auf die Stirn geschrieben.

»Verstehe«, sage ich kalt. »Offenbar ist gerade nicht der richtige Zeitpunkt, um das zu besprechen. Ich werde wann anders noch mal wiederkommen.«

So würdevoll wie möglich gehe ich an den beiden vorbei. Hinter mir höre ich Cosima sagen: »Was war das denn für ein Auftritt? Nun ja, Katharina war schon immer etwas verschroben. Besonders, wenn es um ihr kleines Geschäft geht.«

Simons dunkle Stimme antwortet etwas, aber ich bin schon zu weit weg, um es zu verstehen. Und wenn schon. Mir ist es völlig egal, was er sagt. Ob er mich jetzt zusammen mit Cosima auslacht. Sollen sie doch. Wütend wische ich mir über die Augen. Im Finale werden wir schon sehen, wer zuletzt lacht.

Kapitel 18

Auch die nächsten Tage versuche ich mehrfach, Simon zur Rede zu stellen, aber es ist wie verhext. Wann immer ich an seinem Stand vorbeikomme, ist er gerade nicht da, im Gespräch mit einem Kunden oder telefoniert mit einem Zulieferer. Dabei kassiere ich Donnerstag und Freitag mehrere Bemerkungen wegen des neuen Preisunterschieds, die es mir zunehmend schwer machen, höflich zu bleiben. Unsere einzige Hoffnung bleibt der Wettbewerb. Also sitze ich an den Abenden bis nach Mitternacht an meinen Skizzen und bastele die ersten Probeentwürfe. Tagsüber halten mich der Markt, das Café und der Instagram-Account auf Trab. Dummerweise fallen mir langsam keine neuen Begründungen mehr ein, wieso Theresa die Schicht auf dem Markt nicht übernehmen sollte. Also bleibt mir nichts anderes übrig, als zu beten, dass sie in der Zeit nicht auf den Wettbewerb angesprochen wird.

In dieser Hinsicht ist der anhaltende Erfolg des Instagram-Accounts ebenfalls ein Risiko. Mittlerweile habe ich über fünftausend Follower und brauche eine zusätzliche Stunde vor dem Schlafengehen, um Kommentare zu beantworten und Inhalte zu planen. Seit der Preissenkung setze ich dabei knallhart auf

Kontra: Wenn Simon ein Video über Marzipantaler macht, halte ich unser Rezept dagegen. Wenn er einen Teller Süßkartoffelbrownies postet, backe ich imposantere Brownies und dekoriere sie schöner. Der Hashtag #bakerybattle gewinnt jeden Tag Follower.

Ist alles in Ordnung?

Zu dieser Nachricht von Simon schlage ich am Samstagmorgen die Augen auf. Nachdem ich ihm und Cosima begegnet bin, haben wir kein persönliches Wort mehr gewechselt. Zuerst glaube ich, dass ich immer noch träume, aber auch mehrmaliges Blinzeln ändert nichts an der Anzeige auf meinem Display. Vier Worte in unserem Chat, den ich seit Tagen nicht mehr geöffnet habe.

Ist alles in Ordnung?

Diese Frage hat eigentlich keine Antwort verdient. Aber ich habe nur vier Stunden geschlafen und noch keinen Kaffee getrunken, also tippe ich: Ist das dein Ernst!?

Als ich aus der Dusche komme, hat er geantwortet.

Ich glaube, wir sollten reden.

Ich schnaube. Tatsächlich? Du gehst mir doch seit Tagen aus dem Weg.

Drei kleine Punkte erscheinen. Dann verschwinden sie wieder. Tauchen auf. Verschwinden. Ich will das Handy gerade zur Seite legen, als seine Antwort bei mir ankommt.

Heute Abend bei mir?

Mein Mund ist plötzlich staubtrocken. Ihn noch mal zu treffen ist eine dumme Idee. Eine richtig dumme. Aber ich habe es satt, mich von Simon Bergmüller vorführen zu lassen. Also tippe ich: Nein. Heute Abend bei mir.

Der Tag vergeht wie in Zeitlupe. Ich kann mich auf nichts richtig konzentrieren. Morgens im Café lasse ich gleich zwei Tassen mit Kaffee fallen und schneide mich beim Aufwischen der Scherben in den Finger. Später auf dem Weihnachtsmarkt ertappe ich mich gerade rechtzeitig dabei, wie ich Salz statt Zucker in den Lebkuchenteig geben will. Irgendwann fällt selbst Theresa auf, dass ich ständig auf die Uhr gucke. »Sag mal, hast du heute noch was vor?«

Ich zucke zusammen. »Was? Ich? Nein, wieso?«

»Dann hör auf, Löcher in den Boden zu laufen.«

Ich lasse mich demonstrativ auf einen der Hocker hinter dem Verkaufstresen sinken. »Zufrieden?«

Meine Schwester wirft mir einen Blick zu. »Sicher, dass alles in Ordnung ist? Du bist heute irgendwie komisch.«

Das könnte daran liegen, dass ich unseren gemeinsamen Erzfeind heute Abend in unsere Backstube eingeladen habe. Gegen den ich im Finale des Lebkuchenwettbewerbs antreten werde. Von dem ich dir bislang nichts gesagt habe.

»Alles bestens.« Ich zwinge mich zu einem Lächeln.

»Aha.« Theresa wendet sich dem piependen Ofen zu. »Dann ist es okay, wenn ich heute Abend noch mal weg bin? Francesca und ich wollten mal wieder ins Kino.«

Innerlich stoße ich einen erleichterten Seufzer aus. Damit ist schon mal ein Problem aus der Welt geschafft. Wenn sie gar nicht da ist, besteht keine Gefahr, dass sie und Simon sich zufällig begegnen.

»Klar.«

»Cool.« Sie lächelt mir zu. »Danke.«

»Dann ist bei euch also alles wieder okay?«

Ihr Lächeln verkrampft sich. »Wieso fragst du?«

»Na ja, ich hatte den Eindruck, es lief in letzter Zeit nicht so rund zwischen euch.«

Sie setzt das heiße Blech mit den Lebkuchen auf der Arbeitsfläche ab, dreht mir den Rücken zu. »Es ist gerade alles nicht so leicht für sie. Aber wir sind okay.«

»Gut. Das freut mich. Ich hatte für einen Moment schon Angst, sie würde ihrer Mutter doch nach Hamburg hinterherziehen.«

Meine Schwester platziert die frischen Lebkuchen zum Abkühlen schweigend auf einem Gitter.

»Theresa?«

»Wie kommst du jetzt überhaupt darauf? Ich habe nur gesagt, dass wir heute Abend ins Kino gehen wollen, sonst nichts.«

»Ist ja gut.« Ich hebe abwehrend die Hände. »Ich meine ja nur.«

»Und ich meine, du solltest dich aus meiner Beziehung raushalten. Stattdessen könntest du schon mal neuen Teig ansetzen.«

»Zu Befehl, Ma'am.« Ich schlage die Hacken meiner Winterstiefel zusammen. Es hat den gewünschten Effekt. Theresa schmunzelt. »Danke, Kathi.«

Ich tue, wie mir geheißen, aber ich kann das ungute Gefühl nicht abschütteln, dass sie mir längst nicht alles gesagt hat. Aber da ist sie ja in guter Gesellschaft.

Um kurz vor acht klingelt es an der Tür. Ich bin gerade noch damit beschäftigt, meine feuchten Haare nach der Dusche zu einem Zopf zu flechten und erstarre mitten in der Bewegung.

Ist er das schon? Wir hatten doch halb neun gesagt! Theresa ist immer noch da.

»Ich geh schon«, rufe ich aus dem Bad, bevor ich die Treppe herunterstolpere. Auf dem Weg knöpfe ich mit fliegenden Fingern die dunkelgrüne Bluse zu, die ich diesen Sommer mit Melanie in München gekauft habe. Die meinen Teint zum Strahlen bringt, wie sie sagt. Das kann ja nicht schaden.

An der Tür angekommen, atme ich noch einmal tief durch, streiche eine lose Strähne hinter mein Ohr und richte meinen Kragen. Dann greife ich nach der Klinke.

»Hey.«

»Francesca, hi!« Wir umarmen uns, und ich versuche in der Zeit, meinen rasenden Herzschlag zu beruhigen. Es gelingt mir nur mäßig. »Ich hatte gar nicht mit dir gerechnet. Wolltet ihr euch nicht am Kino treffen?«

»Ja, schon. Aber ich hatte schon etwas früher Schluss, da dachte ich, ich hole Theresa ab.«

»Klar, kein Problem. Komm doch rein.« Ich trete zur Seite und winke sie durch.

»Theresa? Dein Date ist hier«, rufe ich nach oben.

»Komme sofort!«, hallt ihre Stimme durchs Treppenhaus zurück.

»Dauert noch mindestens zehn Minuten. Sie macht sich gerade fertig«, sage ich zu Francesca. Die grinst. »Ich habe nichts anderes erwartet.«

Zusammen steigen wir die Treppe wieder hoch und setzen

uns in die Küche. »Möchtest du irgendwas? Tee, Wasser, Kakao?«

Francesca schlüpft aus ihrem Mantel und hängt ihn über die Stuhllehne. »Tee wäre super, danke.«

»Kein Problem.« Ich setze heißes Wasser auf, während ich einen verstohlenen Blick auf die Uhr über der Küchentür werfe. In zwanzig Minuten wird Simon hier sein. Bis dahin muss ich die beiden loswerden.

Während Theresas Föhn im Bad brummt, gieße ich heißes Wasser in zwei Tassen.

»Hier, bitte. Teebeutel sind in der Kiste neben der Blumenvase.«

Sie entscheidet sich für Holunderblüte, ich nehme Melisse. Ich kann jedes bisschen Beruhigung gut gebrauchen.

»Wie geht es dir? Was macht die Arbeit?«

»Ach, die Vorweihnachtszeit ist immer viel los. Prüfungen, Elternabende, die anstehenden Weihnachtsfeiern.« Sie nippt an ihrem Tee. »Aber du weißt ja, wie das ist.«

»Allerdings.« Ich habe keine Ahnung, was genau Theresa ihr über unsere aktuelle Situation erzählt hat, also belasse ich es dabei. Stattdessen frage ich sie über den Schulalltag und die Lehrer aus, die aus meiner Zeit immer noch dort unterrichten. »Trägt Frau Siebrecht mittlerweile etwas anderes als Kordröcke?«

»Wo denkst du hin? Es ist auch immer dasselbe Modell, sie muss Dutzende davon im Schrank haben. Oder jeden Tag waschen.« Sie streicht sich eine rote Strähne hinters Ohr, was ihre goldenen Hoop-Ohrringe zum Schwingen bringt. Im rechten sitzt ein kleiner roter Papagei aus Metall.

Wo Theresa pragmatisch und sachlich ist, ist ihre Freundin kreativ und leidenschaftlich. Außerdem hat sie sich in ihrer Zeit als Lehrerin einen wunderbar trockenen Humor zugelegt. Normalerweise könnte ich ihr stundenlang zuhören. Aber heute wandert mein Blick immer wieder zum Zeiger der Uhr, der unaufhaltsam weiterrückt.

»Immer, wenn ich bei Mama zu Besuch bin, überrascht es mich kurz, wie leer schon alles ist«, sagt Francesca. »Jetzt, wo ihre Möbel schon fast komplett eingepackt sind. Als würde sie dort gar nicht mehr richtig leben.«

Ich zwinge meine Gedanken zurück in die Gegenwart. »Ja, das kann ich mir vorstellen. Es ist ziemlich ungewohnt.«

Sie verzieht das Gesicht. »Oh, scheiße, tut mir leid. Das war verdammt unsensibel von mir. Immerhin will meine Mutter nur umziehen.«

»Alles gut.«

Sie hebt die Augenbrauen. Ich verstehe auf einmal, wie sich ihre Schüler fühlen müssen, wenn sie die Hausaufgaben vergessen haben.

»Okay, nicht gut. Aber … okay. Ich verstehe das.«

»Danke. Das ist lieb von dir.« Wir nippen schweigend an unserem Tee.

»Schon verrückt, wie einen so etwas zum Nachdenken bringt«, murmelt sie. »Wie es die Prioritäten neu ordnet.«

Ich will gerade fragen, was sie damit meint, als meine Schwester die Tür zum Badezimmer aufreißt und eine Wolke blumiges Parfüm in die Küche trägt.

»Danke fürs Warten. Und fürs Teekochen.« Sie gibt Francesca einen Begrüßungskuss und wuschelt mir durch die Haare.

»Hey, lass das!« Ich winde mich unter ihrer Hand hervor. »Ich bin keine zehn mehr, schon vergessen?«

»Schon möglich. Aber das ist Große-Schwestern-Privileg. Unabhängig vom Alter.«

Sie hat mir gerade mit Sicherheit meinen geflochtenen Zopf ruiniert, und ich habe nur noch zehn Minuten, bis Simon hier auftaucht, aber es tut gut, sie lächeln zu sehen.

Die beiden schlüpfen in ihre Wintermäntel, und ich begleite sie zur Tür. »Ich wünsche dir einen ruhigen, entspannten Abend«, sagt Theresa zum Abschied, die Türklinke in der Hand.

»Danke, viel Spaß euch!«

Sobald die Tür hinter ihnen ins Schloss fällt, lasse ich das Lächeln fallen. Viel Zeit bleibt mir allerdings nicht, mich wie die schlechteste Schwester der Welt zu fühlen. Es ist kurz vor halb neun. Ich eile ins Bad, löse meinen Zopf und flechte ihn neu. Meine Finger zittern. Einen Moment spiele ich mit dem Gedanken, einfach die Tür abzuschließen und mich mit einem Glas Wein unter die Sofadecke zurückzuziehen. Soll er doch klingeln und in der Kälte warten. Aber dann hätte er gewonnen. Und das kann ich nicht kampflos akzeptieren. Ich begegne meinem Blick im Spiegel und nehme versuchsweise die Schultern zurück. Stelle mir vor, wie ich Simon in Grund und Boden rede, bis er sich reumütig für seine Abzocke entschuldigt. »Du wirst mich nicht kleinkriegen«, murmele ich mir zu. »Dir werde ich schon zeigen …«

Es klingelt an der Haustür.

Jetzt gilt es. Ich schlucke meine Nervosität herunter und mache mich auf den Weg zur Tür.

Kapitel 19

Simon tritt einen Schritt zurück, als ich die Tür öffne. »Hi.« Er lächelt vorsichtig. »Da bin ich.«

Anstelle einer Antwort trete ich lediglich zur Seite und winke ihn durch. Seine Mundwinkel sinken, aber er hält klugerweise den Mund.

Ich hatte eigentlich geplant, dieses Gespräch am Küchentisch zu führen, aber jetzt fühlt sich das irgendwie falsch an. Zu privat. Das hier ist eine geschäftliche Angelegenheit, also führe ich ihn kurzerhand in unsere Backstube. Die Lampe an der Decke hüllt den Raum in warmes Licht. Auf der Arbeitsfläche stehen mehrere Bleche mit vorbereitetem Teig für morgen, abgedeckt mit bunten Handtüchern. Der Raum hat allerdings keine Stühle, also stehen wir einen Moment unentschlossen voreinander.

»Also«, ich verschränke die Arme vor der Brust. »Du wolltest reden?«

Er lehnt sich mit der Hüfte an die Arbeitsfläche, spiegelt meine Position. »Ich glaube, das ist nötig. Ich will nicht, dass da ein falscher Eindruck entsteht …«

»Der Eindruck, du wärest ein schamloser Profiteur? Jemand, der nur auf seinen eigenen Vorteil aus ist?«

Ich kann nicht länger ruhig stehen bleiben. Wie von selbst greifen meine Hände nach einer Rührschüssel, nehmen Mehl und Zucker aus dem Regal. »Der erst einer alten Dame ihren Stand wegnimmt und jetzt auch noch die übrige Konkurrenz loswerden will?«

»Als ob du das nicht willst!« Er wirft die Hände nach oben. »Du tust hier die ganze Zeit so, als wäre ich der Teufel persönlich, dabei wollen wir doch beide das Gleiche: ein erfolgreiches Geschäft betreiben.«

Ich schütte einen Schwung Mehl in die Schüssel. Feiner Mehlstaub steigt zwischen uns auf. »Nur dass du eine erfolgreiche Bäckereikette im Rücken hast und wir ein kleiner Familienbetrieb sind.« Zucker folgt auf das Mehl, dann Backpulver. »Du kannst es dir leisten, mal eben so die Preise zu senken, um eine lästige Konkurrentin loszuwerden. Wir können das nicht.«

»Ach wirklich? Dann sag das mal meinem Vater, der mir vor vier Tagen die aktuellen Zahlen an den Kopf geworfen hat.«

»Was?« Ich halte inne, den Rührbesen in der Hand. »Wovon redest du? Die Bäckereikette Bergmüller läuft seit Jahren sehr erfolgreich.«

Er reibt sich mit der Hand über das Gesicht. »Sie lief erfolgreich. Bis ich es versaut habe.«

Eine Weile ist nur das metallische Klirren des Rührbesens in der Schüssel zu hören. Simon schaut auf seine Fußspitzen, die Lippen zusammengepresst. Keine Spur mehr von dem selbstsicheren, charismatischen Mann aus der Bar, vom Weihnachtsmarkt. Eigentlich sollte ich bei diesem Anblick innerlich triumphieren. Stattdessen zieht sich mein Magen zusammen.

»Gibst du mir mal ein Ei?«, frage ich, als die Stille unerträglich wird. »Im Kühlschrank hinter dir.«

Die Kühlschranktür geht auf, dann taucht eine Hand mit dem gewünschten Ei in meinem Sichtfeld auf.

»Danke. Butter bräuchte ich auch noch.«

Er reicht sie mir. Ich arbeite die Butter ein, schlage das Ei auf und beobachte, wie der Teig langsam die richtige Konsistenz annimmt.

Dann drehe ich mich und wandere an unserem Gewürzregal entlang.

Kakao. Schwarze Pfefferkörner. Honig. Eine Prise Salz. Schokoladenstückchen. Lebkuchengewürz.

»Was soll das eigentlich werden«, fragt Simon hinter mir.

Als ich angefangen habe, wusste ich es selbst noch nicht. Aber meine Hände haben entschieden, mich zu einem Rezept geführt, das ich schon seit Monaten nicht mehr gebacken habe.

»Mein Lieblingsgebäck«, sage ich knapp. Ob er sich noch an unser Gespräch vor dem Punschstand erinnert?

Ich riskiere einen Blick über die Schulter. Er mustert mich, einen schwer zu deutenden Ausdruck im Gesicht. »Verstehe. Brauchst du Hilfe?«

»Nicht wirklich.« Ich bestäube die Arbeitsfläche mit einer Hand voll Mehl. Dann platziere ich den Teig darauf und greife nach einem Nudelholz. Bei jeder Bewegung spüre ich seinen Blick auf mir.

»Also schön. Du kannst mir beim Ausstechen helfen.«

Ich werfe ihm eines der Förmchen zu. Er schlüpft aus seiner Winterjacke und stellt sich neben mich, Schulter an Schulter.

Wir sehen uns nicht an, während wir beginnen, kleine Kreise aus dem Teig zu stechen.

»Ich wollte etwas Neues ausprobieren«, sagt er nach einer Weile. Seine Stimme ist rau. »Ein ökologisches Café. Bioprodukte, CO_2-neutrale Verpackungen, veganes Gebäck. Ich hatte Verträge mit regionalen Mühlen, Gewürzhändlern und Unverpackt-Läden. Einen kleinen Verkaufsraum im Glockenbachviertel, für den ich recycelte Möbel besorgt habe.«

Er sticht ein Plätzchen aus, platziert es sorgfältig neben sich.

»Was ist passiert?«, frage ich, als ich es nicht mehr aushalte.

»Es lief schlecht. Sehr schlecht. Ich habe alles versucht, jeden Tag hinter dem Tresen gestanden, die Nächte mit der Entwicklung neuer Rezepte verbracht. Aber die Kunden kamen einfach nicht.«

Wir stechen gleichzeitig unsere Förmchen nebeneinander in den Teig. Seine Schulter berührt meine nur für eine Sekunde, dann tritt er wieder zur Seite. Trotzdem kribbelt meine Haut wie elektrisiert.

»Wie kann das sein?«, frage ich, um mich von diesem Gefühl abzulenken. »Ich hätte gedacht, mit dieser Idee liegst du voll im Trend.«

»Das dachte ich auch. Ich war mir sicher, alles richtig gemacht zu haben. Aber vielleicht war die Lage ungünstig. Vielleicht die Konkurrenz in dem Viertel zu groß. Vielleicht hatten die Leute doch nicht so viel Bock auf Nachhaltigkeit, wie sie immer sagen.« Sein Tonfall ist leicht, aber seine Hand umklammert das Förmchen so fest, dass seine Knöchel weiß hervortreten. Er sticht in den Teig, als hätte der ihm persönlich etwas angetan. »Was auch immer der Grund war, es hat das Unternehmen Geld gekostet. Verdammt viel Geld. Meine Familie war nicht gerade erfreut darüber.«

»Das kann ich mir vorstellen.« Sofort habe ich wieder Mamas Gesicht vor Augen, als sie die letzten Worte gesagt hat, die wir jemals gewechselt haben.

Es ist jetzt fast fünf Monate her. Trotzdem fangen meine Augen an zu brennen. Ich drehe mich zur Seite, täusche ein Niesen vor. »Sorry. Es ist nur das Mehl.«

»Hier.« Er hält mir ein blaues Stofftaschentuch hin. »Keine Sorge, ist noch völlig unbenutzt.«

»Wow.« Ich nehme es entgegen, streiche über die eingestickten Initialen S. B. am unteren Rand. »Ich weiß nicht, ob ich das guten Gewissens benutzen kann.«

»Tu dir keinen Zwang an. Ich habe noch ein paar davon.«

»Wenn das so ist …« Ich schnaube übertrieben laut in das Taschentuch. Seine Mundwinkel zucken. »Behalt es ruhig. Wie gesagt, ich habe einen Vorrat.« Er zögert einen Moment, dann spricht er weiter: »Sticken gehörte zu den erträglicheren Aktivitäten in der Klinik. Du hättest mich mal mit Aquarellfarben sehen sollen.« Er schaut mich an, wartet auf meine Reaktion. Ich bemühe mich, meine Überraschung hinter einem neutralen Gesichtsausdruck zu verbergen.

»Das will ich mir lieber nicht vorstellen.«

Seine Schultern entspannen sich. Wir wenden uns wieder dem Teig zu. »Wäre jetzt nicht der Punkt, an dem du mich fragst, was ich in einer Klinik gemacht habe?«

»Nur, wenn du darüber sprechen möchtest.« Ich steche das letzte Plätzchen aus, dann sammele ich die Teigreste ein und knete sie noch einmal zusammen.

Simon sieht mir dabei zu, die Hände auf die Arbeitsfläche gestützt. »Ich wollte dieses Café unbedingt. Es sollte mein Projekt werden. Meine Brüder haben die Werbeagentur und die Restaurants. Meine Eltern haben die Bäckereikette von Grund auf hochgezogen. Aber ich wollte etwas anderes machen, etwas Eigenes und sie haben mir ein Jahr gegeben. In dieser Zeit habe ich alles dafür getan, um einen Erfolg daraus zu machen.« Er lächelt schief. »Es stellte sich heraus, dass es nicht sehr gesund ist, jede Woche über sechzig Stunden zu arbeiten. Weder fürs Privatleben noch für die Psyche.«

Ich pfeife durch die Zähne. »Das kann man wohl sagen.«

Simon greift in die Tüte Mehl und bestäubt die Arbeitsfläche neu. Ich lege den kleinen Teigklumpen darauf und rolle ihn neu aus.

»Meine Freundin trennte sich von mir. Das Geschäft scheiterte. Und ich hörte irgendwann einfach auf, morgens aufzustehen.« Er fährt sich mit der Hand übers Kinn. Etwas Mehl verfängt sich in den feinen Bartstoppeln um seine Lippen. Ich widerstehe der Versuchung, meine Hand auszustrecken und sie wegzuwischen.

»Deshalb also das Sticken.«

»Unter anderem. In den sechs Wochen in der Klinik habe ich gelernt, dass Burn-out nicht die Modediagnose ist, für die ich es gehalten habe. Dass es jeden treffen kann, egal, für wie belastbar man sich hält.«

»Verstehe.« Ich denke an Mama, die jeden Abend um spätestens halb neun auf dem Sofa eingeschlafen ist. An Theresas dunkle Augenringe und meine Abhängigkeit von doppeltem Espresso.

»Irgendwann hatte ich keine Lust mehr aufs Malen und habe angefangen, Fotos zu schießen. Von meinem Zimmernachbarn, den Vögeln im Park, dem Klinikessen. Das übrigens nicht so furchtbar war, wie man meinen würde. Es war total befreiend, irgendwie. Wie eine neue Art, die Welt zu sehen, die voller Kunst ist, wenn man nur richtig hinsieht. Also habe ich weitergemacht. Auch nachdem ich aus der Klinik raus war.«

»Der Instagram-Account«, folgere ich.

»Genau. Zuerst habe ich nur für mich Fotos gemacht, aber irgendwann wurde mir klar, dass ich die Fotografie auch für unser Unternehmen nutzen kann und habe den Account eröffnet. Der war es auch, der meine Eltern davon überzeugt hat, dass ich nicht alle Geschäftstüchtigkeit verloren habe. Als ich zehntausend Follower zusammenhatte, haben sie mir den Auftrag gegeben, kleine Filialen im Großraum München aufzuziehen und unser Einzugsgebiet zu vergrößern. Als letzte Chance.«

»Und deshalb bist du hier. In Falkenhain.«

»Deshalb bin ich hier.«

Wir greifen wieder zu unseren Ausstechförmchen.

»Nur wie gesagt, es läuft nicht so, wie meine Eltern sich das vorstellen.«

»Verstehe. Und deshalb senkt ihr einfach die Preise.« Meine Stimme wird hart.

»Ich verstehe ja, dass dir das nicht gefällt, aber …«

»Nicht gefällt?« Ich lasse mein Förmchen fallen. »Ich habe keine Bäckereikette als Back-up. Dieses Café ist alles, was ich … was wir haben!« Vielleicht ist es seine überraschende Offenheit, vielleicht die Tatsache, dass wir so dicht nebeneinanderstehen, dass ich seine Körperwärme spüren kann. Mein verbaler Filter schaltet sich aus. »Wenn du glaubst, ihr wärt die Einzigen mit finanziellen Problemen, irrst du dich! Wir können jetzt schon kaum unsere Mitarbeiter bezahlen. Und dann ist auch noch dieser beschissene Ofen kaputtgegangen!« Mit jedem Satz werde ich lauter. »Meine Schwester hat sich darauf eingelassen, noch die Weihnachtsfeier des Autokonzerns abzuwarten, dann will sie mit den Kündigungen anfangen. Dabei hätte Mama niemals gewollt …« Ich breche ab, drehe mich weg. »Ich weiß nicht, was sie gewollt hätte. Ich dachte, ich wüsste es, aber ich habe mich geirrt.« Das bestickte Taschentuch ist immer noch in meiner Hosentasche. Ich ziehe es heraus, wische mir über die Augen. Meine Finger zittern.

»Hey.« Simons Hand legt sich auf meine Schulter. Warm und solide, wie ein Anker im Sturm. »Hey.«

Es braucht nur einen kleinen Schritt nach hinten, dann lehnt mein Rücken an seiner Brust. Seine rechte Hand wandert in meinen Nacken, sein Daumen malt sanfte Kreise auf meine Haut. Die andere umfasst sanft meinen Oberarm. Im ersten Moment stehe ich stocksteif da. Dann sinke ich gegen ihn. Weine in das bestickte Taschentuch, wie ich seit ihrer Beerdigung nicht mehr geweint habe.

Er fragt nicht nach, versucht nicht, mich zu beruhigen. Er steht einfach da und hält mich.

Irgendwann kann ich wieder atmen, ohne zu schluchzen. Meine Sicht wird klarer, und ich wische mir ein letztes Mal mit dem inzwischen völlig durchweichten Taschentuch übers Gesicht.

»Danke.«

»Kein Problem.«

Ich spüre die Vibration seiner Stimme in meinem Rücken, seine starken Arme, die mich unbeirrt weiter festhalten. Hastig mache ich einen Schritt nach vorne.

»Die müssen in den Ofen. Also, die Plätzchen.«

Meine Stimme klingt verheult und wackelig. So wie ich mich fühle. Simon lässt die Hände sinken, wirkt für einen Moment unschlüssig.

»Du, ähm … stehst davor«, sage ich. »Vor dem Ofen.«

»Oh, natürlich.« Er springt zur Seite. Während ich die Plätzchen auf das Backblech lege, lässt er Wasser ins Spülbecken ein.

»Das musst du nicht.«

»Schon gut. Es macht mir nichts aus.« Er klingt beinahe erleichtert, etwas zu tun gefunden zu haben. Sobald die Plätzchen im Ofen sind, stelle ich mich zu ihm und greife nach einem Geschirrtuch.

»Früher habe ich Abspülen immer gehasst.«

»Tatsächlich?« Das Grübchen auf seiner Wange taucht auf. »Irgendwie überrascht mich das nicht.«

»Was soll das denn heißen?« Ich schlage scherzhaft mit dem Tuch nach ihm.

»Schon gut, schon gut. Ich nehme alles zurück.«

»Das will ich hoffen. Das hier ist immer noch meine Küche, Herr Bergmüller.«

»Jawohl, Frau Lindenthal.« Er salutiert, Spülschaum an den Fingern. »Aber ehrlich gesagt, ich war auch so. Früher, als wir nur eine einzige Bäckerei in der Münchener Altstadt hatten und meine Eltern noch jeden Tag selbst gebacken haben. Sobald die Schüsseln ausgeleckt waren, haben meine Geschwister und ich uns aus dem Staub gemacht.«

»Ja, genau. Die arme Theresa wurde allerdings schon früh verpflichtet, mitzuhelfen.« Ich kichere. »Manchmal denke ich, das trägt sie mir bis heute nach.« Während wir spülen, breitet sich langsam ein wunderbar süßer Duft im ganzen Raum aus. Simon atmet tief ein, schließt genießerisch die Augen. »Ich schätze, es besteht keine Chance, dass du mir das genaue Rezept gibst?«

»Nie im Leben.« Ich schüttele energisch den Kopf. »Das ist ein streng gehütetes Familiengeheimnis. Das Lieblingsrezept meiner Mutter.« Seltsamerweise tut es jetzt nicht mehr so weh, über sie zu sprechen. Im Gegenteil, ich würde ihm am liebsten alles über sie erzählen. »Sie hat es entwickelt, als ich zehn geworden bin. Zu meinem Kindergeburtstag. Alle meine Freundinnen waren sich einig, dass es die besten Kekse waren, die sie jemals gegessen haben. Danach gab es sie immer, wenn Theresa oder ich Geburtstag hatten. Später hat Mama sie auch im Laden verkauft. Aber seit ihrem Tod habe ich sie nicht mehr gebacken.« Ich drehe nachdenklich das Geschirrtuch in den Händen. »Es hat sich irgendwie falsch angefühlt.«

Simon zieht den Stöpsel, und wir beobachten beide, wie das Wasser in den Abfluss läuft. »Ich glaube, das verstehe ich.«

Kapitel 20

Wir räumen die Backstube weiter auf, indem Simon einzelne Gegenstände hochhält und ich auf die entsprechenden Schubladen, Fächer und Regale deute. Als ich die letzte Schublade schließe, piept der Ofen.

»Sie sind fertig!« Ich bin selbst überrascht, wie sehr ich mich darauf freue, die Kekse zu probieren. Als ich den Ofen öffne, und mir der vertraute Geruch nach Honig und Schokolade entgegenweht, fühle ich mich für einen Moment wieder wie zehn Jahre alt.

»Schau dir das an. Sie sind perfekt geworden!« Die Kekse sind fingerdick und kakaobraun, die dunklen Schokoladenstücke gleichmäßig im Teig verteilt. Ich setze das Blech vorsichtig ab und winke Simon heran.

»Wow. Ich bin beeindruckt.«

Wir schaffen es keine zehn Minuten, uns zurückzuhalten, bevor ich einknicke und den ersten, immer noch sehr warmen Keks vom Blech nehme. »Ich muss ihn einfach probieren. Es geht nicht anders.«

Ich beiße in den warmen Teig. Er ist genau so, wie ich ihn in Erinnerung hatte. Weich und fluffig, mehr wie ein Brownie als wie ein Plätzchen, süß durch den Honig, herb durch die Zartbitterschokolade und mit dem besonderen Kick durch den schwarzen Pfeffer. »O mein Gott«, murmele ich mit vollem Mund. »Ich bin ein Genie.«

»Das wollen wir doch mal sehen.« Simon greift ebenfalls nach einem Keks und beißt ein Stück ab. Seine Augen weiten sich, während er kaut.

»Und?«

»Es tut mir wirklich leid, das sagen zu müssen …« Er greift noch mal auf das Backblech. »Du bist ein Genie.«

Ich lache auf. »Arsch.«

Er fällt ein, und sein Lachen sendet ein Kribbeln durch meinen Körper. Ich ertappe mich bei dem Wunsch, er würde niemals wieder aufhören.

Aber irgendwann tut er es und ich auch, und dann stehen wir schweigend voreinander. Die Luft ist elektrisch aufgeladen.

»Du hast da was«, murmelt er, tritt einen kleinen Schritt näher. »Darf ich?«

Ich nicke wortlos. Er hebt die Hand, als wäre ich ein schreckhaftes Reh, dann streicht er mir einen Krümel vom Mundwinkel. Sein Finger hinterlässt eine Spur aus Wärme auf meiner Haut.

Er hält meinen Blick mit diesen tiefbraunen Augen, die ich in den letzten Wochen immer wieder verflucht habe. Dann flackern sie für den Bruchteil einer Sekunde zu meinen Lippen. Wie magnetisch angezogen bewege ich mich auf ihn zu, bis meine Hände nur noch Zentimeter über seiner Brust schweben. Mein Puls rast und mein Atem geht schneller. Der Abstand zwischen unseren Gesichtern wird kleiner, bis wir dieselbe Luft atmen. Sie riecht nach Honig und Kakao.

Ich hebe den Blick, schaue in seine geweiteten Pupillen.

»Ist das … okay?« Sein Flüstern ist tief und rau. Seine Hände zögern neben meinen Hüften. Nah genug, dass ich ihre Wärme spüren kann, aber ohne mich zu berühren.

Sie warten auf mein Einverständnis.

Anstelle einer Antwort überwinde ich die Distanz zwischen uns und küsse ihn.

Er macht einen überraschten Laut tief in seiner Kehle, der in ein Seufzen übergeht. Dann sind seine Hände da, ziehen mich an sich, bis sich unsere Körper auf ganzer Länge berühren. Sie wandern von meiner Hüfte in meinen Nacken, setzen meine Nerven in Flammen. Ich halte sein Gesicht in meinen Händen, spüre die weichen Bartstoppeln unter den Fingern. Seine Lippen sind weich, aber fordernd, und es dauert nicht lange, bis sich unsere Zungen begegnen. Die Kante der Arbeitsfläche bohrt sich in meinen Hintern, aber ich spüre es kaum. Ich spüre nur ihn. Seine Hände in meinem Nacken, auf meinen Armen, meinen Oberschenkeln. Seine Lippen auf meinen, dann an meinem Hals, der Schulter. Mein Puls flattert, und ich vergrabe die Hände in seinen Haaren, ziehe ihn näher an mich heran. Er hinterlässt eine Spur aus Küssen auf meinem Schlüsselbein, bis meine Knie weich werden. Er lässt sich Zeit, widmet sich jedem Zentimeter meiner Haut mit Hingabe, aber irgendwann werde ich ungeduldig.

»Simon?«, murmele ich, fasse unter sein Kinn. »Komm her.« Ich ziehe seine Lippen wieder zu meinen. Dieser Kuss ist anders als der erste. Intensiver. Eindringlicher. Meine Zunge kostet ihn wie eine unbekannte Delikatesse, und er stöhnt in meinen Mund. Das Geräusch jagt Feuer durch meine Adern. In einer schnellen Bewegung fasst er mich an den Hüften und hebt mich auf die Arbeitsplatte, als wäre ich federleicht.

»Huch! Vorsicht!« Ich schiebe mit der Hand schnell das Blech mit den Keksen zur Seite. »Du gefährdest das Ergebnis unserer harten Arbeit.«

Er erwidert mein Grinsen. »Nicht auszudenken. Alles in Sicherheit?«

Ich fasse in den Kragen seines Hemds und ziehe ihn wieder zu mir. Irgendwo in der hintersten Ecke meines Bewusstseins frage ich mich, was zur Hölle wir hier gerade machen. Aber diese Frage lässt sich leicht vergessen beim Geräusch seines Atems, bei der Hand, die immer weiter meinen Oberschenkel hinaufwandert. Meine Finger finden wie von selbst die Knöpfe seines Hemds. Öffnen einen nach dem anderen und enthüllen seinen trainierten Oberkörper.

»Wow«, murmele ich in einer Atempause. »Wann hast du Zeit, auch noch ins Fitnessstudio zu gehen?«

»Habe ich nicht«, antwortet er, ebenso außer Atem wie ich. »Mehlsäcke schleppen scheint ein guter Ersatz zu sein.«

»Kann man wohl sagen.« Ich setze die Finger vorsichtig auf seine Brust, fahre langsam seinen Oberkörper nach unten. Er schließt die Augen, legt den Kopf in den Nacken. Ich riskiere einen Blick in sein Gesicht. Das hier ist derselbe Mann, der in der Bar mit mir geflirtet hat, selbstsicher und frech. Der mich auf dem Markt herausgefordert hat, entschlossen und siegessicher. Der mir aber auch seine Unsicherheit anvertraut, sein Scheitern offengelegt hat. Jetzt ist seine Stirn entspannt, die

Lippen leicht geöffnet, die Wangen gerötet. Es kommt mir vor, als hätte er eine Maske fallen gelassen, als würde ich ihn jetzt zum ersten Mal richtig sehen.

»Gefällt dir, was du siehst?«, fragt er mit halb geschlossenen Lidern.

Hitze steigt mir ins Gesicht, aber ich halte seinem Blick stand. »Betriebsgeheimnis.«

Er lacht auf, und mich überkommt eine Welle von Zuneigung. »Ich sollte dich hassen«, murmele ich, während seine Hand unter meine Bluse wandert.

»Mmh.« Er küsst sich von meiner Wange bis zu meinem Ohrläppchen. »Vielleicht.«

Dann reden wir nicht mehr.

Ich schlinge die Beine um seine Hüften und erkunde mit den Händen die warme Haut seines Oberkörpers. Er unterbricht unseren Kuss nur so lange, bis er mir die Bluse ausgezogen hat. Die kühle Luft in der Backstube lässt mich für einen Moment frösteln, aber dann sind seine Hände zurück, vertreiben jedes Gefühl von Kälte.

Seine Lippen wandern meinen Hals herunter bis an die Spitzen meines BHs, dann weiter in Richtung Bauchnabel. Automatisch ziehe ich den Bauch ein, halte den Atem an.

»Hey«, murmelt er gegen meine Haut. »Was ist?«

Er hebt den Blick, und ich rechne damit, dort im besten Fall Unverständnis zu finden. Im schlimmsten Fall Ablehnung.

Stattdessen haucht er einen Kuss auf die kleine Falte über meinem Hosenbund, ohne den Blickkontakt zu unterbrechen. »Entspann dich.«

Ich atme aus.

Er küsst sich weiter nach unten, bis seine Finger den obersten Knopf meiner Jeans finden.

»Okay?« Seine Stimme klingt heiser.

Ich nicke wortlos. Vergesse für einen Moment, wie man Worte formt.

Dann geht vorne im Café klingelnd die Tür auf.

Wir frieren mitten in der Bewegung ein.

»Ich weiß es nicht, okay!« Das ist Theresas Stimme.

»Das erwarte ich auch nicht von dir.« Eine zweite Stimme, etwas leiser. Francesca. »Aber wir müssen gemeinsam überlegen …«

»Ja, natürlich! Aber ich wollte heute einfach einen schönen Abend haben!«

Francesca antwortet etwas, aber es ist zu leise, um es zu verstehen.

Dann wird die Tür geräuschvoll geschlossen. Schritte nähern sich dem Eingang zur Backstube.

Ich halte die Luft an. Simons Herz rast unter meinen Fingern.

Die Schritte gehen vorbei. Sie bewegen sich die Treppe in den ersten Stock hoch, dann öffnet sich oben die Wohnungstür. »Kathi? Bist du noch wach?«

Ein kalter Luftzug streicht durch die Backstube, und ich beginne zu zittern.

»Du musst los«, flüstere ich zu Simon. »Sofort.«

»Okay.« Mit fliegenden Fingern knöpft er sein Hemd wieder zu, greift nach seiner Winterjacke. Ich schlüpfe in meine Bluse und versuche so gut wie möglich, meinen Zopf wieder in Ordnung zu bringen. Dann schiebe ich ihn durch den Verkaufsraum zur Tür.

»Schnell!«, zische ich. »Sie kann jeden Moment wieder runterkommen.«

Ich umfasse die Glocke, um das Klingeln zu ersticken, bevor ich die Tür öffne.

»Wir sehen uns«, sagt Simon. Es klingt wie eine Frage.

»Wir sehen uns.«

Er umfasst mein Kinn, gibt mir einen letzten leidenschaftlichen Kuss. Dann dreht er sich um und lässt mich mit brennenden Lippen im Hauseingang stehen.

»Kathi?« Theresas Stimme kommt von oben.

»Ja?« Ich räuspere mich. »Hier unten.«

Ich sprinte zurück in die Backstube und werfe einen prüfenden Blick durch den Raum. Nichts lässt darauf schließen, dass hier bis vor wenigen Sekunden eine zweite Person war.

Schritte ertönen hinter mir. »Was machst du denn hier?«

Theresa lehnt sich in den Türrahmen. Ihre Nase ist rot, ihre Augen geschwollen. Mein Herz zieht sich zusammen. »Backen. Mamas Lieblingskekse. Möchtest du einen?«

Sie lächelt schwach. »Unbedingt.« Ich reiche ihr einen Keks, nehme selbst noch einen. Versuche, den Geschmack von Simons Lippen auszublenden.

»Alles okay?«, frage ich Theresa zwischen zwei Bissen.

»Klar. Alles gut. Und bei dir?«

»Was soll schon sein?«

Wir lügen beide. Aber keine hakt noch mal nach.

Kapitel 21

Zuerst bin ich sicher, dass das alles nur ein Traum war. Ein total absurder, unverschämt heißer Traum. Bis ich noch im Halbschlaf zu meinem Handy greife und eine neue Nachricht in meinem Instagram-Postfach entdecke.

Simon. Auf einen Schlag bin ich hellwach.

Danke für die Kekse. Und für alles andere. Muss für ein paar Tage nach München, familiäre Angelegenheit. Wollen wir uns danach sehen?

Langsam lasse ich das Handy sinken. Es war kein Traum. Simon war wirklich hier, gestern Nacht. Er hat mich geküsst. Und ich ihn.

Ich schließe die Augen und jage der Erinnerung seiner Hände auf meiner Haut nach. Mir wird heiß unter der Decke.

Als mein Wecker zum zweiten Mal klingelt, gebe ich nach und setze mich auf. Ich muss Simon noch antworten.

Ja. Sehr gern.

Oder sollte ich einen Smiley dahinter setzen? Aber das könnte albern aussehen. Dann vielleicht ein Ausrufezeichen? Nein, das klingt zu enthusiastisch.

»Gott, als wäre ich wieder fünfzehn«, murmele ich, dann schicke ich die Nachricht so ab, wie ich sie ursprünglich getippt habe. Ob er wohl schon auf dem Weg nach München ist? Sich vielleicht gerade an einer Tankstelle einen Kaffee holt? Ich stelle mir vor, wie er ungeduldig auf meine Nachricht wartet. Wie sich ein erleichtertes Lächeln auf seinem hübschen Gesicht ausbreitet, als er meine Antwort sieht. Ein berauschender Gedanke.

Es ist definitiv Zeit für eine kalte Dusche.

Ich schwebe den ganzen dritten Adventssonntag ein paar Zentimeter über dem Boden. Es ist wieder eiskalt geworden, über Nacht ist frischer Schnee gefallen und sowohl im Café als auch auf dem Weihnachtsmarkt ist die Hölle los. Dazu kommt, dass nächsten Dienstag die Weihnachtsfeier des Autokonzerns stattfindet, die wir mit Gebäck versorgen. Das ist die größte Einnahmequelle der Saison, deshalb muss alles perfekt sein. Also müssen Theresa und ich nach der Schicht auf dem Markt wieder zurück in die Backstube und Teig vorbereiten. Aber das macht mir nichts aus. Der Gedanke an Simons Lippen auf meinen trägt mich mühelos über die Stunden. Nicht mal die Sorge vor dem näher rückenden Finale am nächsten Sonntag bringt mich aus der Ruhe.

»Sag mal, nimmst du was?« Theresa deckt ein Handtuch über den Hefeteig, den sie bis gerade geknetet hat.

»Mmh? Was?«

»Du bist so wach«, sie gähnt hinter vorgehaltener Hand.

»Und motiviert. Und du lächelst die ganze Zeit, als hättest du was von Daniels privatem Grasvorrat geraucht.«

»Das war einmal, okay? Ich war siebzehn.«

»Und du hast mir danach erzählt, dass meine Stimme blau schimmert und du eine Karriere als Schlangenbeschwörerin im Zirkus in Betracht ziehst.«

»Jetzt, wo du mich daran erinnerst … Ist es zu spät für einen Berufswechsel?«

»Sehr witzig«, antwortet sie, wendet den Blick ab. »Aber mal ernsthaft, was ist los? Und falls du wirklich was nimmst, wo kriege ich das?«

Ich beiße mir auf die Unterlippe, um nicht sofort mit der Wahrheit herauszuplatzen. Dabei würde ich nichts lieber tun, als ihr alles erzählen. So wie früher, kleine Schwester zu großer Schwester.

Aber das geht nicht.

»Ich bin einfach schon in Weihnachtsstimmung. Sonst nichts.«

»Du Glückliche«, murmelt sie. »Erhalte sie dir. Ein Blick in unsere Zahlen, und sie vergeht einem schnell. Seit dieses Arschloch Bergmüller die Preise gesenkt hat, stehen wir noch schlechter da.«

Ich knete den Teig vor mir fester. »Vielleicht hat er ja auch Probleme?«

»Pfff. Seine Familie hat mehrere erfolgreiche Bäckereien. Schon vergessen?«, entgegnet sie. Genau das, was ich gestern noch zu ihm gesagt habe, als ich da stand, wo Theresa jetzt ist. Es kommt mir vor, als wäre es Monate her.

»Wegen mir könnte Weihnachten dieses Jahr auch ausfallen«,

sagt meine Schwester leise. Mein Kopf schießt nach oben. »Was? Das ist nicht dein Ernst!«

Sie zuckt mit den Schultern, versenkt die Hände in den Taschen ihrer Jeans. »Wieso nicht? Es gibt nicht wirklich was zu feiern, oder?«

Ich habe plötzlich einen Kloß im Hals. »Aber wir haben immer gefeiert!« Wir drei, die Lindenthal-Frauen. Mama hat am vierten Advent einen Baum beim Forstwirt gekauft, und wir haben ihn am Morgen des 24. zusammen geschmückt, vor der letzten Schicht. Abends haben wir Pizza bestellt, damit niemand mehr in die Küche musste und Mamas alte Schallplatten gehört.

»Willst du wirklich zu zweit um einen Baum herumsitzen? Ich weiß nicht …« Ihre Stimme wackelt. »Ich weiß nicht, ob ich das kann.«

»Hey.« Ich wische meine Teighände an der Hose ab und komme auf sie zu. »Wir können auch einfach so Pizza holen, ohne Baum. Oder etwas ganz anderes machen. Solange wir zusammen feiern.«

Sie blinzelt ein paarmal heftig. »Natürlich. Du hast ja recht.« Sie zieht mich an sich, und ich vergrabe das Gesicht in ihren Haaren. Rieche das Orangen-Shampoo, das sie seit Jahren benutzt und den Mehlstaub, der ihren Pullover bedeckt und diesen warmen, vertrauten Geruch ihrer Haut. Sie riecht nach Zuhause.

»Du müffelst«, murmelt sie neben meinem Ohr. »Sieh zu, dass du hier fertig wirst und dann ab unter die Dusche mit dir.«

Ich pruste los. »Blöde Kuh.«

»Na warte.« Sie piekst mich in die Seite, direkt an die Stelle, an der ich kitzelig bin.

»Nein! Bitte nicht!« Lachend versuche ich, mich aus ihrem Griff zu befreien, aber sie ist gnadenlos.

»Ich nehm es zurück«, keuche ich, »du bist keine … Kuh, du bist eine wunder…bare Schwester, ahh, hör auf!«

»Na gut, ausnahmsweise.« Sie lässt mich los, ein amüsiertes Funkeln in den Augen. »Dann fange ich mit duschen an. Aber mach nicht mehr so lange, sonst ist kein warmes Wasser mehr da.«

»Ich hab dich auch lieb«, gebe ich zurück.

Ihr Blick wird weicher. »Noch Tee?«

»Ja, bitte. Pfefferminz.«

»Alles klar.«

Sie verschwindet die Treppe hinauf, und ich wende mich wieder meinem Teig zu. Er ist perfekt geworden. Morgen Früh kann ich daraus einen weihnachtlichen Hefezopf rollen. Nach kurzem Zögern mache ich ein Foto und schicke es Simon. *Kathi: 1, Hefe: 0.*

Dann bedecke ich den Teig ebenfalls mit einem Handtuch und folge meiner Schwester nach oben.

Simon beantwortet meine Nachricht nicht. Aber er hat ja auch gesagt, dass er bei seiner Familie in München ist. Wahrscheinlich hat er einfach keine Zeit. Die habe ich eigentlich auch nicht. Theresa und ich stehen am Montagmorgen eine Stunde früher auf, um mit Gertruds Hilfe aus dem vorbereiteten Teig Kekse auszustechen und Hefezöpfe zu flechten, bevor wir das Café aufmachen. Gegen Mittag bin ich so erschöpft, dass selbst der dritte Espresso nicht mehr hilft. Als ich die leere Tasse in die Spülmaschine stelle, bin ich immer noch müde, nur dass jetzt zusätzlich mein ganzer Körper vibriert. In meiner koffeinbefeuerten Nervosität erscheint es mir plötzlich doch irgendwie bedenklich, dass er mir nicht geantwortet hat. Vielleicht bereut er das, was am Samstagabend passiert ist. Vielleicht hat mein schlechter Hefewitz dazu geführt, dass er es sich anders überlegt hat und er mich doch nicht mehr sehen will. Und jetzt ignoriert er mich, weil er nicht weiß, wie er es mir schonend beibringen soll.

Nein. So ein Unsinn. Er ist nicht der Typ, der vor so etwas einfach weglaufen würde. Und so schlecht war der Witz nicht. Oder?

Auf dem Weihnachtsmarkt wartet der nächste Schreck auf mich. Ich schließe gerade die Tür zu unserem Wagen auf, als ein Mitarbeiter der Stadt in einer orangenen Warnweste auf mich zukommt.

»Entschuldigung, dürfte ich bei Ihnen auch ein Plakat anbringen?«

Er trägt einen Stapel Papier unter dem Arm, von dem er das oberste herunternimmt und mir unter die Nase hält. Mein Herz setzt für einen Schlag aus.

Es ist ein Werbeplakat für das Finale des Lebkuchenwettbewerbs.

»Nein. Auf keinen Fall«, platzt es aus mir heraus.

Er runzelt die Stirn. »Ist doch nur ein bisschen Werbung. Sie nehmen doch selbst teil, oder nicht? Meine Tochter ist ein großer Fan von Ihnen.« Er kratzt sich am Kopf. »Also von dem Zeug, dass Sie so im Internet machen.«

»Danke. Ähm, also, das ist nett von Ihnen. Richten Sie Ihrer Tochter schöne Grüße aus«, stammele ich, um Zeit zu gewinnen. Immerhin stehen die Namen der Finalisten nicht auf dem Plakat. Aber alle unsere Instagram-Follower wissen von dem Wettbewerb. Und viele von denen sind aus Falkenhain und kommen auf den Weihnachtsmarkt. Wenn eins dieser Plakate an unserem Wagen hängt, ist es nur eine Frage von Stunden, bis die Ersten uns darauf ansprechen. Bis Theresa von meiner Teilnahme erfährt.

»Leider geht das mit dem Plakat hier aber nicht. Das macht das alte Holz nicht mehr mit. Ist schon ein bisschen morsch, wissen Sie?« Ich klopfe auf die Holztür des Wagens, um meine Worte zu unterstreichen.

Er zuckt mit den Schultern. »Auch gut. Dann eben hierhin.« Er drückt mir den Stapel Plakate in der Hand, zieht eine Rolle Panzertape aus der Tasche und klebt das Plakat an den Stromkasten direkt neben unserem Wagen.

»Schönen Tag noch. Und viel Glück.«

»Danke …«, murmele ich kläglich, während er zum nächsten Wagen weiterzieht. »Das kann ich gebrauchen.«

»Das ist ein Desaster!«, jaule ich in meine Punschtasse. »Wieso muss die Stadt ausgerechnet jetzt auf die Idee kommen, eine Werbeoffensive zu starten?«

Greta schürzt die Lippen. »Du hast es ihr also immer noch nicht gesagt?«

Ich fahre mit den Fingern über die Holzvertäfelung ihres Tresens. »Ich wollte es ja. Aber es hat sich nicht ergeben. Irgendwie ist immer etwas dazwischengekommen.«

Wie die Tatsache, dass mein Entwurf für das Finale immer noch nicht perfekt ist. Dass sie seit ihrem Streit mit Francesca die meiste Zeit trübsinnig auf ihr Handy starrt. Oder dass ich Simon Bergmüller geküsst habe. Der immer noch nicht auf meine Nachricht geantwortet hat.

»Arrgh!« Ich vergabe das Gesicht in den Händen.

»Heute ist sie im Café geblieben, um die Wochenabrechnung zu machen, aber es ist nur eine Frage der Zeit, bis sie es erfährt.«

»Ich habe es dir ja gesagt«, meint Greta ungerührt. »Lügen haben kurze …«

»Ich habe nicht gelogen! Nur die Wahrheit etwas herausgezögert.«

Sie hebt eine Augenbraue, die mich sofort zum Schweigen bringt. »Na schön, okay. Du hast mich gewarnt.«

Mir hätte klar sein müssen, dass ich von Greta kein Mitleid erwarten kann. Selbst Melanie scheint den Ernst der Lage nicht zu verstehen. Als ich ihr vorhin ein Foto der Plakate geschickt habe, schrieb sie: Das ist doch perfekt. Deine Gelegenheit, Theresa davon zu erzählen.

Sie hat offensichtlich keine Ahnung.

»Wenn ich es ihr jetzt erzähle, dann wirkt es so ertappt«, sage ich. »Theresa wird sich fühlen, als hätte ich sie hintergangen.«

»Mmh.« Greta schürzt vielsagend die Lippen.

»Aber das habe ich nicht! Es sollte lediglich eine Überraschung sein. Und jetzt gerade ist der denkbar schlechteste Zeitpunkt. Wir haben morgen die Weihnachtsfeier der Auto-Heinis. Darauf müssen wir uns konzentrieren.«

»Wenn du das sagst.« Greta nimmt mir meine Tasse ab, füllt sie wieder mit heißem Punsch. Vielleicht ist sie mit meiner Entscheidung nicht einverstanden, aber sie wird mich trotzdem nicht verdursten lassen.

»Danke.«

Ich nippe schweigend an meinem Punsch, während sie andere Kunden bedient. Ich sollte Maik bei dem Gedränge nicht zu lange allein bei uns im Wagen lassen, aber ich brauche ein paar Minuten Pause von Lebkuchen, Zimtsternen und Nussecken.

»Na, wie laufen die Geschäfte?« Claudia taucht an meiner Seite auf, dick in ihren orangenen Wintermantel gehüllt.

Ich zucke mit den Schultern. »Heute ganz gut, würde ich sagen. Man merkt, dass Weihnachten näher rückt. Und selbst?«

Sie bestellt auch einen Punsch, dann stützt sie den linken Ellenbogen auf den Tresen. »Ebenfalls. Aber ihr glaubt nicht, was sich dieser Jacques schon wieder erlaubt hat …«

Sie stürzt sich in eine ausschweifende Tirade über den Holzschnitzer, der ständig bei ihr anhält, »ihre Kunden durcheinanderbringt« und ihr gestern das Licht abgedreht hat, weil er aus Versehen das falsche Kabel aus dem Verteiler gezogen hat.

»Der Mann macht mich noch wahnsinnig!«

Da kenne ich noch einen. Aber das sage ich natürlich nicht. »Habt ihr euch nicht früher immer gut verstanden? Er ist schon genauso lange auf dem Markt wie du.«

»Aber seit er von seiner Frau getrennt ist, hat Claudia hier tatsächlich eine Chance bei ihm«, schaltet Greta sich ein, Spültuch über der Schulter. »Und damit kann sie nicht umgehen.«

»Schwachsinn«, Claudia funkelt sie an, aber ihre Wangen färben sich rosa.

»Uhh, Claudia!« Ich stoße ihr den Ellenbogen in die Seite. »Erzähl uns mehr.«

»Nichts erzähle ich euch albernen Hühnern!« Sie verschränkt die Arme vor der Brust. »Außerdem ist er erst zwei Jahre getrennt. Da wird er wohl kaum direkt was Neues anfangen wollen.«

»Ich glaube, die Entscheidung musst du schon ihm überlassen«, sage ich. »Vielleicht drehst du den Spieß einfach mal um und gehst bei ihm auf einen Plausch vorbei. Stellst ihn wegen des Kabels zur Rede. Und schaust, wie er reagiert.«

»Mhh. Vielleicht.« Mit einem Ruck stellt Claudia ihre Tasse ab. »Aber zurück zu wichtigeren Themen: Was bildet sich dieser Bergmüller eigentlich ein? Ich habe vor ein paar Tagen gesehen, dass er einfach so die Preise gesenkt hat. Ich habe schon überlegt, ihm die Leviten zu lesen.«

»Das möchte ich sehen.« Greta schmunzelt. »Sag mir vorher auf jeden Fall Bescheid.«

»Darauf kannst du wetten. Oder möchtest du das lieber persönlich erledigen, Kathi?«

Kälte kriecht mir von unten in den Wintermantel. »Ach, ich weiß nicht. Das bringt doch nichts.«

»Das bringt nichts? Was ist das denn für eine Haltung? Du musst ihm doch wenigstens zeigen, dass du dir so was nicht kommentarlos gefallen lässt.«

»Aber das würde doch nichts ändern, oder? Und mir ist gerade nicht danach, einfach so Streit anzufangen.« Hilfesuchend sehe ich Greta an. Aber die fällt mir in den Rücken. »Davon redet keiner. Aber auf diesem Markt gibt es ein paar Regeln. Kein Preisdumping gehört dazu. Wenn die Wilters von der anderen Seite plötzlich anfangen würden, ihren Glühwein zum halben Preis zu verkaufen, würde ich denen auch ordentlich was erzählen.«

»Ja schon. Aber immerhin ist er neu hier. Wahrscheinlich weiß er davon noch nichts.«

»Sag mal, verteidigst du ihn?« Claudia runzelt die Stirn. »Sag bloß, dieser Münchener Jüngling hat dir auch den Kopf verdreht.«

»Was? Auf keinen Fall!«, protestiere ich. »Warte, was meinst du mit ›auch‹?«

»Immer, wenn ich an seinem Stand vorbeigehe, schwänzeln irgendwelche Mädchen davor herum. So viele Lebkuchen braucht niemand, das garantiere ich dir. Ich habe die Kleine von Winters diese Woche schon dreimal da gesehen, dabei hat sie nie etwas gekauft.«

Cosima. Ich umklammere meine leere Tasse fester. »Und wenn schon. Das kann mir egal sein.«

Aber das ist es nicht. Ganz und gar nicht. Zeit, dieses Gespräch zu beenden, bevor ich mich noch verrate. »Danke für den Punsch, Greta. Bis später, Claudia.« Ich zwinge mich zu einem Grinsen. »Und denk an meinen Rat: Sprich mit Jacques.«

»Pfff.«

Eigentlich sollte ich auf direktem Weg zurück zum Stand. Maik hat auch eine Pause verdient. Aber meine Füße schlagen wie von selbst den Weg zu Simons Stand ein. Dabei ist das natürlich völlig sinnlos. Er ist schließlich in München. Aber er hat mir immer noch nicht geantwortet und für rationale Argumente ist mein Kopf gerade nicht besonders zugänglich.

Schon von Weitem kann ich sehen, dass Claudia nicht übertrieben hat. Die Schlange vor dem Stand ist lang, deutlich länger als unsere. Und ganz hinten in der Reihe steht Cosima.

Ich verlangsame meine Schritte, schlendere betont gleichgültig an ihr vorbei und drehe mich erst im letzten Moment zu ihr um. »Ach, Cosima? Bist du etwa unter die Lebkuchen-Fans gegangen?«

Sie fährt herum. Als sie mich erkennt, verzieht sie die Lippen zu einem Lächeln. »So kann man das jetzt nicht direkt sagen. Aber jetzt, wo ich auch glutenfrei einkaufen kann, darf man sich nach der Arbeit ja mal was gönnen.«

Ich beiße die Zähne zusammen.

»Und Simon Bergmüller ist wirklich ein geschickter Geschäftsmann, das muss man ihm lassen. Wusstest du, dass er ins Finale des Lebkuchenwettbewerbs gekommen ist? Er hat es mir persönlich erzählt.« Sie reckt den Kopf, offensichtlich auf der Suche nach ihm. Bei der Vorstellung, wie Simon ihr von seinem Finaleinzug erzählt, wird mir schlecht.

»Ach, tatsächlich?«, presse ich hervor. »Wie schön für ihn. Dann wissen wir ja bald ganz offiziell, wessen Lebkuchen die Besten sind. Ich bin nämlich auch im Finale.«

»Wirklich? So eine Überraschung. Na dann, herzlichen Glückwunsch!« Sie dreht sich wieder um, späht über die Schulter ihres Vordermanns in den Verkaufswagen, wo heute zwei Frauen arbeiten.

»Falls du nach Simon suchst, bist du umsonst da«, sage ich. »Der ist in München. Hat er dir das nicht persönlich gesagt?«

Ich genieße den Moment der Verwunderung in ihrem Gesicht. Dann drehe ich mich um und stapfe durch den Schnee zurück zu unserem Stand. Mein Gefühl des Triumphs hält nicht lange. Mir will dieser eine Satz nicht aus dem Kopf gehen »Er hat es mir persönlich erzählt.« Dazu dann noch Claudias Kommentar über die Dutzenden Verehrerinnen, die Simon scheinbar bereits gesammelt hat. Die hübscher sind als ich, schlanker, klüger, lustiger. Die Cosima Winters dieser Stadt. Und wenn schon, sage ich mir, schiebe die aufsteigende Unruhe zur Seite. Sollen sie ihn doch anhimmeln. Er hat schließlich keine von ihnen geküsst.

Oder?

Habe ich mir etwas vorgemacht? Bin ich einfach nur ein weiteres naives Dorfmädchen, das dem Charme des Großstädters verfallen ist?

Nein, das passt nicht zusammen. Wieso sollte er so ehrlich zu mir sein, mir von seinem gescheiterten Geschäft erzählen, wenn er mich einfach nur rumkriegen wollte?

Ich schlüpfe aus dem rechten Handschuh und entsperre mein Handy. Immer noch keine Antwort von ihm.

Langsam werde ich nervös.

Kapitel 22

»Aua! Ach verdammt!« Theresa lässt das heiße Blech fallen. Die frisch gebackenen Zimtsterne fallen auf den Boden und zerbrechen in kleine Krümel. »O nein, scheiße!«

Sie steht wie angewurzelt da, starrt auf die ruinierten Plätzchen. Ich greife wortlos nach ihrer Hand, ziehe sie zum Waschbecken und halte ihre Finger unter den kalten Wasserstrahl.

»Scheiße«, murmelt sie noch mal. »Tut mir echt leid. Jetzt sind sie im Arsch, und wir haben nur noch ein paar Stunden bis zur Feier.«

Ich schlucke meinen Ärger hinunter. »Alles gut. Das kriegen wir schon hin.« Dabei habe ich keine Ahnung, wie wir das hinkriegen sollen. Draußen ist es noch stockdunkel, aber in einer Stunde müssen wir das Café öffnen, und wir haben noch fast nichts vorbereitet. Jede freie Minute ist in die Vorbereitung der Weihnachtsfeier geflossen. Heute Nachmittag müssen wir die fünf Kisten Weihnachtsgebäck ins Auto packen und zur Hauptgeschäftsstelle fahren, um dort alles hübsch anzurichten. Das wird eng.

»Wie denn?« Theresa scheint meine Gedanken zu lesen. »Wir haben ja so schon nicht genug Zeit.«

»Weiß ich auch. Aber was bleibt uns übrig?« Ich stelle das Wasser wieder aus. »Lass vielleicht nicht noch ein Blech fallen, dann wird das schon.«

»Es war echt keine Absicht«, gibt sie zurück. »Ich war nur …«

»Abgelenkt? Wie schon das ganze Wochenende?« Ich verschränke die Arme vor der Brust. »Stell dir vor, das habe ich bemerkt.« Eine kleine Stimme in meinem Hinterkopf flüstert, dass ich nicht wirklich in der Position bin, ihr deshalb einen Vorwurf zu machen. Glashaus und Steine und so was. Aber er hat immer noch nicht geantwortet, und ich habe nur drei Stunden geschlafen. Es tut gut, meinem Frust mal Luft zu machen. »Was ist überhaupt los mit dir? Man muss dich dreimal ansprechen, bis du reagierst, du hast gestern einer Kundin versehentlich zehn Euro Wechselgeld zu viel mitgegeben, und jetzt verteilst du unsere Zimtsterne in der ganzen Küche. Willst du mir damit irgendwas sagen?«

Theresa greift nach dem Kehrblech und fegt die Krümel zusammen. »Entschuldige bitte, dass ich nicht immer hundert Prozent Leistung bringen kann. Falls du es vergessen hast verbringe ich seit Wochen jede freie Minute damit, unsere Bücher durchzugehen. Mir den Kopf darüber zu zerbrechen, wie wir das Café halten können!«

»Glaubst du, ich nicht?« Ich werfe die Arme in die Luft. »Das macht mich genauso fertig. Aber du verbringst mehr Zeit damit, dich mit deiner Freundin zu streiten …«

»Lass Francesca da raus«, knurrt sie. »Ich mische mich auch nicht in dein Privatleben ein.«

Ich atme tief durch. »Okay. Du hast recht.«

Eine Entschuldigung bringe ich nicht über die Lippen. Sie auch nicht. Wir wenden uns wieder unseren jeweiligen Aufgaben zu. Ich bepinsele die Mürbeteigplätzchen mit einer Mischung aus Ei und Milch, während sie neuen Teig für Zimtsterne anrührt. Mein Handy vibriert in meiner Hosentasche. Beim ersten Mal ignoriere ich es, pinsele weiter. Beim zweiten Mal wische ich mir die Hände an der Hose ab und greife danach. Ich habe zwei Nachrichten bekommen. Die erste ist von Melanie, die fragt, ob unser Weinkeller-Date für heute Abend noch steht.

Ich habe dich seit Tagen nicht zu Gesicht bekommen.

Heute Abend erscheint mir gerade noch unendlich weit weg. Bis dahin müssen wir erst mal diese Weihnachtsfeier über die Bühne bringen. Ich beschließe, ihr später zu antworten. Die zweite Nachricht ist von Simon. Mein Herz stolpert. Endlich! Aber obwohl ich jetzt seit Tagen darauf warte, habe ich plötzlich Angst, sie zu öffnen. Wenn er nun schreibt, dass er mich doch nicht mehr sehen will? Mit zitterndem Finger öffne ich unseren Chat.

Wir müssen reden. Wann hast du Zeit?

Ich schlucke. Meine Zunge fühlt sich plötzlich zu groß für meinen Mund an. Was soll das bedeuten? Worüber müssen wir reden? Es klingt auf jeden Fall nicht so, als wäre es etwas Gutes. Theresas missbilligender Blick brennt sich in meinen Rücken, also stecke ich das Handy wieder ein. Pinsele wie in Trance weiter Ei-Milch auf Plätzchen. Mit jedem Plätzchen schießt mir ein neues Schreckensszenario durch den Kopf. Er ist verheiratet. Er hat in München Linus getroffen, der ihn vor mir gewarnt hat. Er muss im Auftrag seiner Familie ans andere Ende der Welt ziehen.

Als das Ladentelefon vorne auf dem Tresen klingelt, zucke ich so heftig zusammen, dass ich beinahe den Pinsel fallen lasse.

»Wer ruft denn um diese Zeit hier an?« Theresa steht näher an der Tür, also geht sie in den Verkaufsraum, um abzunehmen. Ich spitze die Ohren, als sie den Anruf annimmt. »Café Lindenthal, Theresa hier. Was kann ich für Sie tun?«

Danach herrscht Stille. Ich arbeite weiter, immer ein Ohr nach hinten gerichtet, aber außer einem gelegentlichen »Ja« oder »Verstehe«, kann ich nichts hören. Als ich das letzte Plätzchen bestreiche, kommt sie wieder in die Backstube. Ihr Gesicht ist kalkweiß.

»Alles in Ordnung?«

»Das war der Personalchef. Der für die Weihnachtsfeier zuständig ist.«

»Und?«

»Er hat abgesagt.«

»Was?« Ich blinzele. »Was meinst du, abgesagt? Findet etwa keine Weihnachtsfeier statt?«

»Doch, schon«, sagt sie tonlos. »Aber wir beliefern sie nicht mehr.«

Die Worte treffen mich wie ein Schlag in den Magen. »Aber … aber das können sie nicht machen! Nicht am Tag der Feier!«

»Wir bekommen ein Ausfallhonorar. Aber wir verlieren sie als Kunden. Nicht nur dieses Jahr, sondern endgültig.«

Panik steigt in mir hoch. »Nein, das … das kann nicht sein! Wieso denn auf einmal?«

»Sie haben einfach ein besseres Angebot bekommen.« Theresa schluckt. »Von Simon Bergmüller.«

Dieses Mal lasse ich den Pinsel fallen.

Kapitel 23

Wie in Schockstarre arbeiten wir weiter. Theresa lässt den angefangenen Zimtstern-Teig stehen und schmiert die Brötchen fürs Café, die Gertrud am Montag vorbereitet hat. Ich schiebe meine Plätzchen in den Ofen und fülle Kaffeebohnen nach. In stillem Einvernehmen räumen wir das Gebäck, das wir die letzten Tage in Nachtschichten vorbereitet haben, einfach in die Auslage des Cafés. Ich bewege mich wie ferngesteuert. In Gedanken spiele ich wieder und wieder den letzten Freitag durch. Analysiere jedes Wort, das ich mit Simon gewechselt habe, jede Bewegung. Suche nach einem Hinweis darauf, dass er mich hintergehen würde.

Aber da war nichts.

Das macht es irgendwie noch schlimmer.

Mitten im morgendlichen Kundenansturm bekomme ich mehrere Nachrichten. Ich schaue nicht nach. Ich weiß nicht, was ich ihm sagen soll. Theresa steht die ganze Zeit neben mir, lächelt die Kunden an, hält Small Talk mit Frau Siebenbrück und den Prantls. Von außen sieht sie völlig unbesorgt aus. Aber unter ihrer betont fröhlichen Stimme höre ich kalte Verzweiflung. Wir reden nicht darüber. In ruhigen Momenten finden wir sofort etwas zu tun, räumen die Spülmaschine aus, holen neue Kaffeebohnen hoch. Machen ausgedehnte Toilettenpausen. In einer dieser Pausen hole ich mein Handy raus. Eine weitere Nachricht von Melanie. Vier Nachrichten von Simon. Ich beiße die Zähne zusammen und öffne Simons Chat.

Ernsthaft, bitte lass uns reden.
Sag mir einfach, wann es dir passt.
Gib mir eine Chance, das zu erklären!
Kathi?

Wut brodelt in mir hoch wie überkochendes Wasser.

Reden? Ernsthaft!?
Du kannst mich mal!
Wie konntest du das tun?! Obwohl du weißt, wie dringend wir das Geld brauchen?!
Arschloch.

Ich tippe all diese Antworten, lösche sie wieder. Nichts erscheint mir angemessen, um meinem Gefühlschaos Ausdruck zu verleihen. Der kleine Punkt neben Simons Namen wird plötzlich grün. Er ist online.

Mein Herz rutscht mehrere Etagen tiefer. Ich müsste nur auf das kleine Telefonsymbol drücken, dann würde ich seine Stimme hören. Könnte ihm direkt sagen, was ich von ihm halte. Meine Finger schweben über dem Bildschirm. Ich zittere.

In meinem Kopf spielen sich Dutzende Szenarien ab. Ich stelle mir vor, wie ich ihn am Telefon zur Schnecke mache, bis er um Gnade winselt. Wie er schwört, dass er uns den Auftrag zurückgibt. Wie er mich anfleht, ihm zu verzeihen. Aber die Wirklichkeit würde anders aussehen. Wahrscheinlich würde ich nicht mal drei klare Sätze rausbringen, bis ich anfange zu weinen.

Er schreibt. Ich halte den Atem an.

Kathi? Bitte sag was. Irgendwas.

Die Buchstaben verschwimmen vor meinen Augen. Eine Träne tropft auf das Display, dann noch eine.

Ich wische sie wütend weg. Er will, dass ich rede? Darauf kann er lange warten. Bevor ich es mir anders überlegen kann, blockiere ich ihn.

So.

Das war's.

Ich stopfe mein Handy zurück in die Tasche, dann drehe ich den Hahn auf und klatsche mir eine Handvoll eiskaltes Wasser ins Gesicht.

Das kleine Handtuch neben dem Waschbecken ist nicht ideal, um die Überreste meiner Wimperntusche unter den Augen wegzuwischen, aber egal. Wir haben gerade unseren wichtigsten Auftraggeber verloren.

Es sind noch fünf Tage bis zum Finale des Wettbewerbs.

Simon hat mich verraten.

Verlaufenes Make-up ist gerade mein geringstes Problem.

Den ganzen Tag warte ich darauf, dass Theresa etwas sagt. Dass sie darauf besteht, sofort jemandem zu kündigen. Unser

Sortiment auf die Hälfte zu verkleinern. Irgendetwas Drastisches zu tun, um unsere finanzielle Situation zu retten. Aber sie bleibt still. Wir arbeiten den ganzen Tag nebeneinander, erst im Café und dann auf dem Weihnachtsmarkt, und sie verliert kein Wort darüber. Ihre Bewegungen, ihre Worte, ihr Lächeln den Kunden gegenüber, alles wirkt mechanisch, aufgesetzt. So kenne ich sie gar nicht. Niemand spricht uns auf den Wettbewerb an, aber ich habe den Eindruck, ich könnte ihr auch alles gestehen und sie würde nicht mal mit der Wimper zucken.

Als wir den Verkaufsstand für den Tag schließen, schlüpft sie wortlos in ihre Jacke und wartet, bis ich die Tür hinter uns zugezogen habe.

»Ich geh noch eine Runde spazieren.«

»Okay. Wir sehen uns zu Hause.«

Es sind die ersten privaten Worte, die wir seit Stunden gewechselt haben. Theresa zieht ihre Mütze tiefer ins Gesicht, dann stapft sie schnellen Schrittes davon. Ich schaue ihr hinterher, bis sie hinter den Buden verschwindet.

Für einen Moment überlege ich, ihr nachzulaufen. Aber was würde ich ihr sagen, wenn ich sie eingeholt habe?

Gott, ich brauche jetzt einen Glühwein. Oder fünf.

Aber ich habe noch längst nicht Feierabend. Also drehe ich mich um und gehe in die entgegengesetzte Richtung zu unserem Auto. Mein Skizzenblock wartet auf mich.

Ich höre nicht mehr, wie Theresa zurückkommt. Ich wache um Viertel nach drei Uhr nachts auf, den Kopf auf meinem Schreibtisch, den Bleistift noch in der Hand. Unter meiner Wange liegt das Skizzenblatt, auf dem ich versucht habe, das

Falkenhainer Rathaus abzubilden. Es ist nicht sehr überzeugend geworden. Ich wanke die paar Schritte bis zu meinem Bett und schlafe weiter, sobald mein Kopf das Kissen berührt. Im Traum verlaufe ich mich in einem riesigen Haus aus Lebkuchen. Simons Stimme hallt durch die langen, leeren Flure, und egal, wie schnell ich renne, ich kann ihm nicht entkommen. Und das Schlimmste ist: Ich will es gar nicht. Im Gegenteil. Die Traum-Kathi hofft die ganze Zeit, er würde sie vielleicht einholen. Nach ihren Händen greifen und sie an sich ziehen. Sie küssen.

Ich bin schweißgebadet, als mein Wecker klingelt.

Okay, Kathi, ganz ruhig. Es gibt keine riesigen Lebkuchenhäuser. Er ist nicht hier. Das sollte mich eigentlich beruhigen. Aber Traum-Kathi ist immer noch in meinem Kopf. Die Verräterin sehnt sich danach, von ihm berührt zu werden. Doch das wird nie wieder passieren. Weil er ein riesiges Arschloch ist, das mein Vertrauen missbraucht und mich hintergangen hat.

Er ist ein riesiges Arschloch. Diesen Satz wiederhole ich wie ein Mantra, während ich ins Bad schlurfe. Suche nach der Wut, die gestern noch durch meine Adern wallte. Alles ist besser als dieses neue Gefühl, als würde ein Elefant auf meiner Brust sitzen. Der mit seinem Gewicht langsam mein Herz zerdrückt.

Während das heiße Wasser auf mich runterprasselt, fasse ich einen Entschluss: Es wird Zeit, Simon zu vergessen und einen Gang hochzuschalten. Der Wettbewerb ist in vier Tagen, und ich muss ihn gewinnen. Ganz egal, wie. Es muss sein. Für das Café. Für mich.

Ich drehe das Wasser ab und greife nach meinem Handtuch.

Die letzten Tage habe ich meinen Account etwas vernachlässigt, weil die Vorbereitungen für die Weihnachtsfeier meine ganze Zeit beansprucht haben. Das wird jetzt anders. Voller neuem Tatendrang gehe ich nach unten. Als ich die Backstube betrete, ist Gertrud gerade auf dem Weg nach draußen. Sie schlingt einen dicken Schal um ihren Hals und versteckt die Haare unter einer selbst gestrickten Mütze. Sobald sie meine Schritte hört, dreht sie sich um.

»Kathi, guten Morgen. Na, alles gut?«

Sie stellt diese Frage vollkommen arglos, ihre Stimme warm und vertraut und aufrichtig. Es kostet mich viel Kraft, ein hysterisches Lachen zu unterdrücken. »Alles gut«, antworte ich schwach. Die Worte schmecken bitter, eine weitere Lüge für mein mittlerweile beachtliches Repertoire.

Aber die Wahrheit kann ich ihr schlecht sagen, also meißele ich mir ein Lächeln ins Gesicht, bis die Tür hinter ihr zufällt. Von Theresa ist noch keine Spur, also nutze ich die Zeit, um aus den übrig gebliebenen Backwaren für die Weihnachtsfeier kleine Geschenktüten zu basteln.

Wir fangen dieses Jahr etwas früher mit den Weihnachtsgeschenken an. Unter allen, die dieses Foto teilen, verlosen wir eine Auswahl unseres leckersten Weihnachtsgebäcks. Also los, worauf wartet ihr?
#Weihnachtsgebäck#Verlosung#Geschenke

Ich setze noch #bakerybattle unter das Foto, dann poste ich es. Die Tüten wandern in mein Zimmer, damit Theresa keinen Verdacht schöpft. Darum muss ich mir aber offenbar keine Sorgen machen. Sie kommt erst fünf Minuten vor Ladenöffnung in die Backstube, die Haare zu einem unordentlichen Zopf geflochten.

Ich schmiere gerade die letzten Brötchen. »Auch schon wach?«

»Sorry.« Sie bindet sich ihre Schürze um und geht kommentarlos an mir vorbei in den Verkaufsraum. Ich habe eine spitze Bemerkung auf den Lippen, aber ich schlucke sie herunter. Streit mit meiner Schwester kann ich gerade wirklich nicht gebrauchen. Sobald die ersten Kunden den Laden betreten, knipst sie ihr Lächeln an. Mich kann sie damit nicht täuschen, aber ich spreche sie nicht darauf an. Bis ich den Wettbewerb tatsächlich gewonnen habe, gibt es nichts Tröstliches, das ich ihr sagen könnte.

Es gibt mehr als genug zu tun, um mich abzulenken. Die Zahl der Kunden zeigt deutlich, dass Weihnachten vor der Tür steht. Die meisten Schüler haben in der letzten Woche vor den Ferien mehr Freistunden als Unterricht und kommen vorbei, um sich Plätzchen und Kakao zu holen, und unsere Stammkunden decken sich schon mal mit Stollen und anderem Gebäck für die kommenden Familienfeiern ein. Dabei ist die Weihnachtsstimmung in der Luft beinahe greifbar. Alle haben ein Lächeln auf den Lippen, wenn sie sich den Schnee von Mützen und Jacken schütteln. Die Gesprächsthemen drehen sich nur um den richtigen Baumschmuck, das perfekte Weihnachtsessen und das Besorgen von Geschenken, und niemand beschwert sich mehr über die Weihnachtsmusik, die leise im Radio läuft. Manche summen sogar mit.

Eigentlich liebe ich diese Zeit. Dieses Jahr kann ich es kaum erwarten, dass Weihnachten vorbei ist. Kurz vor zwei sagt Dilara ihre Mithilfe auf den Weihnachtsmarkt für heute ab, weil sie sich erkältet hat, und Theresa nimmt ihre dritte Kopfschmerztablette.

»Ich kann den Markt heute allein machen«, biete ich ihr an, als sie das Glas Wasser wieder abstellt. »Du siehst echt scheiße aus.«

»Wow. Danke.« Der Schatten eines Grinsens huscht über ihr Gesicht. »Bist du dir sicher?«

»Klar.« Ich schütte mir meinen vierten Kaffee ein. »Das ist kein Problem.«

Ich fahre etwas früher los und nehme den weiten Weg um den Marktplatz herum. Trotzdem schaue ich mich immer wieder um, als könnte Simon jeden Moment hinter der nächsten Bude auftauchen. Ich weiß nicht, was ich tun werde, sollte ich ihm begegnen. Und ich will es nicht herausfinden. Diese Anspannung begleitet mich den ganzen Nachmittag. Ich zucke jedes Mal zusammen, wenn ich einen grauen Wintermantel in der Menge sehe, wenn sich ein Mann mit dunkler Brille dem Stand nähert. Aber er lässt sich nicht blicken. Gut so.

Trotzdem kämpfe ich den ganzen Tag gegen den Impuls, seinen Instagram-Account zu öffnen. Soll er doch posten, was er will. Das kann mir völlig egal sein. Es ist ja nicht so, als würde er in einem Rezeptvideo eine Entschuldigung verstecken. Oder mir mit einem stilisierten Nussecken-Foto seine Gefühle offenbaren.

Das wäre total absurd.

Aber vielleicht postet er ja irgendetwas über das Finale am Sonntag? Irgendwas, das ich wissen sollte, bevor ich gegen ihn antrete?

Als die Sonne hinter den Dächern des Rathauses versinkt, gebe ich nach und öffne Instagram.

Es ist ein Foto mit einem Rezept für Vanillekipferl. Sonst nichts.

Ich hole mir einen Punsch und spüle damit den bitteren Geschmack auf meiner Zunge hinunter.

Immerhin kommt meine Verlosung auf Instagram super an. Bis zum Abend haben schon über hundert Leute den Post geteilt. Darüber hinaus erhalte ich Dutzende liebe Nachrichten von völlig Unbekannten, die mir alles Gute für den Wettbewerb wünschen. Ich bedanke mich bei allen, aber mit jeder getippten Antwort schnürt sich mein Hals etwas weiter zu. All diese Menschen zählen auf mich. Und ich habe noch nicht mal einen fertigen Entwurf für mein finales Lebkuchen-Kunstwerk.

Den habe ich auch sechs Stunden später nicht, als ich mit dem Stift in der Hand wieder an meinem Schreibtisch aufwache, einen kleinen Pool aus Spucke vor mir auf dem Skizzenblatt.

Kapitel 24

Der Tag vor dem Finale ist ein strahlend schöner Wintertag. Es ist der erste Samstag der Schulferien, und die Vorfreude auf Weihnachten liegt über Falkenhain wie die Schneeschicht, die über Nacht noch etwas dicker geworden ist.

Ich möchte am liebsten sterben.

Heute Nacht um halb drei habe ich einen Entwurf für das Falkenhainer Rathaus fertiggestellt, der sowohl einigermaßen beeindruckend aussieht als auch tatsächlich umsetzbar sein sollte. Damit bleibt mir nur noch eine Nacht, um eine Testversion zu bauen. Dabei könnte ich jetzt schon im Stehen einschlafen.

»Morgen ist also das Finale dieses Wettbewerbs«, sagt Theresa am Frühstückstisch, während sie durch ihr Handy scrollt. »Die Zeitung schreibt, dass sie heute schon die Bühne aufbauen wollen.«

»Aha«, murmele ich so uninteressiert wie möglich. »Was steht denn da noch so?«

»Nicht viel.« Sie scrollt nach unten. »Dass mehrere Falkenhainer teilnehmen werden. Mehrere? Komisch.«

Mein schlechtes Gewissen verknotet meine Zunge. »Ja. Total komisch.«

»Ich meine, dass dieser Bergmüller uns damit endgültig fertigmachen will, kann ich mir denken. Aber wer außer uns backt hier noch?«

Es ist das erste Mal seit Tagen, dass Theresa sich für irgendetwas zu interessieren scheint. Normalerweise würde mich das freuen. Ihr Zombie-Zustand hat mir langsam Angst gemacht. Aber muss es ausgerechnet dieses Thema sein?

Natürlich könnte ich es ihr jetzt auch sagen. Aber ich befürchte, damit würde ich das Fass zum Überlaufen bringen. Aus irgendeinem Grund hat sie noch nicht wieder damit angefangen, über Kündigungen zu reden oder die Geschäftsaufgabe. Sie spricht eigentlich gar nicht über unseren drohenden Ruin. Aber wenn ich ihr jetzt von dem Startgeld erzähle, wird sich das mit Sicherheit ändern. Ganz zu schweigen von dem Streit, den ich damit vom Zaun brechen würde.

Es reicht, wenn ich sie mich morgen siegen sieht.

»Keine Ahnung. Wir werden es erfahren.« Meine Stimme klingt piepsig. Aber Theresas klarer Moment ist bereits vorbei. Sie steckt ihr Handy wieder ein und verfällt in dasselbe grüblerische Schweigen, das sie seit Tagen begleitet.

Als ich am Nachmittag auf dem Weihnachtsmarkt ankomme, sind Mitarbeiter der Stadt tatsächlich bereits dabei, in der Mitte des Marktplatzes eine Bühne zu errichten. Sie schwebt etwa einen Meter über dem Boden und ist mindestens zwanzig Meter lang. Davor hat sich bereits eine kleine Menschenmenge gebildet. Ich schlängele mich hindurch und schnappe hier und da Gesprächsfetzen auf.

»Bin ja gespannt, wer da morgen den ersten Platz mitnimmt.«

»Ich hab gehört, dieser neue Bäcker macht mit. Der gewinnt mit Sicherheit, hast du mal die Lebkuchen probiert?«

»Ja, die sind Hammer. Dagegen hat keiner eine Chance.«

Ich riskiere einen Blick über die Schulter und sehe eine Gruppe Teenager, die der Sprecherin energisch zustimmt.

Ich ziehe meinen Schal fast bis zu meiner Nasenspitze und wende der Bühne den Rücken zu.

Simon postet heute einen Countdown für das Finale. Der Post sammelt innerhalb der ersten Stunden über fünfhundert Likes. Ich sollte eigentlich etwas dagegenhalten, aber je weiter der Tag voranschreitet, desto nervöser werde ich. Dabei hilft es nicht wirklich, dass mich zahlreiche Nachrichten von Followern erreichen, die fest von meinem Triumph überzeugt sind. Auf einmal ist #bakerybattle überall in meiner Timeline.

Das macht die nagenden Zweifel nur noch lauter. Was geschieht, wenn Simon wirklich besser ist als ich? Wenn ich einfach nur sehr viel Geld dafür ausgegeben habe, mich morgen auf einer Bühne zu blamieren? Vor der ganzen Stadt? Vielleicht versage ich kläglich. Und dann ist alles vorbei.

Der Stand auf dem Weihnachtsmarkt. Mamas Café.

Einfach alles.

Zwischen den Nachrichten auf Instagram schreibt Melanie mir, ob alles in Ordnung ist.

Lebst du noch? Du hast mich am Dienstag einfach im Weinkeller sitzen lassen. Du hättest wenigstens absagen können.

Die Erinnerung trifft mich wie ein Schwall eiskaltes Wasser. Ich habe den Abend an meinem Schreibtisch verbracht und

Lebkuchenrathäuser gezeichnet. Darüber habe ich ganz vergessen, Melanie abzusagen.

Meine Finger haben die Entschuldigung schon getippt, als die nächsten Kunden an den Stand kommen. Sie kaufen zwei Packungen Lebkuchen und wünschen mir viel Erfolg für morgen. Ich lächele mit zusammengebissenen Zähnen.

Ich mache den Stand heute eine Stunde früher zu. Mir bleiben nur noch ein paar Stunden, um die Testversion meines Lebkuchenrathauses zu bauen und ein letztes Mal meine Lehrbücher durchzugehen.

Als ich abschließe, tippe ich mit der anderen Hand eine Nachricht an Theresa. Bin schon auf dem Rückweg. Soll ich noch am Supermarkt vorbeifahren?

Ich rechne nicht damit, dass sie die Nachricht rechtzeitig liest. Wer weiß, ob sie überhaupt zu Hause ist und nicht den Abend bei Francesca verbringt, wie sie es die letzten Abende gemacht hat.

Aber sie antwortet sofort. Ich muss mit dir sprechen.

Oh. Scheiße. Das hört sich nicht gut an. Auf einmal erscheint mir der Gedanke, doch noch eine Stunde auf dem Weihnachtsmarkt zu bleiben, ziemlich verlockend. Aber dafür ist es jetzt zu spät.

Bin auf dem Weg.

Auf der Fahrt nach Hause überschlagen sich meine Gedanken. Was ist so dringend, dass wir es sofort besprechen müssen? Will Theresa das Geschäft aufgeben? Hat sie beschlossen, mit Francesca nach Hamburg zu gehen? Oder hat sie das fehlende

Geld auf dem zweiten Konto bemerkt und eins und eins zusammengezählt?

Eine Version ist schlimmer als die andere. So langsam wie möglich schlendere ich vom Auto zur Eingangstür. Im Hausflur ziehe ich mir in Zeitlupe die Winterstiefel aus. Alles, um noch etwas Zeit zu schinden. Dabei fällt mein Blick auf den Briefkasten. Aus der Klappe lugt eine weiße Papierspitze hervor. Wahrscheinlich wieder eine Rechnung. Ich greife nach dem Papier und will den Brief herausziehen, aber er verhakt sich in der Öffnung. Also brauche ich doch den Schlüssel. Ich schließe den Briefkasten auf, und der Brief fällt mir entgegen. Jetzt ist auch klar, wieso ich ihn nicht einfach durch die Öffnung ziehen konnte: Es ist ein großformatiger DIN-A4-Umschlag. Das ist für eine Rechnung ziemlich ungewöhnlich. Außerdem zeigt ein Blick auf die Anschrift, dass er nicht an das Café Lindenthal adressiert ist, sondern an meine Schwester persönlich. Stirnrunzelnd drehe ich den Brief um und suche nach dem Absender.

Ganz oben auf der Rückseite prangt ein Schriftzug, direkt neben einem roten Logo mit einem weißen Schloss darin.

Universität Hamburg.

Eine düstere Vorahnung steigt in mir hoch. Sie wird doch nicht etwa …? Für einen Moment stehe ich reglos im Flur, den Brief in der Hand. Das Logo der Universität Hamburg leuchtet mir entgegen. Dann reiße ich ihn auf.

Er enthält einen Stapel an Unterlagen. Theresas Lebenslauf, Motivationsschreiben, Bewerbung. Ganz oben liegt ein Blatt Papier mit demselben Logo wie auf dem Umschlag, auf dem nur wenige Zeilen stehen.

Sehr geehrte Frau Lindenthal,
wir freuen uns, Ihnen zum kommenden Sommersemester einen Studienplatz für Wirtschaftswissenschaften an der Universität Hamburg anbieten zu können.

Die Buchstaben verschwimmen vor meinen Augen. Es kostet mich all meine Selbstbeherrschung, den Brief nicht zusammenzuknüllen und in die Ecke zu pfeffern.

»Kathi?« Theresas Stimme hallt von oben herunter. »Bist du da?« Sie klingt nicht besonders erfreut.

Da sind wir schon zwei.

»Auf dem Weg«, rufe ich zurück. Dann klemme ich mir das Schreiben unter den Arm und nehme zwei Treppenstufen auf einmal.

Theresa sitzt am Küchentisch, eine dampfende Tasse Tee vor sich. Als ich durch die Tür trete, verdunkelt sich ihr Gesicht.

»Setz dich.« Es klingt wie ein Befehl. Ich bleibe stehen, werfe die Blätter vor uns auf den Tisch.

»Du willst reden? Dann verrate mir, was das ist.«

Ihre Augen weiten sich. »Was zur Hölle?« Sie greift nach dem Papierstapel, sucht mit fliegenden Fingern nach der entscheidenden Seite.

»Du hast den Platz«, sage ich tonlos. »Herzlichen Glückwunsch.«

Sie findet das Anschreiben und stürzt sich darauf wie eine ausgehungerte Löwin. Für einen Moment flackert ein Lächeln über ihre Lippen. Dann ist es verschwunden.

»Was fällt dir ein, meine Post zu öffnen?«

»Das ist wirklich das Problem hier? Dass ich die Post geöffnet habe?« Meine Stimme überschlägt sich. »Du hast dich in Hamburg an der Uni beworben, ohne mir ein Wort zu sagen! Was war der Plan? Wolltest du irgendwann heimlich mit Francesca durchbrennen und mich hier sitzen lassen?«

»Mit Geheimnissen kennst du dich ja aus, was?« Theresa springt auf. »Stell dir vor, Frau Gözcan sprach mich heute Nachmittag im Café an und wünschte mir viel Erfolg beim Lebkuchenwettbewerb. Ich hatte natürlich keine Ahnung, wovon sie spricht. Aber sie war sehr gerne bereit, mir auf die Sprünge zu helfen und zeigte mir einen Instagram-Account von unserem Café. Von dem ich noch nie gehört hatte.« Theresa kommt langsam auf mich zu. »Da erfahre ich dann, dass meine Schwester sich schon vor Wochen für den Lebkuchenwettbewerb angemeldet hat. Obwohl wir uns gemeinsam dagegen entschieden hatten, weil das Startgeld zu teuer ist!« Sie bleibt direkt vor mir stehen. Ich trete unwillkürlich einen Schritt zurück. »Ich wollte es dir ja sagen …«

»Also habe ich in den Unterlagen nachgesehen«, fällt sie mir ins Wort. »Und siehe da, uns fehlen fünfhundert Euro. Die du einfach aus der Kasse genommen hast!«

»Du hättest niemals zugestimmt! Ich hatte so viele Ideen, das Café zu retten, aber du wolltest ja direkt aufgeben!«

Sie schnappt nach Luft. »Aufgeben? Ich wollte das Café genauso retten wie du! Ich habe jede Menge Vorschläge gemacht, wie wir unsere Einnahmen steigern können. Aber du wolltest davon ja nichts hören!«

»Du wolltest Leute entlassen und unser Sortiment zusammenstreichen. Was würde dann am Ende von Mamas Café übrig bleiben?«

»Darum geht es dir, schon klar.« Sie dreht sich weg, marschiert zum Küchenfenster. »Mamas Café zu erhalten. Jetzt auf einmal.«

Ich zucke zusammen. »Was soll das denn heißen?«

Theresa steht am Fenster, schaut nach unten auf die leere Straße. In der Hand hält sie immer noch den Brief der Universität Hamburg. Ein Blick auf das Papier genügt, um meine Angst unter einer Welle aus Wut zu begraben. »Und überhaupt, was wäre so schlimm daran? Besser, als sich einfach heimlich zu verpissen, als wäre dir alles egal!«

»Sag so was nicht!« Sie wirbelt herum. »Sag nicht, dass mir das hier egal ist.« In ihren Augen funkeln Tränen.

»Und wieso dann das? Wieso Hamburg?« Meine Augen brennen ebenfalls. »Wieso willst du mich im Stich lassen?«

»Das will ich nicht!« Theresa wirft die Hände in die Luft. »Aber mich hat nie jemand gefragt, was ich will! Ich habe das Café geführt, weil es gar keine andere Wahl gab. Habe ich das gerne gemacht? Klar! Aber hätten wir das Café nicht, wer weiß, ob ich mich dann nicht für etwas anderes entschieden hätte.«

»Verstehe«, stoße ich hervor. »Du bist dir auch zu gut dafür, eine einfache Konditorin auf dem Land zu sein. Das ist ja auch wirklich eine erbärmliche Existenz.«

»Das habe ich nicht gesagt. Du drehst mir die Worte im Mund rum. Es ist total in Ordnung, wenn es dein Traum ist, dieses Café weiterzuführen. Aber es ist *dein* Traum. Nicht meiner.«

»Seit wann?« Ich stemme die Hände in die Seiten. »Wieso hast du vorher nie ein Wort darüber verloren?«

»Die Frage hat sich nie gestellt. Aber dann …«

»Dann stirbt unsere Mutter, und deine Freundin will zurück nach Hamburg ziehen, und du denkst dir: Mensch, perfekte Gelegenheit«, gifte ich. Sobald die Worte meinen Mund verlassen haben, würde ich sie am liebsten zurücknehmen. Theresa funkelt mich an. »Du hast kein Recht, so mit mir zu sprechen. Ich war diejenige, die Mama in der Küche gefunden hat. Die den Rettungsdienst gerufen hat, während du unten Brötchen verkauft hast …«

Ungefragt steigen die Erinnerungen in mir auf. Es war ein heißer Tag im Spätsommer. Ich hatte gerade das letzte Stück der Erdbeertorte verkauft, die Mama vorbereitet hatte. Seit unserem Streit am Vorabend hatten wir uns nicht mehr gesehen oder gesprochen. Ich war immer noch stinksauer auf sie. Dann kam Theresas Schrei von oben. Ich habe eine Kaffeetasse fallen lassen. Bin auf dem Weg nach oben auf der Treppe gestürzt und habe mir das Schienbein an einer Stufe aufgeschlagen. Mama lag leblos auf den Fliesen in der Küche, Theresa neben ihr. Mamas Augen waren noch auf, als ich neben den beiden auf die Knie fiel. Irgendwann kam ein Krankenwagen, Blaulicht und Martinshorn, und jemand zog mich zur Seite und …

»… lasse mir nicht vorwerfen, das hier wäre mir nicht wichtig.« Theresa spricht immer noch. Ich blinzele, versuche, die Bilder und die Tränen zurückzudrängen. »Aber wieso willst du dann abhauen? Ausgerechnet jetzt? Was wird dann aus mir?«

»Schon klar, es geht mal wieder nur um dich! Dabei brauchst du mich offensichtlich gar nicht! Du entscheidest ja alles über meinen Kopf hinweg.«

»Ich wollte doch nur das Café retten! Dafür würde ich alles tun, verstehst du das nicht?«

»Okay, schön. Wenn du glaubst, dass du es besser weißt, bitte!« Sie senkt die Stimme. »Aber auf meine Hilfe brauchst du nicht zählen. Und wenn du morgen verlierst, ist es vorbei. Ich hoffe, das ist dir klar.«

»Ich brauche deine Hilfe nicht«, fauche ich. »Wenn du es kaum erwarten kannst, endlich abzuhauen, dann los!«

Theresa mustert mich eindringlich. Ihre Nase ist gerötet, aber ihre Augen sind trocken. Hart. »Glaub nicht, ich weiß nicht, wieso du das machst. Aber es ist zu spät.«

»Ich hab keine Ahnung, wovon du sprichst.«

Das ist gelogen, und ein Blick in Theresas Gesicht zeigt, dass sie es auch weiß.

»Tatsächlich? Lass mich deine Erinnerung auffrischen.« Sie deutet mit dem Finger auf mich wie eine Richterin, die ein Urteil fällt. »Du hast es versaut. Mama wollte nicht, dass du das Café übernimmst. Das war das Letzte, was sie zu dir gesagt hat. Und nichts, was du jetzt tust, kann das ändern.«

Jedes Wort trifft mich wie ein Messerstich in den Bauch.

»Du weißt …«

»Ich habe alles gehört.« Ihr Blick durchbohrt mich. »Alles.«

Ich taumele zurück, halte mich an der Tischkante fest. Dabei stoße ich den Papierstapel an. Theresas Bewerbungsmappe flattert zu Boden.

»Alles Gute«, presse ich hervor. »Ich hoffe, du wirst glücklich in Hamburg.«

Damit mache ich auf dem Absatz kehrt und stürme davon.

Kapitel 25

Ich bin schon hundert Meter durch den Schnee gestiefelt, als mir auffällt, dass ich meinen Mantel vergessen habe. Eiskalter Wind fährt mir durch die Haare, aber ich spüre es kaum. Setze wie mechanisch einen Fuß vor den anderen, ohne Richtung oder Ziel. Nur weg. Weg von dem Brief mit dem Hamburger Uni-Logo. Von Theresas wissendem Blick.

Sie hat alles gehört.

Der Gedanke nimmt mir beinahe die Luft. Ich bleibe stehen, stütze die Hände auf die Knie. In meinen Ohren rauscht das Blut.

Sie hat alles gehört.

Die Erinnerungen an diesen Abend drängen an die Oberfläche, durchbrechen die Wand, die ich so sorgfältig um sie herum errichtet habe.

Ich hatte große Pläne für das Café. Eine neue Karte, moderner, hipper. Mit veganen und glutenfreien Optionen. Eine neue Inneneinrichtung, etwas minimalistischer. Eine Webseite und einen Lieferservice. Eine Verbesserung des alten Lebkuchenrezepts.

All das trug ich Mama vor, aufgeregt und begeistert von

meinen genialen Einfällen. Sie würde es lieben, da war ich mir sicher. Während ich sprach, saß sie wie versteinert auf dem Küchenstuhl. Erst als ich das Lebkuchenrezept ansprach, explodierte sie.

»So hast du dir das alles vorgestellt, was? Meine Ideen sind dir nicht mehr gut genug?«

Ich war völlig überrumpelt, sah die Warnzeichen nicht. »Nein, das ist es nicht! Aber du musst zugeben, dass wir uns an manchen Stellen verbessern könnten. Es wäre eine kleine Investition, natürlich, aber eine in unsere Zukunft.«

»Unsere Zukunft ist immer noch meine Sorge. Bisher hat das ja gereicht, oder nicht?«

An dieser Stelle hätte ich einfach den Mund halten sollen. Aber ich tat es nicht. »Natürlich, aber die Zeiten ändern sich. Und wir sollten uns mit ihnen verändern.«

Mit jedem Argument, das ich brachte, wurde sie verschlossener. Das wiederum machte mich frustrierter. »Wieso kannst du es nicht wenigstens mal in Erwägung ziehen? Ich habe mir seit Wochen den Kopf zerbrochen.«

»Es hat dich niemand darum gebeten. Alles läuft gut so, wie es ist.«

»Aber es könnte so viel besser laufen! Wenn du mich meine Ideen …«

»… deine Ideen, genau. Aber es ist nicht dein Café.«

Ihre Worte haben mich verletzt. Mich dazu gebracht, etwas Unverzeihliches zu sagen: »Schön, du hast recht. Es ist nicht mein Café. Noch nicht. Aber irgendwann wird es das sein. Und dann kannst du mir nicht verbieten, was ich damit mache.«

»Ist das so?« Sie stand auf, kam ein paar Schritte auf mich

zu. Obwohl sie einen halben Kopf kleiner war als ich, wich ich zurück. »Ich sage dir eins: Geh ruhig und mach dein eigenes Ding. Eröffne ein Schicki-Micki-Café am anderen Ende des Ortes, wenn du unbedingt willst. Aber das Café Lindenthal bekommst du niemals.«

»Schön! Dann mache ich das. Du wirst schon sehen, was du davon hast!«

»Raus aus meiner Küche!«

Tränen laufen mir über die Wangen, hinterlassen kleine Spuren im Schnee auf dem Gehsteig. Meine Finger und Zehen sind mittlerweile so kalt, dass ich sie nicht mehr spüre.

Die Erinnerungen haben ein Loch in meiner Brust aufgerissen. Seit Monaten versuche ich, es so gut wie möglich mit Arbeit zu füllen, aber jetzt sinke ich mit jedem Gedanken tiefer hinein.

Ich habe meine Mutter enttäuscht.

Ihre letzte Erinnerung an mich ist unser Streit, meine hässlichen Worte.

Sie wollte nicht, dass ich das Café übernehme.

Natürlich war sie auch nicht ganz ehrlich, wie ich jetzt weiß. Wir standen finanziell nie so gut da, wie sie uns immer glauben ließ. Aber macht das am Ende wirklich einen Unterschied?

Was bleibt, ist, dass sie gestorben ist, bevor wir uns versöhnen konnten.

Mit tauben Füßen stolpere ich weiter, schlinge meine Arme um meinen Körper, um mich etwas zu wärmen. Es gelingt mir nicht. Am Ende der Straße rutsche ich auf einer gefrorenen Pfütze aus, lande im Schnee. Meine Jeans weicht innerhalb von Sekunden durch. Ich stütze mich an einer Hauswand ab und rappele mich wieder hoch. Schneefall setzt ein, schwere weiße Flocken, die sich in meinen Haaren verfangen und auf meinem Gesicht schmelzen.

Ich laufe weiter. Einen Fuß vor den anderen.

Als ich das nächste Mal aufschaue, stehe ich vor Melanies Tür. Mit zitternden Fingern drücke ich auf die Klingel.

»Ja?« Meine Freundin klingt so, als hätte ich sie gerade geweckt.

»Ich b-bin's. K-Kathi.« Meine Zähne klappern.

Der Türsummer ertönt.

Im Hausflur empfängt mich wundervolle Wärme. Ich bleibe wenige Schritte hinter der Schwelle stehen, als wüssten meine Beine plötzlich nicht mehr weiter. Melanie kommt mir entgegen, einen Bademantel über dem Pyjama. Nach einem Blick in mein Gesicht fasst sie mich an den Schultern und bugsiert mich in ihr Wohnzimmer.

»Himmel, Kathi, du bist ja eiskalt.« Sie legt mir eine warme Hand auf die Stirn. »Wo ist denn deine Jacke?«

»Die h… hab ich vergessen«, murmele ich. Selbst meine Lippen fühlen sich eingefroren an. Melanie verschwindet für einen Moment in ihrem Schlafzimmer, dann kommt sie zurück und drückt mir eine Jogginghose und einen Pullover in die Hand. »Du musst raus aus den nassen Klamotten, sonst holst du dir noch sonst was.«

Gehorsam schäle ich mich aus meiner Kleidung, schlüpfe in die Sachen meiner Freundin. Sie sind um die Hüfte und die Schultern herum etwas zu schmal, aber wunderbar trocken und warm. Sobald ich wieder angezogen bin, führt sie mich zum Sofa und breitet eine Wolldecke über mir aus.

»Bin gleich zurück«, sagt sie, dann entfernen sich ihre Schritte in Richtung Küche. Porzellan klirrt, Wasser rauscht.

Ich versinke in ihrer Couch, schließe für einen Moment die Augen.

Trotz der Wärme um mich herum fühle ich mich innerlich tiefgefroren.

»Also.« Melanie taucht wieder auf, zwei dampfende Tassen auf einem Tablett. Eine davon drückt sie mir in die Hand. »Was ist passiert?«

Ich nippe an dem Getränk, huste. »Was ist das?«

»Tee mit Rum. Möglicherweise mehr Rum als Tee. Lenk nicht vom Thema ab.«

Ich nehme noch einen großen Schluck. Die Flüssigkeit schmeckt süß und brennt von meiner Zunge bis in meinen Magen.

»Theresa will nach Hamburg ziehen.«

Ich erwarte, dass Melanie ungläubig aufspringt. Dass sie meine Schwester für ihren Egoismus verflucht. Mir beipflichtet, dass Theresa sich wie eine Idiotin benimmt. Stattdessen nickt sie langsam. »Ah. So was hatte ich schon befürchtet.«

»Was?« Ich stelle die Tasse mit einem Ruck ab. Tee schwappt auf Melanies hellen Holztisch. »Du wusstest, dass sie das vorhat?«

»Natürlich nicht. Aber sie wirkt auf mich schon länger nicht mehr unbedingt glücklich.«

»Kunststück«, sage ich. »Unsere Mutter ist kürzlich verstorben, und wir führen zu zweit einen schlecht laufenden Familienbetrieb.«

»Es ist mehr als das«, Melanie wiegt ihren Kopf hin und her.

»Das alles gilt für dich schließlich auch. Aber du gehst so richtig auf in deinem Job. Du liebst jede Stunde hinter der Theke, jede Minute Arbeit an einem neuen Rezept. Du bist Konditormeisterin geworden, weil es deine große Leidenschaft ist.«

Theresas Worte hallen in meinem Kopf nach. *Ich habe das Café geführt, weil es gar keine andere Wahl gab.*

»Aber sie hat nie gesagt, dass sie etwas anderes machen will.«

»Hast du sie jemals gefragt?«

Ich öffne den Mund, klappe ihn wieder zu. »Na ja. So direkt jetzt nicht.«

Melanie schürzt die Lippen. »Ich sage nicht, dass sie das Café nicht gerne mit dir geführt hat. Aber vielleicht ist ihr selbst erst jetzt klar geworden, dass es noch andere Dinge in ihrem Leben geben könnte.«

»Und dafür muss sie mit ihrer Freundin nach Hamburg ziehen? Ausgerechnet jetzt?«

Melanie lässt sich Zeit mit der Antwort. »Zugegeben, der Zeitpunkt ist unglücklich«, sagt sie schließlich. »Aber hast du dich mal in ihre Lage versetzt?«

»In ihre Lage versetzen? Was ist denn mit meiner Lage! Ich arbeite jede freie Stunde des Tages, um unser Familiengeschäft zu retten! Im Café, auf dem Markt, und dann noch für den Wettbewerb und den Account! Ich gebe absolut alles und dabei ist Mama vor nicht mal fünf Monaten gestorben.«

»Es war auch ihre Mutter«, sagt Melanie. »Für sie ist das bestimmt auch alles ziemlich hart. Claras Tod. Eure finanzielle Situation. Zum ersten Mal überhaupt stellt sie sich die Frage, ob sie so weiterleben möchte wie bisher. Dann überlegt ihre

Freundin auch noch, in eine Großstadt zu ziehen, in der sie und Theresa nicht die einzigen geouteten Lesben in einem Umkreis von fünfzig Kilometern sind. Kannst du es ihr da wirklich verdenken, dass sie ihr folgen will?«

Ich blinzele. »Aber wieso hat sie nichts gesagt? Wann hätte ich erfahren sollen, dass sie umziehen wird? An dem Tag, an dem sie mit den Koffern vor der Tür steht?«

»Ich will ja nichts sagen, aber in Geheimnissen stehst du ihr in nichts nach.«

»Na ja, wie man es nimmt.« Ich presse die Lippen zusammen.

»Das heißt, sie weiß …?«

»Eine Kundin hat es ihr gesagt.« Ich seufze. »Es kam genau so, wie ich es befürchtet hatte.«

»Verstehe.«

Wir trinken beide noch einen Schluck Tee. Meine eingefrorenen Finger und Zehen tauen langsam wieder auf. Sie kribbeln, als würde mir eine Gruppe giftiger Ameisen über die Gliedmaßen laufen.

»Wir haben uns gestritten«, sage ich. »So richtig.«

»Du und Theresa?«

»Ich und Mama«, flüstere ich. »Vor ihrem Tod.«

Die Tränen kommen zurück. Dieses Mal frieren sie nicht auf meinen Wangen fest, also lasse ich sie einfach laufen, verberge das Gesicht in den Händen. Sekunden später liegen Melanies Arme um meine Schultern.

»Hey. Hey, alles gut. Lass es raus, Liebes.«

Ich vergrabe das Gesicht in ihrem Frottee-Bademantel und schluchze auf. Einmal angefangen, kann ich nicht mehr damit aufhören. Es ist auf einmal alles zu viel. Alle Erinnerungen, alle Gefühle, die ich seit Monaten so gut wie möglich von mir wegschiebe, sprudeln gleichzeitig nach oben. Melanie hält mich, wiegt mich sanft hin und her, bis meine Tränendrüsen am Ende sind.

»S… sorry«, murmele ich mit rauer Stimme. Als ich mich aufsetze, bleibt ein Faden Spucke an ihrem Bademantel kleben. »O Gott, entschuldige.« Ich wische ihn eilig weg. Unsere Augen treffen sich über meiner Hand, und wir prusten los.

»Ich glaube, wir brauchen mehr Alkohol«, sagt Melanie. »Und Taschentücher. Lauf nicht weg.«

Kurz darauf ist sie mit beidem zurück. Sobald sie einen ordentlichen Schuss Rum in unsere Teetassen geschüttet hat, lehnt sie sich nach vorne und verschränkt die Finger ineinander.

»Also: Was ist passiert?«

Stockend berichte ich ihr alles. Melanie hört geduldig zu, unterbricht mich nur, um kurze Nachfragen zu stellen. Als ich bei der Erinnerung an meinen Streit mit Mama angekommen bin, bricht meine Stimme.

»Sie … sie wollte nicht, dass ich den Laden überhaupt übernehme. Das hat sie gesagt. Sie hat mich aus der Küche geworfen.« Der Rum ist mittlerweile in meinem Blut angekommen und macht meine Zunge behäbig. »Und dann … dann ist sie einfach gestorben.«

Melanie reicht mir ein Taschentuch. Ich putze mir geräuschvoll die Nase.

»Aber im Prinzip spielt es auch keine Rolle mehr, ob ich das Café hätte übernehmen sollen«, nuschele ich. »Wenn ich morgen verliere, wird es kein Café Lindenthal mehr geben.«

Ich versinke immer tiefer im Sofa. Meine Augenlider werden schwer. Melanie nimmt mir die leere Tasse aus der Hand und hebt meinen Kopf an, um ein Kissen darunter zu schieben. »Ich bin noch nicht müde. Ich muss noch mein Rathaus bauen. Sonst ist es zu spät«, murmele ich in den weichen Stoff.

Melanie breitet eine Decke über mir aus. »Ich habe keine Ahnung, was das heißen soll. Aber das macht nichts. Morgen sehen wir weiter.«

Kapitel 26

Im ersten Moment habe ich keine Ahnung, wo ich bin. Das Polster unter mir ist weich, aber es ist definitiv nicht mein Bett. Die Decke ist etwas kratzig und riecht nach Zitronen-Weichspüler. Meine Zunge fühlt sich pelzig an, und ich kann immer noch Rum schmecken. Irgendwo hinter mir klappert Geschirr. Bestimmt Theresa, die schon mal den Kaffee aufsetzt. Ich sollte wirklich langsam aufstehen, irgendwer muss ja den Lebkuchenteig anrühren.

Moment.

Lebkuchen.

Das Finale!

Ich reiße die Augen auf und fahre hoch. Melanies Decke rutscht von meinen Schultern und landet neben mir auf der Couch. Panisch suche ich nach meinem Handy und finde es schließlich in der Sofaritze. 8:18 Uhr. Ich habe noch etwa drei Stunden bis zum Beginn des Wettbewerbs. Für einen Moment bin ich erleichtert. Dann kommen die Erinnerungen an den gestrigen Tag zurück, und ich sinke zurück in die Couch.

Theresa will nach Hamburg ziehen und mich allein lassen.

Mit dem Café, das Mama mir nicht überlassen wollte.

Es ist klar, dass meine Schwester nicht glaubt, dass ich heute gewinnen kann.

Aber will ich das überhaupt noch?

Ich könnte auch einfach hier liegen bleiben und aufgeben. Der Gedanke legt sich über meine Glieder wie eine Decke aus Blei. Ich schließe die Augen und gebe mich der Vorstellung hin. Ich gehe nicht zum Finale. Simon gewinnt den ersten Preis. Wir haben kein Geld für den Kredit und müssen das Café schließen. Theresa geht zum Studieren nach Hamburg. Und ich bleibe hier, lebe auf Melanies Couch, bis selbst die irgendwann genug von mir hat und mich vor die Tür setzt.

Ich fahre ein zweites Mal hoch.

Nein. Auf gar keinen Fall!

Theresa glaubt nicht, dass ich es schaffen kann? Dann werde ich es ihr eben beweisen. Wenn ich das Geld erst mal habe, muss sie mir einfach verzeihen. Und Simon … Wenn er glaubt, er kommt so einfach damit durch, dann hat er sich gewaltig geirrt. Dem werde ich zeigen, was es heißt, sich mit einer Lindenthal anzulegen.

Mit neuer Entschlossenheit entsperre ich mein Handy.

Der Akku ist fast leer, also überfliege ich bloß die Nachrichten, die über Nacht auf unserem Instagram-Account eingetrudelt sind. Hauptsächlich Ermutigungen und »Viel Glück«-Messages. Mein Herz sinkt eine Etage tiefer.

Als ob der Druck nicht schon groß genug wäre.

Wider besseres Wissen wage ich einen Blick auf Simons Profil. Er hat ein Selfie gepostet. Auf dem Bild steht er in der kleinen Backstube, die er mir gezeigt hat, die Hände in einer Schüssel Teig und lächelt in die Kamera. Er trägt die blaue

Schürze der Bäckerei Bergmüller, und seine dunkelblonden Haare fallen ihm in die Stirn. Bei dem Anblick zieht sich mein Magen zusammen. Noch vor ein paar Tagen hätte ich alles dafür gegeben, dass er mich noch mal so anlächelt.

Aber das wird er nicht.

Und das ist auch gut so, denn er ist ein Verräter.

Ich schließe Instagram und öffne den Chat mit meiner Schwester. Sie hat nicht geschrieben. In meinem Hals bildet sich ein dicker Kloß. Ich hasse es, mit ihr zu streiten. Das war schon immer so. Nur wird es diesmal deutlich schwieriger, es wieder in Ordnung zu bringen.

Blut pocht in meinen Schläfen. Neben mir auf dem Couchtisch steht ein Glas Wasser mit einer Kopfschmerztablette und einem Post-it.

Gern geschehen. Muss kurz telefonieren. Mein Chef. Du weißt ja, wo du Dusche und Kaffeemaschine findest.

Gott, ich liebe diese Frau.

Ich nehme die Tablette und leere das Wasserglas in wenigen Schlucken. Dann stemme ich mich hoch. Neben mir auf dem Boden liegen meine Klamotten von gestern Abend sorgfältig gefaltet. Melanie hat sie offensichtlich in den Trockner geworfen, denn sie sind noch warm, als ich sie hochnehme. Das Einzige, was noch an meinen Sturz von gestern erinnert, sind die Schmutzflecken an den Knien. Na gut, dann ist das eben so. Ich will den Wettbewerb ja nicht mit meinem Outfit gewinnen. Soll Simon Bergmüller mit seinem Werbelächeln und seiner blauen Schürze doch denken, was er will.

Im Bad drehe ich die Dusche so heiß wie möglich und schrubbe meine Haut mit Melanies Peeling, bis sie krebsrot ist.

Ich bürste meine Haare sorgfältig und föhne sie, bis sie mir in sanften braunen Locken über die Schulter fallen. Zuletzt bediene ich mich an Melanies umfangreicher Make-up-Sammlung, überdecke die roten Flecken in meinem Gesicht mit Concealer und trage einen dezenten Lidschatten auf. Die Frau, die mir im Spiegel entgegensieht, wirkt zumindest auf den ersten Blick selbstbewusst und siegessicher.

Einen zweiten Blick riskiere ich nicht.

Ich bin so nervös, dass ich mich am liebsten übergeben würde. Frühstück kommt nicht infrage, aber aus der Küche duftet es verlockend nach Kaffee. Ich stecke mein Handy in das Ladekabel, das noch an der Steckdose hängt, dann gieße ich mir eine Tasse ein. Melanies Stimme kommt aus dem kleinen Büroraum rechts von der Küche. Sie spricht Englisch, allerdings so schnell, dass ich sie durch die Holztür nicht verstehe. Ich nippe an meinem Kaffee und lasse den Blick über das Chaos in der Küche schweifen. Melanies Müslischüssel steht ungespült auf dem Tisch neben einem halb vollen Glas mit Orangensaft. Daneben steht eine weitere Schüssel, zweifellos für mich gedacht. Auf der Fensterbank liegt ein aufgeschlagener Terminkalender. Für eine Frau, die quasi im Internet lebt, ist sie bei ihrer Terminplanung immer noch ziemlich analog unterwegs. Selbst ein kurzer Blick auf die aufgeschlagenen Seiten macht deutlich, dass sie gerade einiges um die Ohren hat. Ganz zu schweigen von der Tatsache, dass sie an einem Sonntag einen Arbeitsanruf entgegennimmt. Und für morgen hat sie ebenfalls mehrere Termine eingetragen. Und »Harry«, mit einem kleinen Fragezeichen versehen.

Harry? Der Jazz-Musiker aus dem Aquarium? Ist das mit den beiden etwa was Ernsteres?

Mit einem Schlag wird mir bewusst, dass ich überhaupt keine Ahnung habe, was in den letzten Wochen in Melanies Leben passiert ist. Wann habe ich ihr eigentlich das letzte Mal auf eine ihrer Nachrichten geantwortet?

Hat Theresa am Ende vielleicht recht? Denke ich wirklich nur an mich?

Meine Schwester wirkt schon länger abgelenkt, nicht richtig bei der Sache. Die vielen Abende bei Francesca, die dunklen Ringe unter ihren Augen. Ich hätte eher nachfragen, mich nicht mit billigen Ausreden abspeisen lassen sollen. Aber es war so leicht, einfach darüber hinwegzusehen, mit dem Markt, dem Instagram-Account, Simon. Und Melanie? Das letzte Mal, dass ich mich mit ihr getroffen habe, ohne über das Café zu reden, ist ewig her. Es muss vor dem Beginn des Weihnachtsmarkts gewesen sein. Mein nächster Schluck Kaffee schmeckt bitter, vermengt sich mit der blubbernden Angst in meinem Magen. Ich kippe den Rest der Tasse in die Spüle.

Es wird Zeit für einen Schlachtplan.

Ich räume die Küche auf und spüle das Geschirr ab. Dann schreibe ich Melanie einen kleinen Zettel und ziehe die Haustür hinter mir zu. Es sind noch zwei Stunden bis zum Beginn des Wettbewerbs. Ich öffne meine E-Mails und gehe noch mal alles durch, was in der Einladung zum Finale stand: Ein Backofen, eine kleine Arbeitsfläche und drei Rührschüsseln werden gestellt. Alles andere einschließlich der Zutaten müssen die Teilnehmenden selbst mitbringen und bei der Jury angeben. Was nicht zu Beginn angegeben wurde, darf nicht benutzt werden.

Ein Austausch unter den Kandidaten ist verboten. Außerdem ist jede Form der Hilfe von außen untersagt. Rezepte dürfen nicht in schriftlicher Form mitgeführt, sondern müssen auswendig beherrscht werden. Alle Teilnehmenden müssen sich eine Stunde vor Beginn des Finales am Veranstaltungsort einfinden. Sie erklären sich im Vorhinein damit einverstanden, bei Interesse mit Medienvertretern zu sprechen und sich fotografieren zu lassen.

Meine Übelkeit verstärkt sich. Vielleicht habe ich doch noch genug Zeit, mich umzuziehen? Ich beschleunige meine Schritte so sehr, wie der rutschige Untergrund es zulässt.

Als ich in unsere Straße einbiege, werde ich wieder etwas langsamer. Was, wenn ich jetzt unvermittelt Theresa begegne? Ein Teil von mir ist immer noch stinksauer auf sie. Aber mir ist völlig klar, dass sie nicht die Einzige ist, die Mist gebaut hat.

Meine Sorge stellt sich als unberechtigt heraus. Schon von wenigen Metern Entfernung sehe ich das kleine »Geschlossen«-Schild, das an unserer Tür hängt. Dahinter liegt der Verkaufsraum im Dunkeln. Offensichtlich ist sie nicht da. Es ist ein beinahe unheimlicher Anblick, das Café an einem Sonntagmorgen leer zu sehen. Wie ein düsterer Blick in die Zukunft. Wenn ich heute nicht gewinne, wird das Licht wahrscheinlich für immer ausbleiben.

Ich schüttele heftig den Kopf, als könnte ich so auch die Gedanken abschütteln. Noch eineinhalb Stunden bis zum Wettbewerb. Die Zeit läuft.

In Windeseile suche ich alle nötigen Zutaten und Utensilien zusammen. Die Waage, den Mixer, meinen Spritzbeutel für den Zuckerguss. Mehl, Zimt, Kardamom, Vanille. Schokoperlen in allen Farben für die Dekoration. Marzipanrohmasse und ganze Mandeln. Ich packe alles in eine große Reisetasche. Als ich den Reißverschluss zuziehe, ist es zwanzig vor elf. Noch zwanzig Minuten, um zum Marktplatz zu kommen.

Zum Umziehen bleibt keine Zeit, aber ich stürme trotzdem noch mal nach oben. An meinem Schreibtisch angekommen werfe ich noch einen letzten Blick in Mamas altes Rezeptbuch. Da steht das Lebkuchenrezept, das sie entwickelt hat. Das ich ändern wollte, weil ich dachte, ich wüsste es besser.

»Ich kriege das wieder hin, Mama«, murmele ich in den leeren Raum.

»Versprochen.«

Als ich mit meiner Sporttasche beladen auf die Straße trete, erwartet mich der nächste Schreck: Theresa hat das Auto mitgenommen. An der Stelle, wo ich es gestern geparkt habe, ist jetzt bloß eine Lücke im Schnee.

»Scheiße!« Zu Fuß schaffe ich es auf keinen Fall rechtzeitig zum Marktplatz. Verzweifelt schaue ich einmal die Straße auf und ab, aber außer mir ist niemand zu sehen.

Okay. Dann bleibt mir keine andere Wahl. Ich drehe mich um und laufe in den Keller, um mein altes Fahrrad zu holen.

Es stellt sich heraus, dass mit einer unhandlichen Tasche auf dem Rücken bei Schnee Fahrrad zu fahren keine besonders gute Idee ist. Die Reifen rutschen mir immer wieder weg, und ich entgehe auf dem Weg zum Weihnachtsmarkt dreimal nur ganz knapp einem Sturz.

Als ich endlich in die richtige Straße einbiege, ist es drei Minuten vor elf, und ich bin komplett durchgeschwitzt. Ich schließe das Fahrrad ab und sprinte los. Neben dem Weihnachtsbaum in der Mitte des Platzes wartet die große Bühne aus Holz, die gestern aufgebaut wurde. Komplett fertiggestellt ist sie bestimmt zwanzig Meter lang und sieht ziemlich einschüchternd aus. Mindestens so einschüchternd wie der Mann mit dem Klemmbrett, der vor der Treppe zur Bühne steht und ungeduldig auf den Fußballen wippt. Ich verlangsame mein Tempo und gehe so selbstsicher wie möglich auf ihn zu.

»Frau Lindenthal, nehme ich an?« Er mustert mich über den Rand seiner Brille hinweg. Ich werde sofort ein paar Zentimeter kleiner.

»Entschuldigen Sie bitte«, keuche ich. »Mein Auto war kaputt.«

»Aha.« Er presst die Lippen zusammen und notiert sich etwas auf seinem Klemmbrett. Habe ich mir schon meine Chancen versaut, bevor der Wettbewerb überhaupt begonnen hat?

»Dann sind wir ja endlich vollzählig«, sagt der Mann. »Kommen Sie bitte mit.«

Ich rechne damit, dass er mich auf die Bühne führt, aber stattdessen wendet er sich ab und geht mit großen Schritten zu einem weißen Container neben der Bühne, der mir jetzt zum ersten Mal auffällt. Er war gestern definitiv noch nicht da. Im Versuch, ihn etwas weihnachtlicher aussehen zu lassen, wurden ein paar Girlanden aus Tannenzweigen über die Tür gehängt, an der ein kleines Schild hängt. *Konditoren-Innung, Backstage.*

Ich schlucke. Dann hebe ich die Sporttasche wieder auf die Schulter und folge ihm ins Innere des Containers.

Dort erwarten mich bereits die neun anderen Finalisten. Als ich die Tür hinter mir schließe, verstummen augenblicklich alle Gespräche.

»Meine Damen und Herren, dürfte ich einmal um Ihre Aufmerksamkeit bitten?«

Der Mann mit dem Klemmbrett marschiert in die Mitte des Raums und stellt sich dort auf wie ein General vor seine Soldaten. Gerade als ich mich so unauffällig wie möglich einreihen will, dreht Simon sich um. Unsere Blicke treffen sich, und meine Beine kleben für einen Moment am Boden fest.

»Frau Lindenthal?« Der Mann mit dem Klemmbrett hebt die Augenbrauen. »Wenn Sie so freundlich wären?«

»Ja, natürlich. Entschuldigung.« Mit feuerroten Wangen stelle ich mich neben eine Frau mittleren Alters in einer pinken Schürze.

»Jetzt, da wir vollzählig sind, möchte ich Sie herzlich im Namen der Konditoren-Innung begrüßen. Mein Name ist Hans Schmiedeberg, ich bin der Direktor der Konditoren-Innung Bayern und heute eines der drei Jurymitglieder des Finales. Wir freuen uns sehr darauf, den besten Lebkuchenbäcker Bayerns zu küren. Oder die beste Lebkuchenbäckerin, versteht sich.«

Um mich herum wird geschmunzelt. Ich bin viel zu nervös dafür, irgendetwas lustig zu finden. Meine Augen wandern hektisch durch den Raum, scannen die Konkurrenz. Neben der Frau mit der pinken Schürze steht ein älterer Herr mit Schirmmütze und Monokel. Einen Platz weiter stehen zwei junge Frauen, auf deren dunkelblauen Pullovern der Schriftzug *Berufsschule Ommerbach* zu lesen ist. Daneben wartet ein Vater-Sohn-Duo und einen Platz weiter eine Schwarze Frau in einem dunkelroten Pullover, auf dem der Name einer großen Münchner Konditorei gestickt wurde. Von der anderen Seite des Raums starrt Simon mich unverwandt an. Ich ignoriere es so gut wie möglich, aber trotzdem spüre ich seinen Blick auf mir wie einen Suchscheinwerfer. Geht es nur mir so, oder ist die Luft hier drin verdammt stickig?

»Damit alles fair abläuft, würde ich gerne noch einmal den Ablauf durchgehen …«

Ich zwinge meine Aufmerksamkeit zurück auf Hans Schmiedeberg, der gerade eine Seite auf seinem Klemmbrett umschlägt.

»Zuallererst werden Sie gleich eine der zehn Backboxen betreten und Ihre Zutaten und Hilfsmittel ausbreiten. Einer meiner Kollegen wird bei Ihnen vorbeikommen und alles schriftlich dokumentieren. Sie dürfen nur das benutzen, was wir notiert haben.« Er mustert uns der Reihe nach. »Jedes weitere Hilfsmittel führt sofort zur Disqualifikation. Verstanden?«

Wir nicken stumm. Irgendwo schluckt jemand hörbar.

»Sehr gut. Im Anschluss werden wir Sie den Zuschauern vorstellen. Wir haben auch einige Pressevertreter eingeladen, sodass bei dieser Gelegenheit die ersten Fotos gemacht werden.«

Die beiden Auszubildenden tuscheln leise. Ich trete von einem Fuß auf den anderen.

»Danach beginnt der Wettbewerb. Sie haben eine Stunde Zeit, einen Lebkuchenteig zuzubereiten und in die nötige Form zu bringen. Danach werden die Teigstücke gebacken. In dieser Zeit möchte ich Sie bitten, sich für Einzelgespräche mit den Juroren und den Vertretern der Presse bereitzuhalten.«

O Gott, die theoretische Prüfung! Ich habe mich so auf das perfekte Design konzentriert, dass ich die letzten Tage gar nicht mehr gelernt habe. Panik steigt mir wie bittere Galle die Speiseröhre hoch.

»Dann folgt der Höhepunkt. Sie haben eine Stunde Zeit, um aus dem frisch gebackenen Teig eine Lebkuchenskulptur Ihrer

Wahl zu fertigen und zu dekorieren. Für die Wahl zum Sieger wird am Ende die Kreativität, die Umsetzung und der Geschmack entscheidend sein, vergessen Sie also nicht, auch ein großzügiges Stück Lebkuchen zur Kostprobe für die Jury bereitzuhalten.«

Er blickt von seinem Klemmbrett auf. »Noch Fragen?«

Ja, allerdings: Wieso hatte ich geglaubt, dieser verdammte Wettbewerb wäre eine gute Idee?

»Ich sehe, das ist nicht der Fall. Na gut, dann folgen Sie mir. Möge der beste Lebkuchen gewinnen.«

Kapitel 27

Offensichtlich bin ich nicht die Einzige, die von dieser Ansprache eingeschüchtert ist. Niemand wagt es, einen Piep zu sagen. Wir reihen uns hinter Herrn Schmiedeberg ein und folgen ihm nach draußen wie eine Gruppe Küken, die ihrer Mutter hinterherlaufen. Auf der Bühne warten schon mehrere Helfer in schicken blauen Livreen. Einer von ihnen liest unsere Namen von einer Liste ab und weist uns jeweils eine der zehn kleinen Holzkabinen zu, die in einem losen Halbkreis auf der Bühne errichtet wurden.

»Simon Bergmüller: Nummer fünf. Katharina Lindenthal: Nummer sechs.«

Ich unterdrücke einen Fluch. Aus den Augenwinkeln sehe ich Simon auf mich zukommen und marschiere so schnell wie möglich in die mir zugewiesene Kabine. Dabei handelt es sich eigentlich nur um eine rechts und links mit Holzwänden abgetrennte Box, in der ein Tisch, eine kleine Kühlbox und ein Herd untergebracht sind. Auf dem Tisch stehen die drei versprochenen Rührschüsseln und vorne und hinten hängt ein Vorhang aus schwerem blauem Stoff. Wie in einer Umkleidekabine, nur vornehmer. Ich ziehe den Vorhang zu und stelle meine Sporttasche auf dem Tisch ab. Neben mir kann ich hören, wie Simon ebenfalls seinen Vorhang schließt. Ich versuche, ihn auszublenden und ziehe den Reißverschluss der Tasche auf. Als zehn Minuten später eine Frau in blauer Livree vorbeikommt, habe ich alles, was ich brauche, ausgeräumt. Sie lässt sich von mir einmal jede Gewürzdose, jeden Löffel zeigen und macht sich Notizen. Am liebsten würde ich mal einen Blick auf ihren Block riskieren, um zu erfahren, was die anderen Teilnehmer mitgebracht haben. Aber sie gibt mir keine Gelegenheit dazu, lässt mich keine Sekunde aus den Augen.

»Das wäre dann alles, Frau Lindenthal?«

»Ähhm, ja.« Ich bemühe mich um ein Lächeln, während ich im Kopf noch einmal alles durchgehe. Was, wenn ich doch etwas vergessen habe? Was, wenn …?

»Gut.« Sie blättert eine Seite um. »Dann folgen Sie mir bitte nach draußen.«

Sie zieht den Vorhang zurück, und mir bleibt nichts anderes übrig, als ihrer Aufforderung nachzukommen. Vorne auf der Bühne steht Herr Schmiedeberg und wartet darauf, dass wir alle vor unsere Kabinen treten. Sein Klemmbrett hat er jetzt gegen ein Mikrofon eingetauscht.

Erst jetzt bemerke ich die Menschen. Auf dem großen Platz vor der Bühne warten jede Menge Zuschauer auf den Beginn des Wettbewerbs. Es müssen über fünfhundert sein, die sich näher an die Bühne drängen, als Herr Schmiedeberg sich in sein Mikro räuspert. Ein paar der Zuschauer erkenne ich auf den ersten Blick. Da sind die Prantls, Antonia und ihre Mutter, Frau Siebenbrück. Rechts vorne steht Cosima Winters in ihrem schicken Wintermantel. Bei ihrem Anblick zieht sich mir der

Magen zusammen. Als sich unsere Blicke treffen, wirkt sie beinahe ertappt, schaut schnell wieder zu Boden. Ich habe keine Zeit, darüber nachzudenken, denn es sind noch so viele andere Leute gekommen, unter ihnen auch andere Standbetreiber: Joseph und Margarete aus Bayreuth, Sibylle vom Teestand gegenüber, Claudia und Jacques. Ich muss zweimal hinsehen, um sicherzugehen, dass ich mich nicht täusche, aber die beiden halten eindeutig Händchen. Immerhin eine Liebesgeschichte, die gut ausgegangen ist. Ganz hinten steht Greta und neben ihr Gertrud. Die Bäckerin fährt sichtlich zusammen, als sie mich erkennt. Mein schlechtes Gewissen verdrängt für einen Moment die Nervosität. Am liebsten würde ich ihr zurufen, wie leid es mir tut, ihr nichts gesagt zu haben. Aber sie stehen zu weit weg, um mich zu hören. Als könnte sie meine Gedanken lesen, nickt Greta mir über die Köpfe der Menschen hinweg zu, dann wendet sie sich Gertrud zu und redet leise auf sie ein. Das werde ich später noch in Ordnung bringen müssen.

Theresa ist nicht da.

Natürlich nicht.

Ich schiebe den Gedanken beiseite, konzentriere mich auf die Menschen, die gekommen sind. Andere Azubis und Lehrer mit *Berufsschule Ommerbach*-Fähnchen, eine kleine Reisegruppe, die der Frau in der pinken Schürze zujubelt, und wieder andere Zuschauer, die selbst gemachte Plakate schwenken. Darauf stehen in großen Lettern Worte wie *Team Kathi* oder *Go Simon* und *#bakerybattle.*

Ich blinzele mehrmals, aber die Plakate sind immer noch da.

Ich habe … Fans.

Meine Knie werden weich.

»Meine Damen und Herren …« Es gibt eine Rückkopplung, irgendwo quietscht es ohrenbetäubend. Alle zucken zusammen, in der Menge fängt ein Baby an zu weinen. Herr Schmiedeberg räuspert sich erneut. »Meine Damen und Herren, ich darf Sie herzlich zum ersten deutschlandweiten Lebkuchenwettbewerb der Konditoren-Innung Bayern begrüßen. Es ist uns eine große Ehre, Ihnen heute die zehn Finalisten zu präsentieren, unter denen wir vor Ihren Augen den besten Lebkuchenbäcker oder die beste Lebkuchenbäckerin des Landes küren werden.«

Die Zuschauer applaudieren. Ich habe das Gefühl, auf der Bühne immer kleiner zu werden. Blut rauscht in meinen Ohren, übertönt die Stimme unseres Moderators, der gerade die ersten Kandidaten vorstellt. Mit jedem Atemzug kommt weniger Luft in meiner Lunge an.

Eine Hand taucht an meinem Ellenbogen auf. »Tief durchatmen. Du schaffst das.«

Simon. Seine tiefe Stimme, sein Geruch nach Zimt und Vanille und Männershampoo legen sich über meine angespannten Nerven wie eine warme Decke. Mein Körper ist ein Verräter, drängt danach, mich in seine Arme sinken zu lassen.

»Natürlich schaffe ich das!« Ich entreiße ihm den Ellenbogen. »Deinen Zuspruch kannst du dir sparen.«

Er zuckt zurück, als hätte ich ihn geschlagen. Ich bemerke es mit Genugtuung.

»Und vor der Nummer fünf haben wir Simon Bergmüller«, sagt Herr Schmiedeberg. »Herr Bergmüller führt die Bäckereikette der Familie Bergmüller und ist seit diesem Jahr auch eine lokale Berühmtheit in Falkenhain. Darüber hinaus führt er auch einen überaus erfolgreichen Instagram-Account, über den er einige Fans seiner Backwaren gewinnen konnte.«

Das Publikum jubelt, *Go Simon*-Plakate werden geschwenkt. Ich balle die Hände zu Fäusten.

»Direkt neben ihm steht Katharina Lindenthal, Konditormeisterin und Mitinhaberin des örtlichen Café Lindenthal. Wer den Internet-Auftritt von Herrn Bergmüller verfolgt, der wird um diese Dame nicht herumgekommen sein.«

Gelächter in der Menge, vereinzelter Jubel. Ich strecke den Rücken durch und hebe das Kinn.

»Tatsächlich hat der leidenschaftliche Wettbewerb um das beste Gebäck dieser beiden mittlerweile auch außerhalb Falkenhains Wellen geschlagen. Heute werden beide die Chance bekommen, ihr ganzes Können zu beweisen. Wir werden sehen, wer erfolgreich aus dem #bakerybattle hervorgeht.«

Er spricht das Wort Hashtag wie Haschtak aus. Trotzdem brandet Applaus auf, Fotoapparate blitzen. Ich winke einmal zaghaft in die Menge.

Der Rest der Vorstellungsrunde zieht wie in Trance an mir vorbei. Ich bin immer noch völlig überrascht von der Menge an Menschen, die heute gekommen sind. Natürlich wusste ich, dass mein Account Follower hat. Mittlerweile sogar mehrere Tausend. Aber das war nur eine Zahl auf meinem Handybildschirm. Weit weg von der Realität. Dass diese Menschen tatsächlich persönlich hierhergekommen sind, um ihre Unterstützung zu zeigen, ist überwältigend.

Und absolut furchteinflößend.

Noch ein Grund mehr, auf keinen Fall zu versagen.

»Das sind sie, meine Damen und Herren, unsere Finalisten! Kommen wir nun zur Jury.«

Ich horche auf. Jetzt wird es spannend. Herr Schmiedeberg winkt zwei Frauen mittleren Alters zu sich auf die Bühne.

»Natürlich werde ich in meiner Funktion als Direktor der Konditoren-Innung Bayern die Qualität der präsentierten Backwerke beurteilen. Dabei werde ich unterstützt von Aysun Demir von der Handwerkskammer München Oberbayern und Isabelle LaCroy, Chef Pâtissière des Münchener Vier-Sterne-Restaurants Excelsior.«

Die zwei Jurorinnen nicken huldvoll in die Runde. Der Knoten in meinem Magen vergrößert sich.

»Damit kommen wir zum Ende dieser kleinen Vorstellungsrunde. Wir werden jetzt noch ein paar Aufnahmen machen, und um Punkt zwölf Uhr kann der Wettbewerb beginnen.«

Kaum hat Herr Schmiedeberg seinen Satz beendet, stürmen Journalisten die Bühne. Sie sind mit Blocks, Mikrofonen und in einem Fall sogar mit einer Fernsehkamera ausgestattet. Ich weiche unwillkürlich ein paar Schritte zurück.

Simon nutzt den Moment und taucht wieder an meiner Seite auf. »Kathi, wir müssen reden.«

Ich schaue weiter starr nach vorne, lächele in die Menge. Aus den Mundwinkeln zische ich: »Nein. Müssen wir nicht.«

Die Journalisten dirigieren uns erst in einen Halbkreis, dann in zwei Reihen hintereinander. Kameras blitzen, wir sollen erst hierhin, dann dahin schauen, bis mir beinahe schwindelig wird. Sobald das letzte Gruppenbild geschossen ist, drehe ich mich zu meiner Kabine um. Zeit für einen geordneten Rückzug.

»Frau Lindenthal?« Eine junge Frau mit modischem Bob

und Spiegelreflexkamera in der Hand tippt mir auf die Schulter. »Melina Siebert von *Genuss pur*. Könnte ich noch ein Foto bekommen?«

Ich bleibe wie angewurzelt stehen. *Genuss pur*. *Das* Magazin für Koch- und Backfans in ganz Deutschland. Wenn das Café Lindenthal es dort auf die Liste der Empfehlungen schaffen würde, wären unsere Geldsorgen Geschichte. Dafür kann ich sogar meine Foto-Aversion überwinden. »Klar! Wo soll ich mich hinstellen?«

»Wunderbar!« Die Journalistin fasst mich am Ärmel und führt mich zum Rand der Bühne. »Die beiden großen Konkurrenten auf einem Foto! Unsere Leser lieben Geschichten wie diese, wissen Sie?«

»M-Moment, was?«, stottere ich. Dann fällt mein Blick auf Simon, der offenbar bereits auf uns wartet.

»Oh, nein, das kommt nicht infrage.«

»Was?« Frau Siebert bleibt stehen. »Aber warum denn nicht? Es wäre das perfekte Bild.«

Ich spüre Simons Blick auf mir. Die unausgesprochene Herausforderung darin.

»Na schön. Dann machen wir eben das Foto.« Ich gehe an ihr vorbei und stelle mich demonstrativ direkt neben Simon. »Wie hätten Sie es gerne?«

»So ist es schon mal sehr gut.« Sie hebt die Kamera vors Gesicht. »Vielleicht noch etwas näher zusammen?«

Ich rücke genau einen Zentimeter weiter nach rechts. Simon macht einen kleinen Schritt nach links. »Ich muss wirklich mit dir sprechen«, murmelt er leise, während die Kamera klickt.

»Ich aber nicht mit dir«, antworte ich knapp.

»Vielleicht noch etwas freundlicher?« Melina Siebert lässt die Kamera sinken. Ich pflastere mir ein Lächeln ins Gesicht.

»Okay, und jetzt Rücken an Rücken. Wie zwei Kontrahenten kurz vor dem tödlichen Duell.« Sie hat eindeutig zu viel Spaß an dieser Sache. Widerwillig drehe ich mich um.

»Etwas näher zusammen, bitte.«

»Noch näher?« Ich unterdrücke ein Augenrollen, trete gehorsam noch etwas zurück. Mein Rücken berührt Simons. Selbst durch zwei Schichten Winterjacken spüre ich seine Körperwärme.

Der Blitz leuchtet auf, und für den Bruchteil einer Sekunde stehe ich wieder in meiner Backstube. Simons warme Hände auf meinem Gesicht, meinem Hals, sein Mund an meinem Schlüsselbein und dann weiter unten …

»Großartig, vielen Dank.«

Ich springe nach vorne, als hätte ich mich verbrannt. »Keine Ursache. Wiedersehen.« So schnell wie möglich schiebe ich mich an ihr vorbei und marschiere zurück zu meiner Kabine.

»Kathi«, sagt Simon hinter mir. »Jetzt warte doch mal!«

Ich beschleunige meine Schritte.

»Kathi, bitte.« Er ist schneller als ich, greift nach meinem Arm. »Es tut mir wirklich leid …«

»Fass mich nicht an!«, zische ich. »Wir haben uns nichts mehr zu sagen.«

Ich reiße mich los und ziehe den Vorhang hinter mir zu. Meine Hände zittern.

Okay. Okay, okay, okay. Ganz ruhig. Du schaffst das. In drei Minuten ist es zwölf Uhr. Der offizielle Beginn des Wettbewerbs.

Vor meinem Vorhang herrscht reges Treiben. Menschen eilen umher, die Menge unterhält sich, es wird gerufen und gelacht. Am liebsten würde ich mir dir Ohren zuhalten. Die Menschen ausblenden, die mit ihren Schildern extra hergekommen sind, um mich siegen zu sehen.

Scheiße.

Ich zwinge mich dazu, ruhig durchzuatmen. Irgendwo tief in mir drin ist die Kathi, die sich auf den Wettkampf mit Simon eingelassen hat. Die offensichtlich geglaubt hat, ihn gewinnen zu können. Ich muss sie nur wiederfinden. Sie aktivieren.

Nichts leichter als das.

»Wenn die Kandidatinnen und Kandidaten sich jetzt bitte bereithalten würden?« Herrn Schmiedebergs Stimme hallt über den Platz. Ich zucke zusammen. Rechts und links von mir werden Vorhänge geöffnet. Ich richte meinen Zopf, atme noch einmal tief durch. Dann trete ich ebenfalls wieder aus dem schützenden Inneren meiner Kabine auf die Bühne.

»Sie haben jetzt eine Stunde Zeit, um Ihren Teig zuzubereiten«, verkündet der Juror. »Dabei dürfen Sie nur die Zutaten und Hilfsmittel verwenden, die Sie mitgebracht haben. Aber keine Angst: Sie dürfen hinter verschlossenen Türen arbeiten, um Ihre Betriebsgeheimnisse zu wahren.« Er zwinkert in die Menge. Wohlmeinendes Gelächter. Mein Magen verkrampft sich.

»Seien Sie dennoch versichert: Die Jury hat immer ein Auge auf Sie. Jegliche Art von Regelverstoß wird mit sofortigem Ausschluss vom Wettbewerb geahndet.«

Er wartet, bis wir alle genickt haben. Dann wirft er einen Blick auf seine Armbanduhr.

»Einen kleinen Moment noch.«

Hinter uns beginnt die Turmuhr des Rathauses zu läuten.

Dong, dong, dong, dong.

Die Glockenschläge hallen über den Marktplatz wie die Vorboten eines Unglücks. Herr Schmiedeberg nickt.

»Das war der Startschuss. Die Zeit läuft.«

Alle wirbeln herum und verschwinden in ihren Kabinen. Ich reiße den Vorhang hinter mir wieder zu und trete an den Tisch, auf dem ich meine Utensilien ausgebreitet habe. Jetzt gilt es.

Meine Hände zittern, als ich zu der Tüte Mehl greife.

Dabei kann ich dieses Rezept blind backen. Es war das allererste Rezept, das ich auswendig konnte. Das erste, das Mama mir gezeigt hat. Ich war gerade acht geworden und wollte endlich auch beim Backen helfen dürfen, wie Theresa, die mit ihren zwölf Jahren schon häufiger am Ofen stand. Mama wollte nichts davon hören, aber ich habe nicht lockergelassen.

»Ich kann das. Lass es mich beweisen.« Das soll ich gesagt haben, wenn man ihrer Geschichte glaubt. Also ließ sie es mich beweisen. Sie erklärte mir das Rezept für den Lebkuchenteig Schritt für Schritt, und ich gab mein Bestes, alles genau so zu machen, wie sie es vorgegeben hatte. Der erste Versuch war ein unförmiger brauner Teigklumpen, der mir im Ofen verbrannt ist. Aber ich gab nicht auf. Am nächsten Tag versuchte ich es wieder. Und am Tag darauf wieder. Mama und Theresa mussten im Lauf dieser Woche Dutzende bröckelige, steinharte, versalzene und angebrannte Lebkuchen probieren. Aber irgendwann hatte ich es raus.

Während ich Zucker, Weizenmehl und Dinkelmehl abwiege,

wandern meine Gedanken zurück zu diesem Moment, in dem ich meiner Familie meinen ersten Teller perfekter Lebkuchen präsentierte. Theresas schwesterliche Anerkennung. Der warme Stolz in den Augen meiner Mutter.

Aber es reicht nicht, um die frischen Erinnerungen zu überdecken.

»Das Café Lindenthal bekommst du nicht. Raus aus meiner Küche!«

Mamas wütende Stimme, die Enttäuschung in ihren Augen.

»Nichts, was du jetzt tust, kann das ändern.« Theresas eisiger Blick, den Brief aus Hamburg in ihrer Hand.

Ich habe alles zerstört.

Die Beziehung zu meiner Schwester. Mamas Vertrauen in mich. Und jetzt auch noch ihr Café.

Die Tüte Milch rutscht mir ab, und es landet zu viel in der Schüssel.

»Scheiße!« Hektisch greife ich nach einem Löffel und versuche, so viel wie möglich abzuschöpfen, aber der Großteil der Flüssigkeit hat sich bereits mit dem Teig vermengt.

Okay, kein Problem, sage ich zu mir selbst. *Ich ergänze einfach ein bisschen mehr Mehl.*

»Kathi?« Eine Stimme ertönt hinter der rechten Holzwand.

Ich lasse vor Schreck fast die Tüte Milch fallen.

»Kathi? Hörst du mich?«

Ich antworte nicht. Greife stattdessen nach dem Weizenmehl, überschlage im Kopf, wie viel ich zugeben muss, um wieder das richtige Verhältnis herzustellen.

»Kathi? Bitte sag was.«

»Ich hab dir nichts zu sagen.«

Auf der anderen Seite ertönen Schritte. Als Simon wieder

spricht, ist seine Stimme etwas lauter. »Bitte, gib mir eine Chance, das zu erklären.«

Ich stelle mir vor, wie er auf der anderen Seite steht, die Hände auf das Holz gelegt, der Mund nur wenige Zentimeter vor der Wand. Die Vorstellung jagt mir einen Schauer über den Rücken.

»Wir dürfen überhaupt nicht miteinander reden!«, antworte ich so leise wie möglich. »Ich werde sicher nicht wegen dir auch noch disqualifiziert.«

Ich höre ihn atmen. Mein Körper erinnert sich an das Gefühl seines Atems auf meiner nackten Haut, seiner Hände an meinen Hüften.

»Bitte. Nur eine Minute.«

Ich drehe ihm den Rücken zu. Simon Bergmüller ist für mich gestorben. Was geschehen ist, ist geschehen und nicht wiedergutzumachen. Zimt wandert in die Schüssel, Honig, geschmolzene Butter. Meine Nerven flattern. Aber er bleibt still. Gut so.

Als ich zu meinem Holzlöffel greife, bemerke ich sofort, dass etwas nicht stimmt. Die Konsistenz des Teigs passt nicht. Er sollte jetzt eigentlich cremig und weich sein, stattdessen verklumpt er, lässt sich kaum rühren.

Habe ich zu viel Mehl hinzugegeben?

Mist. Okay. Also jetzt noch mal etwas mehr Milch. Und vielleicht noch einen Hauch Butter? Oder lieber Honig? Aber dann könnte es zu süß werden. Ich habe auch noch zwei Eier übrig.

Mein Blick springt zwischen den verschiedenen Zutaten hin und her. Über uns schlägt die Rathausuhr einmal. Viertel nach zwölf. Noch fünfundvierzig Minuten.

Butter zu schmelzen würde zu lange dauern, deshalb entscheide ich mich für Milch. Gieße sie vorsichtig in kleinen Schlucken in den Teig, bis er sich besser verrühren lässt. Aber jetzt habe ich ein anderes Problem. Der Teig ist viel zu klebrig, pappt die ganze Zeit an meinem Löffel.

»Scheiße, Scheiße, Scheiße!«

Dann also noch etwas Mehl. Aber Weizen oder Dinkel? Weizenmehl bindet besser. Dafür verleiht Dinkelmehl dem Teig eine nussige Note. Meine Bewegungen werden immer hektischer. Und der Teig nicht besser.

Der Löffel verschwimmt vor meinen Augen. Eine Träne tropft in die Schüssel. Schnell wende ich mich ab, presse die Hände vors Gesicht.

Einatmen. Ausatmen. Einatmen. Ausatmen.

Ich kann jetzt nicht versagen. Das ist Mamas Traditionsrezept, es muss eine Möglichkeit geben, es zu retten. Aber mein Kopf ist wie leer gefegt. Mir fällt einfach nichts mehr ein.

Rechts und links von mir wird in Schüsseln gerührt, werden Zutaten gewogen, Öfen vorgeheizt.

Sie sind alle viel schneller als ich.

Ich habe keine Chance.

Bevor ich länger darüber nachdenken kann, ziehe ich mein Handy aus der Tasche und drücke die erste Nummer auf meiner Anrufliste.

Das Freizeichen ertönt einmal, zweimal.

Ich schließe die Augen, schicke ein stummes Gebet in den grauen Dezemberhimmel.

»Kathi?«

Vor Erleichterung werden meine Knie weich. »Theresa. Hey.«

»Was willst du?« Ihre Stimme ist kalt.

»Ich brauche deine Hilfe. Jetzt!«

In der Kabine neben mir lässt jemand scheppernd eine Schüssel fallen. Auf der Bühne ertönen Schritte, einer der Jury-Mitglieder fragt meinen Nachbarn: »Alles in Ordnung bei Ihnen?«

Sofort senke ich die Stimme. »Ich hätte dir sagen sollen, was ich vorhabe. Auf deine Vorschläge hören sollen, um das Café zu retten. Ich war so besessen davon, Mamas Café genauso zu erhalten, wie sie es gewollt hätte. Ich wollte wiedergutmachen, was ich verbockt habe. Aber ich hab es nicht geschafft. Und jetzt schaffe ich es noch nicht mal, ihre Lebkuchen zu backen.« Meine Stimme bricht. Theresa ist lange still. Wenn ich ihren Atem nicht hören könnte, würde ich denken, sie hätte aufgelegt. Jede Sekunde könnte jemand reinkommen, mich mit dem Hörer am Ohr entdecken, und dann wäre alles vorbei. Trotzdem warte ich.

»Was ist das Problem?«

»Der Teig. Irgendwo habe ich es versaut.« Ich schildere ihr in knappen Worten, was passiert ist. Sie schnalzt mit der Zunge.

»Ich verstehe. Zu klebrig, sagst du? Versuch es mal mit einer Mischung aus Mehl und Staubzucker. In kleinen Schritten.«

Ich klemme mir das Telefon zwischen Ohr und Schulter und greife nach der Zuckerpackung.

»Und wenn er dir dann zu fest wird, gib noch etwas Honig dazu. Wenn du Zeit hast, wäre geschmolzene Butter besser, aber in diesem Fall geht Honig auch.«

Im Hintergrund hupt ein Auto.

»Hey, das ist eine Einbahnstraße!« Ich kann beinahe hören,

wie Theresa mit den Augen rollt. »Diese Touristen bringen mich noch um.«

»Wo bist du gerade?«

»Auf dem Weg zum Marktplatz natürlich. Ich muss doch meiner kleinen Schwester zujubeln.«

»Wirklich?«

Sie räuspert sich. »Was macht der Teig?«

»Es funktioniert! Es ist jetzt schon viel besser!« Mit jeder Bewegung des Rührbesens nähert sich die Konsistenz des Teigs der gewünschten an. »Du hast mich gerettet, Schwesterherz.«

»Noch sind wir nicht gerettet. Aber du wirst das schaffen.«

In ihrer Stimme liegt so viel Vertrauen, dass meine Angst schmilzt wie Butter im Ofen.

»Danke. Ernsthaft, ich …«

Vor meinem Vorhang knarrt die Holzbühne. Schritte nähern sich.

»… muss Schluss machen. Bis gleich.« Ich stopfe das Handy in meine Tasche und greife mit beiden Händen nach der Schüssel.

Im selben Moment wird mein Vorhang geöffnet.

»Alles in Ordnung, Frau Lindenthal?« Aysun Demir von der Handwerkskammer steckt ihren Kopf in meine Kabine.

»Ja, natürlich.« Meine Stimme klingt selbst in meinen Ohren piepsig.

»Ich dachte, ich hätte jemanden reden hören.«

»Ach tatsächlich?« Ich zwinge einen überraschten Ausdruck in mein Gesicht. Sie verengt die Augen. »Ziemlich sicher sogar.«

»Na ja, manchmal rede ich mit mir selbst, wenn ich backe. Das hilft mir beim Konzentrieren, wissen Sie?«, plappere ich los. »Wahrscheinlich ist das schon wieder passiert, ohne dass ich es bemerkt habe.«

»Mmh. Schon möglich.« Sie lehnt sich in den Türrahmen und beobachtet, wie ich den Teig rühre, Zimt, Vanille und Kardamom hinzugebe. Ihr Blick prickelt in meinem Nacken.

»Wenn das so ist, wünsche ich Ihnen weiterhin viel Erfolg. Versuchen Sie, Ihre Selbstgespräche auf ein Minimum zu reduzieren.«

»Ja. Natürlich. Kein Problem.«

Nach einem letzten prüfenden Blick durch die Kabine lässt sie den Vorhang hinter sich zufallen. Ich sacke zusammen.

O mein Gott. Das war knapp.

Die Turmuhr hinter mir schlägt zweimal. Noch eine halbe Stunde, bis der Teig in den Ofen muss. Ich habe keine Zeit mehr zu verlieren.

Ich schlage den Teig in Folie und lege ihn in die kleine Kühlbox neben dem Herd. Normalerweise sollte er dort mindestens eine Stunde liegen, aber jetzt zählt jede Minute. Während er kühlt, bedecke ich die Backbleche mit Backpapier und heize den Ofen vor.

»Ach, scheiße!«, ertönt Simons Stimme von nebenan. »So ein Mist!«

Es folgen hektische Schritte, irgendetwas raschelt.

»Das kann doch nicht wahr sein!«

Sollte es bei dem Star-Bäcker aus München etwa auch nicht so gut laufen? Ein fieser Anflug von Schadenfreude befällt mich, lässt mich meine Vorsicht vergessen.

»Sag bloß, du hast einen Fehler gemacht.«

Das Geraschel verstummt.

»Kathi. Hey.« Seine Stimme klingt rau.

»Hey.« Ich räuspere mich. »Na, ist dir deine Teigschüssel runtergefallen?«

»Hör zu: Du hast jeden Grund, wütend zu sein, aber bitte, lass uns reden!«

»Ich wüsste nicht, was wir zu bereden hätten. Wie du schon gesagt hast, ich habe jeden Grund, wütend zu sein. Und das bin ich auch. Verdammt wütend.« Ich balle die Hände zu Fäusten. »Du hattest kein Recht, zu tun, was du getan hast. Ich habe dir vertraut!«

»Ich weiß, ich … ich …« Schritte. Seine Stimme kommt näher. Wie von einem Magneten angezogen, gehe ich ebenfalls auf die Trennwand zu.

»Ich hab einen riesigen Fehler gemacht. Wenn ich mir selbst in den Arsch treten könnte, würde ich es tun, das musst du mir glauben.«

»Dabei kann ich dir gerne behilflich sein.«

»Das klingt fair. Aber bitte, lass mich vorher erklären. Ich will mich nicht rechtfertigen, denn das kann ich nicht. Ich erwarte auch nicht, dass du mir verzeihst. Aber vielleicht kannst du mich dann etwas besser verstehen.«

Simon klingt nicht wie der selbstbewusste Instagram-Star, der von einer Bühne in die Menge lächelt. Er klingt wie der Mann, der bei mir in der Backstube stand und mir seine Fehler offenbart hat. Mich geküsst hat, als wäre ich das köstlichste Gebäck, das er jemals kosten durfte.

»Wir dürfen nicht reden. Nicht hier«, sage ich.

»Das ist mir egal, ich …«

»Mir aber nicht. Ich habe einen Wettbewerb zu gewinnen.«

»Okay. Aber später?«

»Wieso hast du geflucht?«, frage ich, weiche aus.

»Mir ist der Eierkarton runtergefallen. Das letzte Ei hätte ich noch gebraucht.«

Mein Blick wandert auf meine Arbeitsfläche. Zum Vorhang. Wieder zurück. In drei Schritten bin ich am Tisch, in drei weiteren wieder neben der Trennwand.

»Hier.«

Ich stecke meine Hand durch den hinteren Vorhang. Bete, dass nicht gerade jetzt jemand hinter den Kabinen entlanggeht.

»Aber … aber wieso …? Das ist doch verboten.«

»Brauchst du es, oder nicht?«

Anstelle einer Antwort greift er danach. Unsere Fingerspitzen berühren sich. Strom fließt durch meine Adern.

»Danke, Kathi.«

Ich drehe mich um, marschiere zu meiner Kühlbox. Der Teig ist noch nicht so kalt, wie ich ihn gerne hätte, aber die Außentemperaturen werden ihr Übriges tun. Ich spüre die Kälte kaum. Meine Finger kribbeln immer noch.

Wieso habe ich ihm geholfen?

Die Frage breitet sich in meinem Gehirn aus wie eine Wolke Mehlstaub, setzt sich in die kleinste Ritze. Aber ich habe gerade keine Zeit, mich damit zu beschäftigen. In einer Viertelstunde müssen die Lebkuchenformen in den Ofen. Und ich habe noch ein Rathaus zu bauen.

Ich rolle den Teig aus, rufe mir meine Skizze wieder in Erinnerung. Ich kann sie vor mir sehen, wie sie oben auf meinem

Schreibtisch liegt. Aber es fühlt sich nicht richtig an. Es ist nicht gut genug, um zu gewinnen.

Mit einem Schlag weiß ich, was ich bauen will.

Ich muss absolut verrückt sein, murmele ich zu mir selbst. Dann greife ich nach meinem Messer und beginne, Formen aus dem Teig zu schneiden.

Kapitel 28

Ich klappe gerade die Ofentür zu und stelle den automatischen Timer des Ofens auf zwanzig Minuten, als die Kirchturmuhr über uns eins schlägt.

»Damit ist die Zeit für die Vorbereitungen abgelaufen. Wenn ich Sie alle bitten dürfte, Ihre Vorhänge zu öffnen?« Herrn Schmiedebergs Stimme hallt über den Marktplatz. Ich werfe noch einen letzten Blick auf meinen Teig, der jetzt bei 200 Grad auf der mittleren Schiene backt, dann komme ich seiner Aufforderung nach und ziehe den Vorhang zurück. Rechts und links von mir treten die anderen Finalisten auf die Bühne, auch Simon. Ich weiche seinem Blick aus.

»Danke, Kathi«, flüstert er. »Ernsthaft, ich …«

Rechts von uns flucht jemand farbenfroh auf Italienisch. Köpfe fahren herum.

»Herr DeLuca, ich muss Sie auch bitten, jetzt auf die Bühne zu kommen«, sagt der Chef-Juror. Ein Helfer in blauer Livree eilt zur vorletzten Kabine von links und öffnet den Vorhang. Dahinter kommt der ältere Herr mit Schirmmütze und Monokel zum Vorschein, der gerade hektisch Teigstücke einsammelt, die von seinem Blech gefallen sind.

Die Menge raunt auf.

»Einen Moment noch, einen Moment!« Herr DeLuca verdoppelt seine Anstrengung, wirft hektisch Teigstücke auf sein Blech. Die Juroren tauschen einen Blick, schütteln die Köpfe. »Es tut mir leid, aber die Regeln sind eindeutig. Sie hatten bis 13 Uhr Zeit, Ihren Teig vorzubereiten. Diese Zeit ist abgelaufen. Damit müssen wir Sie leider disqualifizieren.«

Herr DeLuca flucht erneut auf Italienisch. Unter den Zuschauern schließen sich ihm einige an, die enttäuscht ihre italienischen Flaggen sinken lassen.

Während der unglückliche Kandidat seine Sachen packt, suche ich in der Menge nach Theresa. Offensichtlich haben einige Zuschauer unsere Vorbereitungszeit genutzt, um ihre Weihnachtseinkäufe auf dem Markt zu erledigen. Ich sehe Taschen mit Deko-Artikeln, Schmuck und selbst gestrickten Mützen. Aber pünktlich um eins haben sich alle wieder hier eingefunden und noch Zulauf bekommen. Bestimmt siebenhundert Menschen drängen sich auf dem Platz und applaudieren höflich, als Herr DeLuca seinen Hut hebt und die Bühne verlässt. Meine Schwester ist immer noch nicht zu sehen. Vielleicht ist sie auch noch gar nicht da. Wer weiß, wo sie war, als wir telefoniert haben. Aber sie wird kommen, ganz sicher. An diesem beruhigenden Gedanken halte ich mich fest, als Herr Schmiedeberg sich an die verbleibenden Finalisten richtet. »Ich gratuliere Ihnen, Sie haben den ersten Schritt hinter sich gebracht. Als Nächstes werden wir eine theoretische Prüfung durchführen. Das, liebes Publikum, hat einen einfachen Zweck: Der beste Lebkuchenbäcker sollte nicht nur hervorragende Lebkuchen backen können, er oder sie sollte darüber hinaus exzellente

Kenntnisse über das Handwerk vorweisen können. Ich bin sicher, unsere Kandidaten werden uns nicht enttäuschen.«

Die Zuschauer klatschen, Plakate werden geschwenkt.

Team Kathi. Go Simon.

Meine Handflächen beginnen zu schwitzen.

»Für die theoretische Prüfung werden wir Sie einzeln auf die Bühne rufen. Die verbleibenden Kandidaten bitten wir, vor der Bühne auf ihren Auftritt zu warten. Wir beginnen mit …«

Bitte nicht ich, bitte nicht ich, bitte nicht …

»Yasmin Bakare.«

Die Frau von der Münchener Konditorei nickt und tritt nach vorne. Sie sieht furchtlos aus. Meine Knie zittern, als ich den anderen die Treppen hinunter folge.

Vor der Bühne wurde ein kleiner Bereich abgesperrt, in dem wir warten dürfen. Ein livrierter Helfer verteilt kleine Becher mit Wasser und Punsch, aber ich lehne ab. Mein Magen schlägt ohnehin schon Saltos.

»Katharina? Katharina, hier drüben!«

Ich fahre herum. Auf der anderen Seite der Absperrung winken mir zwei Frauen zu. Die jüngere von ihnen hält ein *Team Kathi*-Schild in der Hand.

»Hey.« Ich gehe auf sie zu, mustere sie unauffällig. Die Frau mit dem Schild ist vermutlich etwa in meinem Alter, ihre Begleiterin hat graue Haare unter einer bunten Strickmütze. Ich habe sie noch nie gesehen. »Danke, dass ihr … also …« Ich deute etwas unbeholfen auf das Schild. »Dass ihr gekommen seid.«

»Auf jeden Fall«, sagt die Jüngere. »Ich verfolge deinen Account schon seit Wochen und liebe die Rezepte! Seitdem du mir erklärt hast, wie ich richtig Hefe ansetze, habe ich schon dreimal eigene Zimtschnecken gebacken. Oh, ich bin übrigens Vera835.«

»Ah, natürlich!« Mir geht ein Licht auf. »Wir haben doch vor ein paar Tagen noch geschrieben, weil du wissen wolltest, ob man bei den Mandelplätzchen statt Weizen- auch Dinkelmehl benutzen kann.«

»Ganz genau. Meine Oma verträgt das nämlich nicht so gut.«

»Leider wahr«, sagt die ältere Dame. »Aber die Dinkelplätzchen waren köstlich.«

»Das freut mich!« Ich erwidere ihr Lächeln. »Genau so soll es sein.«

»Ich bin Ihnen wirklich zu Dank verpflichtet, junge Frau«, fährt sie fort. »Seit meine Enkelin auf ihrem Handy diese ganzen Rezepte liest, kommt sie viel häufiger vorbei. Sie bringt mir Plätzchen mit, oder wir backen zusammen, so wie früher, als sie noch klein war.«

Vera schlingt ihren Arm um ihre Großmutter, drückt sie an sich. Ich werde rot. »Sehr gerne! Ich freue mich wirklich, dass Sie etwas damit anfangen können!«

»Total. Ich bin wirklich froh, dass meine Freundin mir dieses Video geschickt hat, sonst wäre ich nie auf dich gestoßen.«

Bei der Erinnerung an meinen gefilmten Streit mit Simon möchte ich am liebsten im Boden versinken. Aber ich bin auch ein kleines bisschen neugierig. »Also, nicht, dass ich nicht dankbar bin, aber wieso habt ihr euch für mich entschieden? Wieso seid ihr nicht auf Simons Seite?«

Vera grinst. »Ich weiß, wie es ist, in einem Familienunternehmen zu arbeiten. Meine Eltern haben eine kleine Schneiderei in

Ulm. Außerdem warst du mir einfach direkt sympathisch. Endlich mal eine Frau, die sich nicht schämt, mit Butter und Zucker zu backen.«

»Genau!«, schaltet sich eine weitere Zuschauerin ein. Sie sieht jünger aus, vielleicht achtzehn oder neunzehn, und trägt einen samtblauen Wintermantel. »Das hat mir echt total geholfen. Alle meine Freundinnen zählen jedes Gramm Zucker in ihren Smoothie-Bowls. Dabei sind die höchstens halb so breit wie ich.« Sie senkt den Blick. »Es hat so gutgetan, dich zu sehen. Deine Rezepte, bei denen es nicht um möglichst wenig Kalorien geht, sondern um Geschmack. Egal, wie jemand aussieht.«

Mir schnürt sich die Kehle zu. Die ganze Zeit habe ich hauptsächlich Fotos und Rezepte gepostet, um mit Simon mithalten zu können. Habe die Anzahl meiner Follower als Hinweis für meinen Erfolg betrachtet, ohne mir darüber im Klaren zu sein, dass hinter jedem Usernamen oder Kürzel ein Mensch steckt.

»Ich wäre so gerne so selbstbewusst wie du«, flüstert sie.

Ich schnaube. »Selbstbewusst? Ich?«

Sie schaut erschrocken auf, und ich halte inne, denke noch mal nach. »Doch, ich schätze, ich bin schon selbstbewusst. Zumindest in manchen Bereichen. Ich bin eine Frau, die gerne backt und gerne Kekse isst. Und das ist verdammt noch mal gut so.« Ich lächele sie an. »Meiner Meinung nach hat jeder von uns Kekse verdient, die tatsächlich nach Keks schmecken.«

Sie erwidert mein Lächeln zaghaft. »Ja. Das denke ich auch.«

»Dann lass dir von keinem was anderes einreden.« Ich trete einen Schritt zurück, schaue zwischen ihr und Vera und ihrer

Oma hin und her. »Danke. Dafür, dass ihr heute hier seid. Ihr habt keine Ahnung, was mir das bedeutet.«

Die drei Frauen strahlen mich an. »Wir glauben an dich, Kathi. Café Lindenthal!« Vera schwenkt ihr Plakat.

Als mein Name aufgerufen wird, tragen mich die Worte der drei Frauen die Treppe zur Bühne hoch. Dort steht ein einzelner Stuhl auf der linken Seite, parallel zum Rand der Bühne. Die drei Juroren stehen ihm direkt gegenüber.

»Setzen Sie sich, Frau Lindenthal.« Herr Schmiedeberg deutet auf den Stuhl. Jemand reicht mir ein Mikrofon. Ich riskiere einen kurzen Blick in die Menge, in der Hoffnung, jetzt vielleicht Theresa zu entdecken. Stattdessen sehe ich Hunderte Augenpaare, die auf mich gerichtet sind.

Mein Hals wird trocken.

»In diesem Wettbewerb geht es um Bayerns besten Lebkuchen, aber das ist nicht alles. Der heutige Sieger muss jeden Bereich des Konditorenhandwerks verstehen, muss mit seinem Wissen aus der Menge herausstechen. Das Hotel Excelsior erwartet höchste Qualität.« Der Juror fixiert mich. »Also, fangen wir an: Beschreiben Sie mir den Unterschied zwischen Kakaobutter und Kakaomasse.«

Ich starre ihn an. Mein Gehirn fühlt sich an wie in Watte gepackt. Es ist wie damals bei der Meisterprüfung. Nur wird es jetzt keinen zweiten Versuch geben.

»Frau Lindenthal? Der Unterschied zwischen Kakaobutter und Kakaomasse.«

»Ähm … also …. Es ist so … der …« Meine Zunge verknotet sich. Irgendwo in der Menge lacht jemand. Die beiden Jurorinnen schreiben etwas auf ihre Notizblöcke.

»Zeig es ihnen, Kathi!«

Ich fahre herum. Die Menge gerät in Unruhe, weil sich zwei Menschen den Weg bis zur Bühne bahnen. Melanie und Theresa.

Ich öffne den Mund und antworte: »Als Kakaobutter bezeichnet man das Fett aus der Kakaobohne, das man gewinnt, wenn man die Kakaobohnen presst. Kakaomasse wird durch das Vermahlen und Verflüssigen von Kakaobohnenbruchstücken gewonnen und besteht aus Kakaobutter und Kakaotrockenmasse. Beide Kakaoprodukte sind für die Konditorei wichtig, die Kakaomasse zum Beispiel bei der Produktion von Pralinen, die Kakaobutter dagegen als Ersatz für traditionelle Butter.«

»Das ist richtig.« Herr Schmiedeberg nickt, macht sich eine Notiz. »Welche Zutaten gehören auf jeden Fall in einen Mürbeteig?«

Danach geht es Schlag auf Schlag. Alle drei Juroren feuern Fragen auf mich ab wie in einem Kreuzverhör. Aber ich gerate nicht einmal ins Stocken. Als Herr Schmiedeberg mich mit: »Vielen Dank, das wäre es dann für Sie«, entlässt, bricht die Menge in Applaus aus. Über dem Lärm höre ich gar nicht, wie der nächste Teilnehmer aufgerufen wird, bis ich am Fuß der Treppe direkt vor Simon stehe. Unsere Blicke treffen sich.

»Du warst super da draußen. Ganz im Ernst.«

»Danke. Ich meine, ich weiß.«

Sein vorsichtiges Lächeln wird breiter, bringt das Grübchen zum Strahlen.

»Mach es besser«, sage ich so unberührt wie möglich und steige die letzte Stufe nach unten. Dabei landet mein Fuß auf einer gefrorenen Pfütze und rutscht zur Seite weg. In einer schnellen Bewegung umfasst Simon meine Hüfte und verhindert einen schmerzhaften Sturz aufs Pflaster.

»Hey, immer langsam.«

Ich stütze mich an seiner Brust ab, kralle die Finger in seine Winterjacke. Unter meinen Handflächen klopft sein Herz.

»Danke.«

»Kein Problem.«

Ich stehe wieder sicher auf den Füßen, aber er lässt nicht sofort los. Ich auch nicht. So nah waren wir uns zuletzt in unserer Backstube, kurz bevor er mich geküsst hat.

»Simon Bergmüller bitte auf die Bühne!«.

Wir zucken beide zusammen. Er lässt mich so abrupt los, als hätte er auf eine heiße Herdplatte gefasst und eilt an mir vorbei die Stufen hoch.

Kapitel 29

Ich bekomme kaum mit, wie die restlichen Kandidaten ihre Theorieprüfungen ablegen. Nachdem ich vergeblich versucht habe, mich durch die Zuschauermenge zu Theresa und Melanie durchzuschlagen, verkrieche ich mich vor den neugierigen Journalisten im weißen Container. Dort gehe ich im Kopf wieder und wieder die Skulptur und das Design durch, für das ich mich im letzten Moment entschieden habe. Jedes Mal, wenn jemand den Raum betritt, fahre ich zusammen. Aber es ist nie Simon. Gut so. Den kann ich jetzt gerade wirklich nicht gebrauchen.

Auch ohne seine Anwesenheit geht mir unsere Begegnung am Fuß der Treppe nicht mehr aus dem Kopf. Was auch damit zusammenhängt, dass einige der Zuschauer sie sofort festgehalten haben. Ich war kaum ein paar Schritte von der Bühne weg, da landete das erste Foto von uns auf Instagram. Simon hält mich eng umschlungen, ich schaue mit großen Augen zu ihm auf.

Das Ende des #bakerybattle? Simon und Katharina: Die heißeste Enemies-to-Lovers-Romanze dieser Saison?#Lindenmüller#Bergthal

Der Gedanke löst bei mir einen spontanen Würgereflex aus. Trotzdem bringt ein kleiner, verräterischer Teil von mir mich dazu, das Foto immer wieder anzusehen. Wie Simon mich im Arm hält. Der Ausdruck auf seinem Gesicht, irgendwo zwischen amüsiert und besorgt. Dieser Teil fragt sich, wie es weitergegangen wäre, hätte man ihn nicht in diesem Moment auf die Bühne gerufen. Wären wir gerade nicht mitten in einem Wettbewerb, der über das wirtschaftliche Überleben unserer Unternehmen entscheidet.

Hätte er mich noch mal geküsst?

Hätte ich das gewollt?

Will ich das immer noch?

Ich stecke das Handy in die Tasche und springe auf, gehe im Container auf und ab.

Was ich dafür geben würde, jetzt mit Theresa sprechen zu können! Ein kurzer Blick durch das Containerfenster auf die Rathausuhr zeigt, dass der Wettbewerb in zehn Minuten weitergeht. Nicht mehr genug Zeit, um den ganzen Marktplatz nach ihr abzusuchen. Außerdem stehen mindestens ein Kamerateam und zwei Frauen mit Mikrofonen im Wartebereich. An denen komme ich sicher nicht unbemerkt vorbei, und meine Nerven liegen jetzt schon blank. Ein Interview ist das Letzte, was ich gerade brauche. Mittlerweile sind die zwanzig Minuten um, und meine Lebkuchen sollten fertig sein. Hoffentlich schaltet sich der Ofen auch wie geplant aus. Wenn jetzt gerade mein Teig verbrennt, während ich hier stehe, ist alles vorbei.

Mein Atem geht in kurzen, flachen Stößen und mir wird flau im Magen.

Du hyperventilierst, Kathi, sagt eine Stimme in meinem

Kopf, die ein bisschen wie Theresa klingt. Setz dich hin, und atme tief durch.

Ich lasse mich auf einen der weißen Plastikstühle sinken und hänge den Kopf zwischen meine Knie.

Durch die Nase ein. Durch den Mund aus.

Ein. Aus.

Was würde Mama wohl sagen, wenn sie mich jetzt hier sehen würde?

Die Tränen kommen ungebeten, tropfen auf den Linoleumboden unter mir.

»Frau Lindenthal?« Einer der Helfer steckt den Kopf durch die Tür. »Sind Sie bereit? Es geht gleich weiter.«

»Ja, natürlich. Komme sofort.« Eilig wische ich mir mit einem Jackenärmel über das Gesicht. Zum Glück hat sich mein Puls so weit beruhigt, dass ich nicht umfalle, als ich aufstehe. Im Container gibt es keinen Spiegel, also kann ich nicht prüfen, ob meine Wimperntusche verschmiert oder mein Zopf durcheinandergeraten ist.

Dann eben nicht. Ich richte meinen Schal, hebe mein Kinn und trete nach draußen. Irgendjemand schießt ein Foto, eine Radio-Journalistin kommt mit gezücktem Mikro und entschlossenem Gesichtsausdruck auf mich zu. Dankenswerterweise rettet mich in diesem Moment Herr Schmiedeberg. »Wir bitten alle Teilnehmer, sich wieder auf der Bühne einzufinden. Wir beginnen mit dem wichtigsten Teil des Wettbewerbs: dem Bau der Lebkuchenskulpturen.«

Die Turmuhr über uns schlägt zwei Uhr, als wir alle die Treppe zur Bühne hochsteigen. Ich mustere die anderen Teilnehmer aus den Augenwinkeln. Das Vater-Sohn-Duo ist nicht mehr dabei, offensichtlich in der Theorieprüfung ausgeschieden. Die Frau in der pinken Schürze ist genauso blass wie ihre weiße Hose und knetet ihre Hände. Die beiden Auszubildenden flüstern eindringlich miteinander. Der Mann vor mir murmelt die ganze Zeit vor sich hin. »Erst die Hinterwand, dann die Säulen, dann das Giebeldach. Hinterwand, Säulen, Dach.«

Simon geht hinter mir, sodass ich ihn nicht sehen kann. Wie er wohl in der Theorie abgeschnitten hat? Wir stellen uns alle wieder vor unseren Kabinen auf, und ich riskiere einen kurzen Seitenblick. Er steht stocksteif da, die Lippen zusammengepresst, die Hände hinter dem Rücken verschränkt.

Er ist nervös. Gut so, das sollte er auch sein.

Als wüsste er, was ich gerade denke, schaut er in diesem Moment zu mir herüber. Der Hauch eines Lächelns huscht über sein Gesicht, dann dreht er sich wieder nach vorne.

Es genügt, um meine Knie in Wackelpudding zu verwandeln.

»Meine Damen und Herren, wir läuten jetzt den letzten Teil unseres Wettbewerbs ein. Unsere Kandidaten haben eine Stunde Zeit, um aus dem vorbereiteten Teig ein Lebkuchen-Kunstwerk ihrer Wahl zu errichten«, verkündet Herr Schmiedeberg. »Wir werden die Ergebnisse nach drei Kriterien bewerten: Kreativität der Idee, Qualität der Umsetzung und Geschmack des Endprodukts. Nur wer in allen drei Kategorien überzeugen kann, hat eine Chance auf den Sieg, das Preisgeld von 10.000 Euro und eine einjährige Kooperation mit dem Excelsior-Hotel in München.«

Mein Herz schlägt wie ein Presslufthammer in meiner Brust. Wir müssen gewinnen. Egal, wie.

»Wir wünschen allen Kandidaten viel Erfolg. Die Zeit läuft ab … jetzt!«

Ich wirbele herum und sprinte zum kleinen Ofen in meiner Kabine. Der süße Duft nach Vanille, Zimt und Honig strömt mir entgegen, als ich die Ofenklappe öffne und meine beiden Bleche herausnehme. Auf den ersten Blick sieht der Teig gut aus. Ein sattes Dunkelbraun, keinerlei Spuren von Verbrennungen. Fest, aber nicht zu hart. Perfekt zum Bau eines Lebkuchenhauses.

Während der Teig abkühlt, mische ich den Zuckerguss aus Puderzucker und dem Eiweiß, das ich vorhin zur Seite gestellt habe. Dann ziehe ich eine Linie aus Zuckerguss auf die Glasplatte, die ich als Fundament verwende. Als Nächstes greife ich nach der ersten Seitenwand und presse sie vorsichtig in den Zuckerguss. Ich stütze sie mit meinem Messbecher ab, dann stelle ich die zweite Wand auf. So arbeite ich mich langsam vor, setze ein Teil an seinen Platz, warte, bis der Zuckerguss es trägt und gehe zum nächsten über. Es ist eine langsame, beinahe meditative Arbeit, über die ich alles andere vergesse. Meine Hände sind routiniert, mein Kopf ist klar. Hier drin existieren keine Zuschauer, kein Wettbewerb, kein Simon. Es gibt nur mich und den Teig.

Schritt für Schritt entsteht vor mir eine Lebkuchenskulptur, die das Bild in meinem Kopf übertrifft. Mit jedem gelungenen Handgriff werde ich selbstsicherer. Vielleicht kann ich es tatsächlich schaffen. Als Herr Schmiedeberg draußen verkündet, dass wir noch fünfzehn Minuten Zeit haben, setze ich das letzte Stück an seinen Platz. Jetzt fehlt nur noch die Dekoration. Ich greife zur Spritztülle mit dem Zuckerguss und mache mich ans Werk.

»Hey.« Ohne Vorwarnung taucht Simons Kopf plötzlich neben der hinteren Holzwand auf.

Ich reiße die Spritztülle hoch, verwackele eine Linie. »Was zur Hölle soll das werden?«

Er zieht den hinteren Vorhang meiner Kabine ein Stück zur Seite und tritt um die Wand herum. Im nächsten Moment steht er mir direkt gegenüber.

»Ich wollte dich sehen. Und das hier ist meine letzte Chance.«

»Bist du völlig verrückt? Wir könnten beide disqualifiziert werden! Hau ab!«

»Dann sage ich, dass ich zu dir gekommen bin. Dass du nichts damit zu tun hattest.«

Ich werfe einen schnellen Blick über meine Schulter. Draußen auf der Bühne unterhält Herr Schmiedeberg die Zuschauer mit Anekdoten aus seiner Ausbildungszeit. Aber wo sind die anderen beiden Jurorinnen?

»Sie können jeden Moment reinkommen«, flüstere ich. »Also was auch immer du hier willst, mach es schnell.«

Vor meinem inneren Auge läuft ein Film ab, in dem Simon mich an sich zieht und küsst. Eilig, brennend, leidenschaftlich. Meine Wangen werden heiß. »Also?«

»Ich wollte mich bedanken«, sagt er. »Für deine Hilfe vorhin. Aber vor allem wollte ich mich entschuldigen.«

»Aha. Wer sagt, dass ich deine Entschuldigung hören will?«

»Bitte. Nur eine Minute.«

Ich verschränke die Arme vor der Brust. »Schön.«

»Ich weiß, ich hätte den Auftrag für die Weihnachtsfeier niemals annehmen dürfen. Ich wusste schließlich, wie wichtig er für euch war.«

»Verdammt richtig! Als ich gehört habe, dass du ihnen ein besseres Angebot gemacht hast ...«

»Aber das habe ich nicht!« Er merkt zu spät, wie laut er spricht. Wir frieren ein, warten auf das verhängnisvolle Geräusch sich nähernder Schritte. Aber es bleibt ruhig.

»Das habe ich nicht«, wiederholt er leise, eindringlich. »Ich habe dir ja erzählt, dass ich über das Wochenende nach München musste. Ein wichtiges geschäftliches Familientreffen. Dort hat man mir ziemlich deutlich gemacht, dass unsere Zahlen nicht das sind, was sie sein sollten. Dass man mir noch ein halbes Jahr gibt, um daran etwas zu ändern, bevor man andere Maßnahmen«, er malt mit den Fingern Anführungszeichen in die Luft, »ergreifen würde.«

»Deine Familie will dich rausschmeißen?«

Er verzieht das Gesicht. »So würde man das natürlich nicht ausdrücken. Aber beim Geschäft zählt für meine Eltern nur der Erfolg, sonst nichts.«

Ich denke an meine Mutter, die mich auch nach dem dritten misslungenen Lebkuchenversuch noch ermutigt hat, und mein Herz zieht sich zusammen. »Trotzdem hattest du kein Recht, uns einen Stammkunden wegzunehmen.«

»Ich weiß. Und ich bereue es jeden verdammten Tag, den du nicht mit mir sprichst.« Er räuspert sich. »Aber als mich am Sonntagabend eine Mitarbeiterin des Konzerns anrief und fragte, ob ich ihnen für einen festen Preis Gebäck für die Weihnachtsfeier liefern könnte, habe ich einfach zugesagt.«

»Warte. Die Auto-Heinis sind auf dich zugekommen?«

»Ja. Eine Frau aus der Marketing-Abteilung hat angerufen

und mir einen Preis genannt. Sie hat gefragt, ob ich den unterbieten kann.«

»Cosima Winters.« Ich schüttele den Kopf. »Diese intrigante …«

»Ja, so hieß sie!«

»Ich glaub das nicht! Sie war offensichtlich bereit, alles zu tun, um dich rumzukriegen.«

»Was? Wovon sprichst du?«

»Ich bitte dich! Seit Wochen schleicht diese Frau in ihrem Designermantel um deinen Stand herum und kauft Lebkuchen, obwohl sie eigentlich nur Low Carb isst. Was glaubst du wohl, wieso?«

Als wäre die ganze Situation nicht schon absurd genug, wird Simon tatsächlich rot. »Das … das habe ich gar nicht bemerkt.«

»Nein? Ernsthaft!?«

»Ich hatte eben andere Dinge im Kopf.« Das Rot seiner Wangen vertieft sich.

»Ach wirklich?« Ich schaue ihm direkt in die Augen, gehe aufs Ganze. »Was denn zum Beispiel?«

»Da war natürlich der Weihnachtsmarkt, der Wettbewerb, der finanzielle Druck.« Er schluckt, sein Adamsapfel tanzt auf und ab. »Aber vor allem war da diese talentierte, selbstbewusste, schlagfertige Konditorin, die ich nicht mehr vergessen kann. An die ich denke, seit ich sie vor einem Monat in einem Münchener Club getroffen habe, während im Hintergrund Electro-Weihnachtsmusik lief.«

»Ist das so, ja?« Mein Herz setzt einen Schlag aus.

»Ja.« Er kommt noch einen Schritt auf mich zu. Der Abstand

zwischen unseren Körpern wird minimal. Nur eine kleine Bewegung, dann könnte ich mein Gesicht an seine Brust schmiegen. Ihn küssen.

»Kannst du mir verzeihen, Kathi? Ich weiß, du hältst mich für einen egoistischen, opportunistischen Snob, der für seinen Platz auf diesem Markt sogar eine nette alte Dame verdrängt hat.«

»Ja.« Meine Stimme ist nicht mehr als ein Hauch. »Das tue ich.«

»Das hab ich wohl verdient.« Sein Atem streichelt meine Wangen. »Aber du musst wissen, dass ich von der alten Dame nichts wusste. Meine Familie hat den Stellplatz gekauft, um unser Portfolio zu erweitern. Und was den Rest angeht: Gib mir eine Chance, dir das Gegenteil zu beweisen.«

Mir läuft ein Schauer über den Rücken. Es kostet mich all meine Willenskraft, die Distanz zwischen uns aufrechtzuerhalten. Sobald wir uns berühren, kann ich für nichts mehr garantieren.

»Und wie?«

Sein Gesicht nähert sich meinem. Meine Augen schließen sich wie von selbst, meine Lippen heben sich seinen entgegen. Aber er dreht den Kopf im letzten Moment zur Seite, flüstert mir ins Ohr: »Ich könnte einfach hierbleiben, bis die Zeit um ist. Meine Skulptur bleibt unvollständig. Du gewinnst den Wettbewerb, das Geld und die Kooperation.«

Ich reiße die Augen auf. »Aber was ist mit eurem Geschäft? Deiner Familie?«

»Das ist mir egal.« Er zieht den Kopf zurück, sucht meinen Blick. Seine Pupillen sind geweitet. »Du bist mir wichtiger.«

Wärme durchflutet mich, ein Gefühl wie perlender Sekt um Mitternacht. Es verleiht mir die nötige Kraft, einen großen Schritt zurückzutreten.

»Nein.«

Sein Gesicht fällt zusammen, seine Schultern sacken nach unten. »Nein?« Für einen Moment sieht es so aus, als wollte er weiterdiskutieren, dann nickt er. »Das muss ich akzeptieren. Danke für deine Zeit, Kathi …«

»Simon, warte.« Ich greife nach seinem Arm, halte ihn auf. »Entschuldigung angenommen. Aber wenn ich diesen Wettbewerb gewinne, dann tue ich es richtig. Fair. Also beweg deinen Hintern zurück in deine Kabine und verliere wie ein Mann.«

Er blinzelt. Dann breitet sich ein Lächeln auf seinem Gesicht aus wie ein Sonnenaufgang im Frühling. »Dein Wunsch ist mir Befehl.«

Bevor ich reagieren kann, beugt er sich nach vorne und haucht einen Kuss auf meine Lippen. Im nächsten Moment ist er verschwunden. Ich bleibe zurück, mit donnerndem Herzschlag und nur noch zehn Minuten bis zum Ablauf der Zeit.

Kapitel 30

Meine Damen und Herren, der Moment ist gekommen: Wir bitten alle Kandidaten, ihre Vorhänge beiseitezuziehen und ihre Lebkuchenkreationen zu präsentieren!«

Herrn Schmiedebergs Stimme reißt mich aus meiner kreativen Monotonie. Ich setze die letzte Schokolinse an ihren Platz und trete einen Schritt zurück, um mein Werk zu begutachten.

Ist das gut genug? Wird es im Vergleich mit den anderen bestehen?

»Jetzt ist es zu spät, etwas daran zu ändern«, murmele ich. Zuletzt hebe ich die Glasplatte vorsichtig auf den kleinen Rollwagen, der unter der Arbeitsfläche bereitsteht und ziehe meinen Vorhang zurück.

Ein Raunen geht durch die Zuschauer, als die Finalisten nacheinander aus ihren Kabinen treten. Es wird mit den Fingern gezeigt, mit Plakaten geschwenkt, diskutiert. Ich widerstehe der Versuchung, die Kreationen der anderen zu begutachten, schaue stur geradeaus. Suche in der Menge nach meiner Schwester, der Einzigen, deren Reaktion wirklich zählt. Dann entdecke ich sie, direkt neben Melanie in der zweiten Reihe.

Theresas Augen weiten sich, als sie meine Lebkuchenskulptur

sieht. Einen furchtbar langen Moment befürchte ich, es würde ihr nicht gefallen. Dann breitet sich ein Lächeln auf ihrem Gesicht aus.

Die Juroren begeben sich mit Klemmbrettern bewaffnet an den rechten Rand der Bühne neben die erste Kabine.

»Wie bereits angekündigt, wird jeder Teilnehmer nach drei Kriterien bewertet: Kreativität, Umsetzung und Geschmack. Wir beginnen bei Ihnen, Frau Bakare. Was haben Sie für uns gezaubert?«

Herr Schmiedeberg reicht ihr das Mikrofon. Sie hat ein filigran gearbeitetes Schloss aus Lebkuchen errichtet, auf dessen Dächern Schnee aus Zuckerguss liegt. Die Bäckerin erzählt, dass sie als Kind immer davon geträumt hat, ein solches Spielzeugschloss zu besitzen. Es sieht wirklich so märchenhaft aus, als wäre es aus dem Traum eines kleinen Mädchens gefallen. Auch beim Geschmackstest scheinen die Juroren überzeugt zu sein. »Nicht zu weich, nicht zu hart, angenehme Vanillenote«, sagt Isabelle LaCroy. Das Publikum applaudiert. Weiter geht es mit den beiden Auszubildenden, die den Eiffelturm nachgestellt haben.

»Wir haben uns Fotos zum Vorbild genommen, die wir letztes Jahr im Urlaub gemacht haben«, erklärt eine der beiden mit wackeliger Stimme. »Wir … also meine Zwillingsschwester und ich dachten … also …«

Die Schwestern tauschen einen Blick, dann gibt sie das Mikro weiter.

»Was meine Schwester sagen will: Wir haben schon immer gerne gebacken. Viel mehr, als unsere Familie essen konnte und sie haben es wirklich versucht.«

Die Menge lacht.

»Deshalb haben wir ja auch eine Konditorlehre angefangen. Und weil Papa aus Paris kommt, und er da Mama kennengelernt hat, wollten wir etwas präsentieren, das an die beiden erinnert.«

Die Fans der Zwillinge schwenken begeistert ihre Fähnchen. Eine Frau schnäuzt geräuschvoll in ein Taschentuch.

Die Juroren nicken anerkennend, nachdem sie den Teig probiert haben. Mit jedem weiteren Kandidaten rutscht mein Herz eine Etage tiefer.

»Kommen wir nun zu Simon Bergmüller. Was haben Sie vorbereitet?«

Simon räuspert sich. »Ich weiß, dass ich noch nicht sehr lange in dieser Stadt lebe. Aber in den wenigen Wochen ist mir Falkenhain ans Herz gewachsen. Viel mehr, als ich es erwartet hatte. Die hübschen alten Häuser, die gemütlichen Gassen, aber vor allem die Menschen.«

Aus den Augenwinkeln sehe ich, wie er einen kurzen Blick zu mir herüberwirft. Meine Lippen kribbeln in Erinnerung an seine Berührung.

»Deshalb wollte ich dieser Stadt ein kleines Denkmal setzen.«

Er tritt zur Seite und gibt den Blick auf sein Werk frei. Ohs und Ahs ertönen aus der Menge, dann bricht Applaus aus. Auch die Juroren wirken beeindruckt. »Das ist in der Tat beachtlich«, sagt Frau LaCroy. »Diese Dimensionen, dieses Auge fürs Detail!«

Meine Neugier siegt, und ich riskiere selbst einen Blick auf Simons Werk. Mir stockt der Atem. Er hat ein Panorama von Falkenhain aus Lebkuchen gebaut. Da ist das Rathaus mit dem

Marktplatz, die Kirche, die alte Grundschule. Dazwischen eine Handvoll kleine Wohnhäuser, Straßen, sogar Bäume, auf deren Zweigen glitzernder Zuckerschnee liegt.

Es ist wunderschön.

Ich bekomme kaum mit, wie die Juroren seinen Teig probieren, anerkennend nicken und sich Notizen machen. Meine Augen können sich nicht von dem Modell lösen. Es ist offensichtlich, wie viel Arbeit er hineingesteckt hat, wie genau er auf Kleinigkeiten geachtet hat. Sein Modell ist eine Liebeserklärung aus Lebkuchen an meinen Heimatort. Ich habe ihn noch nie so sehr küssen wollen wie in diesem Moment.

»Frau Lindenthal, was haben Sie für uns?«

Ich fahre zusammen. Die drei Juroren stehen mittlerweile vor mir und sehen mich abwartend an. Ich schlucke, sende ein stummes Gebet in den Himmel. An Mama. Dann ergreife ich das Mikrofon.

»Ich habe wirklich lange überlegt, was ich für das Finale kreieren soll. Was gut genug wäre, pompös und beeindruckend und ungewöhnlich, um diesen Wettbewerb zu gewinnen.« Meine Stimme klingt dünn über die großen Lautsprecher. »Überhaupt habe ich alles darangesetzt, heute zu gewinnen. Jemand anderen zu besiegen.« Simon tritt neben mir von einem Bein auf das andere.

»Darüber habe ich alles andere vergessen. Ganz besonders die, für die ich es eigentlich mache.«

Ich suche Theresa, finde sie inmitten der Menschenmenge. »Meine Mutter hat immer gesagt, ein gutes Rezept muss man nicht ändern. Ich glaube, sie hatte gleichzeitig recht und unrecht. Traditionen sind eine schöne Sache. Sie erinnern uns daran, wer wir sind und woher wir kommen. Aber an ihnen festzuhalten, um jeden Preis, das kann zu einem Gefängnis werden. Uns in der Vergangenheit festhalten.« Meine Worte gewinnen an Kraft. »Manchmal müssen wir uns verändern, auch wenn wir nicht wissen, was diese Veränderung mit sich bringen wird. Auch wenn die Zukunft uns Angst macht. Mir geht es zumindest so. Aber ich bin ja nicht allein.« Theresa wischt sich über die Augen. Ich schlucke den Kloß in meinem Hals hinunter, spreche weiter. »Deshalb habe ich kein Schloss gebaut, kein berühmtes Bauwerk. Sondern den Verkaufswagen meiner Familie. Wenn Sie schon mal hier auf dem Weihnachtsmarkt waren, erkennen Sie ihn vielleicht. Meine Mutter hat ihn vor zwanzig Jahren gekauft, und seitdem sind wir jeden Winter hier, verkaufen Lebkuchen nach ihrem Rezept. Und auch wenn sie jetzt nicht mehr dabei ist, hoffe ich, dass sie stolz auf uns wäre.«

Im ersten Moment ist es still auf dem Marktplatz. Alle schauen mich an, mich und mein Lebkuchenmodell mit Rädern aus runden Teigrollen, einer Markise aus roter Modelliermasse, einer Tannengirlande aus grünen Lakritzstreifen verziert mit goldenen Kugeln aus Schokolinsen. Dann beginnen die Ersten zu klatschen. Der Applaus verbreitet sich wie ein Lauffeuer, bis die Zuschauer vor meinen Augen verschwimmen.

»Eine ungewöhnliche Idee«, sagt Aysun Demir. Ich bin mir nicht sicher, ob das ein Kompliment ist oder nicht. Herr Schmiedeberg notiert sich etwas auf seinem Bewertungsbogen. Alle probieren meinen Teig und nicken einander zu, bevor sie zum nächsten Kandidaten weiterziehen. Sobald alle Finalisten ihre Modelle vorgestellt haben, ziehen sich die drei Juroren zur Beratung in den weißen Container zurück. Wir Kandidaten werden angewiesen, für Fotos neben unseren Lebkuchengebilden stehen zu bleiben. Die Journalistin von *Genuss pur*, die vorhin das Bild von Simon und mir gemacht hat, kommt noch mal vorbei, hebt die Kamera vors Gesicht. Blitzlicht leuchtet auf. Weitere Journalisten nähern sich. Irgendjemand hält mir ein Radiomikrofon unter die Nase.

»Wie lange sind Sie schon Konditorin? Was würde ein Sieg für Sie bedeuten? Was sagen Sie zu den Kreationen Ihrer Kontrahenten?«

Ich bekomme kaum ein Wort heraus. Das Mikrofon zieht weiter.

Zwischendurch werfe ich immer wieder einen Blick auf die Tür des weißen Containers. Aber die Juroren lassen sich Zeit. Ich widerstehe dem Impuls, auf- und abzulaufen, knete meine Finger hinter dem Rücken. Simons Nähe macht es nicht einfacher, ruhig zu bleiben.

»Das sieht wirklich toll aus«, sagt er leise. »Du hättest den Sieg verdient.«

Er wirft mir ein kleines Lächeln zu. Mein Gehirn verwandelt sich in Zuckerwatte.

»Du auch. So sehr es mich schmerzt, das zuzugeben.«

»Was soll jetzt bloß aus unserem medialen Machtkampf werden? Was sagen wir den Menschen mit den *Team-Kathi*-Plakaten?«

»Oder die mit den *Go-Simon*-Fähnchen?«

»Die sind doch eigentlich ganz hübsch. Vielleicht schenken sie sie mir, die würden sich bestimmt gut in meinem Vorgarten machen.«

Ich ersticke ein amüsiertes Schnauben in meinem Mantelkragen.

»Du spinnst.«

»Schon möglich.« Er zwinkert mir zu. »Aber genau das magst du doch an mir.«

»Jetzt werde nicht gleich größenwahnsinnig.«

»Hey.«

Ich drehe den Kopf, schaue ihn direkt an. »Hey.«

»Nur fürs Protokoll: Ich bin einhundert Prozent Team Kathi.«

Mir bleibt eine Antwort im Hals stecken, denn in diesem Moment kommen die drei Juroren wieder auf die Bühne.

»Meine Damen und Herren, darf ich um Ihre Aufmerksamkeit bitten?«

Augenblicklich verstummen alle Gespräche. Herr Schmiedeberg räuspert sich. »Wir haben uns diese Entscheidung nicht leicht gemacht. Schließlich haben alle Finalisten heute außergewöhnliches Talent gezeigt. Aber nach gründlicher Beratung haben wir schließlich eine Person bestimmt, deren Gebäck ab jetzt offiziell den Titel ›Bester Lebkuchen Bayerns‹ tragen darf.« Er lässt den Blick durch die Runde wandern, während das Gewicht seiner Worte einsinkt. Ich suche in seinem Gesicht nach irgendeinem Hinweis darauf, wen sie ausgewählt haben, aber sein Pokerface ist perfekt.

»In diesem Sinne wollen wir Sie alle nicht länger auf die Folter spannen. Frau LaCroy, wenn ich bitten dürfte?«

Die Angesprochene hält einen Umschlag in der Hand, den sie auf sein Zeichen hin öffnet. Sie zieht ein Blatt Papier hervor, faltet es auf und streicht es glatt. Es ist vollkommen still auf dem Marktplatz.

Herr Schmiedeberg reicht ihr das Mikrofon.

»Ich freue mich zu verkünden, dass der Sieger des heutigen Wettbewerbs, der mit seiner außergewöhnlichen Kreativität und Liebe zum Detail überzeugt hat …« Sie legt eine dramatische Pause ein.

Ich vergesse, wie man atmet.

»… Simon Bergmüller heißt!«

Kapitel 31

Nach einer Sekunde des Schweigens bricht lauter Jubel aus. Fahnen werden geschwenkt und Kameras auf den Sieger gerichtet. Eiskalte Enttäuschung steigt in mir hoch, dicht gefolgt von Panik.

Das war meine letzte Chance! Was soll jetzt aus dem Café Lindenthal werden?

Während Simon nach vorne geht, um das Mikrofon entgegenzunehmen, starre ich blind in die Menge, kämpfe mit den Tränen. Ich blinzele heftig, atme tief ein und aus, aber es hilft nicht. Der Verkaufswagen aus Lebkuchen neben mir scheint mich zu verhöhnen.

Das ist alles, was mir vom Geschäft unserer Familie übrig bleiben wird.

Über die Köpfe der jubelnden Zuschauer hinweg sieht Theresa mich an. Aber sie sieht nicht wütend aus, nicht mal enttäuscht. Sie zuckt mit den Schultern, lächelt mir zu. Das Große-Schwester-Lächeln, mit dem sie mir schon als Kind versichert hat, dass alles gut wird. Vasen kann man kleben, gerissene Hosen nähen, aufgeschrammte Knie verpflastern.

Die Botschaft ist eindeutig: Wir kriegen das hin.

Mit jedem Atemzug werde ich etwas ruhiger. Sie hat recht. Ich weiß, dass ich heute alles gegeben habe. Wenn es trotzdem nicht gereicht hat, na gut, dann muss ich eben einen anderen Weg finden. Vielleicht einen ganz neuen Weg, den ich bisher noch gar nicht auf dem Schirm hatte.

»Ich möchte mich ganz herzlich bei Ihnen bedanken«, beginnt Simon seine Rede. »Bei der Jury, bei den Zuschauern und vor allem bei allen Freunden der Bäckerei Bergmüller, die mich in den letzten Wochen online und offline unterstützt haben.« Die Zuschauer applaudieren, einige pfeifen.

»Ganz besonders möchte ich mich aber bei der Person bedanken, ohne die mein Sieg nicht möglich gewesen wäre. Die deshalb eigentlich die Siegerin sein sollte.« Er macht eine Pause. »Sie müssen wissen, liebe Zuschauerinnen und Zuschauer, dass ich manchmal ein ziemlicher Idiot bin. Ein Idiot, dem es wichtiger ist, was andere von ihm denken, als was er selbst von sich denkt. Der egoistische Entscheidungen trifft, ohne darüber nachzudenken, wen er damit verletzen könnte. Der ein Ei fallen lässt, auch wenn es das letzte Ei ist, das für den Teig dringend gebraucht würde.«

Die Juroren wechseln verwirrte Blicke. Die Zuschauer beginnen zu tuscheln.

»Trotz all dem hat jemand mir geholfen. Obwohl das klar gegen die Regeln verstößt.«

Er dreht sich zu mir um.

»Katharina Lindenthal. Sie ist das Geheimnis meines Erfolgs.« Sein Lächeln ist wärmer als ein Kaminfeuer in einer Winternacht. »Obwohl ich diesen Preis gerne angenommen hätte, bin ich doch im Grunde ein ehrlicher Mensch. Ich habe gegen die

Regeln verstoßen, indem ich ihre Hilfe angenommen habe. Deshalb muss ich leider ablehnen.«

Er gibt Herrn Schmiedeberg das Mikrofon und geht zurück an seinen Platz, als wäre nichts passiert. Ich starre ihn sprachlos an.

»Ähm, okay. Dann … dann danke ich Ihnen für Ihre Ehrlichkeit, Herr Bergmüller«, stottert Herr Schmiedeberg. »Unter diesen Umständen bitte ich Sie, verehrte Zuschauer, uns noch einen Moment Zeit zu geben.« Die drei Juroren stecken die Köpfe zusammen. Im Publikum bricht Unruhe aus.

»Was … was war das denn gerade?«, stottere ich.

Simon zuckt mit den Schultern. »Etwas, das ich schon längst hätte tun sollen. Du hast diesen Preis verdient, Kathi.«

»Aber was ist mit der Bäckerei Bergmüller? Mit euren Geldproblemen, mit deiner Familie?«

»Dafür werde ich eine Lösung finden. Vielleicht wird es jetzt mal Zeit, dass ich die Dinge so angehe, wie ich es für richtig halte.«

Ich schüttele den Kopf. »Du hast keine Ahnung, wie gerne ich dich jetzt küssen würde.«

Sein Lächeln wird breiter, bekommt etwas Hungriges. »Niemand hält dich davon ab.«

Kribbelnde Wärme steigt in mir hoch, versammelt sich irgendwo zwischen meinem Herzen und meinem Bauchnabel. Bevor ich allerdings in aller Öffentlichkeit etwas Unüberlegtes tun kann, beenden die Juroren ihre Besprechung.

»Meine Damen und Herren, wir bitten noch mal um Ruhe. Ruhe!«

Herr Schmiedeberg wartet, bis alle Unterhaltungen verstummt sind.

»Wir befinden uns in einer ungewöhnlichen Situation. Meine Kolleginnen und ich sind zu dem Entschluss gekommen, den ersten Preis nach der Disqualifizierung von Herrn Bergmüller an die Person zu vergeben, die wir ursprünglich als Zweitplatzierte gesehen haben.«

Dieses Mal gibt es keinen Umschlag, keine dramatische Pause. Der Juror tauscht einen letzten Blick mit den beiden anderen, dann sagt er: »Der erste Platz geht an Katharina Lindenthal.«

Die Zuschauer sind außer sich. Es wird gejohlt, geklatscht, gepfiffen. Ich stehe stocksteif da, unfähig, mich zu bewegen.

»Ich habe gewonnen?«

»Ja, das hast du.« Simon gibt mir einen sanften Stoß. »Na los, nimm deinen Preis entgegen.«

Ich stolpere nach vorne, nehme wie in Trance wahr, wie die Juroren mir die Hand schütteln. Irgendjemand übergibt mir die kleine Trophäe, ein faustgroßes Lebkuchenhaus aus Gold. Ich suche Theresas Blick, hilflos, überfordert. Sie schaut mich an und nickt.

Ich weiß, was ich zu tun habe.

»Danke. Vielen Dank! Ich kann Ihnen nicht sagen, wie viel mir dieser Preis bedeutet.« Meine Hände zittern, als ich das Mikro an die Lippen hebe, aber meine Stimme ist fest. »Deswegen fällt mir der nächste Schritt nicht leicht. Aber auch ich bin manchmal eine Idiotin. Ich habe geglaubt, ich müsste alles allein schaffen und niemand wüsste es besser als ich. Ich habe mich in Dinge verrannt, ohne zu merken, was um mich herum passiert. Ich muss dringend lernen, nicht mehr in der Vergangenheit zu leben. Ich glaube, ich lerne es gerade. Aber eins habe ich mittlerweile verstanden: Ich bin nicht allein. Niemals.

Und ich habe diesen Lebkuchenwagen, für den ich gerade ausgezeichnet wurde, auch nicht allein gebaut.«

Die Juroren tauschen Blicke. Sie tun mir beinahe leid. Aber ich weiß, dass ich das Richtige tue.

»Meine Schwester Theresa hat mir geholfen. Heute, aber eigentlich schon immer. Sie hat das Café Lindenthal zu dem gemacht, was es ist und dafür gekämpft, dass es auch nach dem Tod unserer Mutter weiterbestehen kann. Sie weiß, wie man jedes missglückte Rezept rettet, und ohne ihren telefonischen Beistand gegen die Regeln hätte ich das hier«, ich deute auf meinen Lebkuchenwagen, »niemals geschafft.«

Köpfe drehen sich zu Theresa um, aber sie scheint es nicht zu bemerken. Ihre ganze Aufmerksamkeit ist auf mich gerichtet.

»Danke, Schwesterherz. Für alles.« Ich räuspere mich, aber der Kloß in meinem Hals bleibt hartnäckig. »Ich hoffe, du verstehst meine Entscheidung. Aber ich brauche diesen Preis nicht, um zu wissen, dass unsere Lebkuchen einmalig sind. Und für alles andere finden wir zusammen eine Lösung.«

Ich reiche die Trophäe zurück an den völlig verdutzten Herrn Schmiedeberg. »Ich an Ihrer Stelle würde den Eiffelturm nehmen.«

Als ich wieder zurück an meinen Platz gehe, beginnen die ersten Leute zu klatschen. Der Applaus breitet sich aus, bis er den ganzen Marktplatz erfasst hat. Aus den Augenwinkeln sehe ich, wie Cosima sich einen Weg durch die Menge zum Ausgang bahnt, ohne sich noch mal umzudrehen. Es fühlt sich verdammt gut an.

Aber nicht so gut wie Simons Hand, die sich wie selbstverständlich in meine schiebt.

»Sieht so aus, als hätte keiner von uns gewonnen«, sagt er leise.

»Das ist eine mögliche Interpretation.« Ich drücke seine Hand fester. Er grinst.

»Also … also das ist wirklich … Ruhe, bitte! Ruhe, meine Damen und Herren!« Herr Schmiedeberg braucht mehrere Anläufe, um sich Gehör zu verschaffen. »Das ist außerordentlich. Ich bin sprachlos, liebe Zuschauer. Zwei großartige Bäcker, die seit Wochen um diesen Titel kämpfen und dann so was …« Er zieht ein Taschentuch aus der Brusttasche seines Mantels und tupft sich die Stirn. »Das ändert jetzt natürlich noch mal alles.« Er wirkt etwas verloren, schaut zwischen seinen beiden Kolleginnen hin und her. Schließlich nimmt Aysun Demir ihm das Mikrofon ab. »In diesem Fall freuen wir uns sehr, den ersten Preis an die ursprünglich Drittplatzierten zu vergeben. Der Titel der besten Lebkuchenbäckerinnen Bayerns geht damit an Maya und Claire Hollande von der Berufsschule Ommerbach!«

Die beiden Mädchen vor dem Lebkuchen-Eiffelturm fallen sich jubelnd in die Arme. Als sie den Preis entgegennehmen und ihn triumphierend in die Höhe halten, pfeifen die Eltern und Freundinnen der beiden in den ersten Reihen. Simon und ich klatschen mit.

Für einen Moment frage ich mich, was Mama wohl sagen würde, wenn sie jetzt im Publikum stünde. Würde sie meine Entscheidung gutheißen? Wäre es das, was sie gewollt hätte?

Ich hoffe es. Ein kleiner Teil von mir ist sich sogar ziemlich sicher. Aber mehr kann ich nicht tun. Und eine Sache weiß ich genau, als Simon mich an sich zieht und mir einen Kuss auf die Stirn drückt.

Es ist das, was ich will.

Kapitel 32

Die nächste halbe Stunde fliegt vorbei. Alle Kandidaten warten noch auf der Bühne, um den glücklichen Gewinnerinnen zu gratulieren. Als Simon und ich an der Reihe sind, wirken die beiden beinahe eingeschüchtert.

»Wir sind große Fans von euch. Nur wegen Herrn Bergmüller haben wir selbst einen TikTok-Account gemacht«, sagt Maya, die größere der beiden. »Vielleicht könnten wir ja mal was zusammen machen?«

»Das ist eine tolle Idee!«, sagt Simon. »Aber ich glaube, ihr braucht unsere Unterstützung nicht mehr, um bekannt zu werden. Ihr seid jetzt die Stars.«

Maya wird rot. Ihre Schwester Claire schaut zweimal zwischen uns hin und her, bis sie herausplatzt: »Seid ihr zusammen?«

Simon sieht mich an, gibt mir die Chance, zu verneinen. Ich drücke ihm einen Kuss auf die Wange und zwinkere den beiden zu. »Das muss aber unter uns bleiben.«

Sie versprechen es uns hoch und heilig, bevor sie von ihrer auf die Bühne stürmenden Familie umringt werden.

Wir nutzen den Moment, um unauffällig zu verschwinden.

Direkt vor der Bühne warten Theresa und Melanie. Sobald ich sie sehe, lasse ich Simons Hand los und falle meiner Schwester um den Hals.

»Du bist absolut verrückt, weißt du das?«, murmelt sie in meinen Schal.

»Das muss wohl in der Familie liegen.«

Sie kichert. »Der arme Mann mit dem Mikrofon. Ihr habt ihn völlig fertiggemacht.«

»Er kommt darüber hinweg.«

Wir lösen uns voneinander, aber sie hält meine Hände weiterhin fest. »Vielleicht wissen wir beide nicht, was Mama gewollt hätte«, sagt sie leise. »Sie ist … sie war ihre eigene Frau, die uns auch nicht immer alles erzählt hat.«

»Mmh. Stimmt.«

»Und vielleicht ist das auch gar nicht so wichtig.« Sie schluckt. »Solange wir wissen, was wir wollen.«

»Ich weiß, was ich will!«, stoße ich hervor. »Ich will, dass das Café Lindenthal weiterlebt. Aber das ist nicht das Wichtigste. Viel wichtiger ist, dass du glücklich bist. Egal, wie und wo. Es tut mir wirklich leid, wie ich reagiert habe. Du hattest absolut recht, das Café ist mein Ein und Alles. Mein großer Traum. Aber du solltest deinen Traum leben können. Selbst wenn du dafür nach Timbuktu ziehen müsstest. Sag einfach Bescheid, wenn du Hilfe beim Umzug brauchst, ich packe auch die Kartons.«

Anstelle einer Antwort zieht Theresa mich wieder an sich.

Als Nächstes ist Melanie dran, umarmt zu werden. »Danke, dass du gekommen bist«, sage ich. »Und für deinen Wein und deine Couch und deine endlose Geduld! Ich weiß, ich war dir nicht gerade eine gute Freundin die letzten Wochen, und das tut mir wirklich leid! Du musst mir unbedingt erzählen, was gerade bei dir los ist und was eigentlich mit Harry läuft und …«

»Jetzt mach mal einen Punkt.« Sie schiebt mich lachend von sich weg. »Eins nach dem anderen. Du warst tatsächlich nicht die Freundin des Jahres. Aber das ist okay. Mit ein bis sagen wir zehn Flaschen gutem Wein ist die Sache so gut wie vergessen.«

»Deal.«

»Und was Harry angeht …« Sie grinst. »Das besprechen wir am besten nicht in der Öffentlichkeit. Außerdem hast du, glaube ich, zuerst etwas zu beichten.« Sie deutet vielsagend auf Simon, der hinter mir von einem Fuß auf den anderen tritt.

»Das glaube ich auch.« Theresa verschränkt die Arme vor der Brust. »Schläfst du etwa mit dem Feind?«

Meine Mundwinkel wandern wie von selbst nach oben. »Darf ich vorstellen: Simon Bergmüller, Geschäftsführer der gleichnamigen Bäckereikette. Und vielleicht nicht ganz das Enfant terrible, für das wir ihn gehalten haben.«

Simon tritt vor und hält meiner Schwester die Hand hin. »Es tut mir wirklich leid, dass dieser Eindruck entstanden ist. Vielleicht können wir ja noch mal von vorne beginnen?«

Theresa verengt die Augen. »Das kommt ganz darauf an, Simon Bergmüller. Wenn du meine kleine Schwester auf irgendeine Weise unglücklich machst, will ich nicht in deiner Haut stecken. Verstanden?«

»Ist notiert. Ich werde mein Bestes tun, um das zu vermeiden.« Er hält ihren Blick, ein Denkmal der Aufrichtigkeit. Ihre Lippen zucken amüsiert.

»Gut. Dann wäre das geklärt.« Sie ergreift die dargebotene Hand und schüttelt sie kräftig.

»Ich glaube, deine Schwester hat dich gerade an den Meistbietenden verkauft«, flüstert Melanie dramatisch. »Hoffentlich hat er genug Kamele dabei.«

Ich stoße ihr einen Ellenbogen in die Rippen, dann prusten wir beide los. Theresa und Simon mustern uns mit erhobenen Augenbrauen.

»Gewöhn dich besser dran«, sagt Theresa. »Das kommt öfter vor.«

»Das kriegt er hin«, sage ich, als ich wieder zu Atem gekommen bin und überwinde die Distanz zwischen uns. Ich stelle mich auf die Zehenspitzen und küsse ihn vor meiner Schwester, mitten auf dem Marktplatz. Staune, wie gut es sich anfühlt, wie richtig. Er schlingt die Arme um meine Hüften und zieht mich näher an sich heran. Bei meinem nächsten Atemzug begegnet seine Zunge meiner. Er ist sanft, als koste er eine seltene Delikatesse. Ich unterdrücke ein Seufzen. Aber das langsame Tempo reicht mir nicht. Ich kann nicht genug von ihm bekommen.

»Nehmt euch ein Zimmer«, ruft Melanie.

Ich ignoriere sie, vergrabe meine Hände in Simons Mantel. »Wir haben eindeutig zu viele Schichten an«, murmele ich atemlos gegen seine Lippen.

»Das lässt sich ändern.« Seine Finger streicheln meinen Nacken und setzen meine Haut in Flammen.

»Mmh. Könnte ein bisschen kalt sein.«

Hinter uns räuspert sich jemand. »Herr Bergmüller? Frau Lindenthal?«

Wir fahren auseinander wie zwei Teenager auf dem Schulhof. Die Journalistin von *Genuss pur* ist wie aus dem Nichts aufgetaucht, ein Handy am Ohr. »Ich wollte Sie nicht stören, aber ich habe gerade meine Chefredakteurin dran. Sie will Sie beide in unserem nächsten Heft. Ein exklusives Interview.«

Wir starren sie an, kurzzeitig sprachlos. Sie fährt ungerührt fort: »Wir hätten Sie auch gerne auf unseren Social-Media-Channels. Facebook, Instagram, YouTube. Natürlich erst mal als Gastauftritte, aber je nachdem, wie Sie sich schlagen, vielleicht sogar regelmäßig. Sie haben im Netz ja schon große Wellen geschlagen. Und könnten dies ausweiten, wenn ich die Zeichen hier richtig deute.« Ihr Blick wandert vielsagend zwischen uns hin und her. »Natürlich gegen Bezahlung. Aber wir wollen die Ersten sein, die über die Hintergründe des #bakerybattle berichten. Vor allem nach dieser Show heute. Sie werden sich vor Anfragen aus der Branche vermutlich kaum retten können.«

Ich bringe kein Wort heraus. Erst als Theresa mir von hinten nachdrücklich in die Hacken tritt, komme ich wieder zu mir. »Ja. Absolut. Gerne. Was auch immer Sie vorschlagen.« Dann fällt mir wieder ein, dass diese Entscheidung nicht nur mich betrifft. »Ähm, ich meine … was denkst du, Simon?«

Er lächelt, die Haare zerstrubbelt, die Wangen gerötet. Ich könnte ihn auf der Stelle wieder küssen. »Ich denke, das ist eine wirklich gute Idee.«

Die Journalistin behält recht. Kaum haben wir ihr die Zusage für ein exklusives Interview und Gastauftritte auf den Social-Media-Kanälen von *Genuss pur* gegeben, kommt die nächste

Person mit Kamera um die Ecke. Lokale Zeitungen, Radiosender, selbst eine deutschlandweit ausgestrahlte Backsendung; alle interessieren sich plötzlich für uns. Dazu kommen die Zuschauer aus dem Publikum, die uns mit Fragen bombardieren. Aber mit Simons Schulter an meiner und Theresa und Melanie in meinem Rücken macht mir der Ansturm keine Angst. Im Gegenteil: Ich genieße ihn.

»Was wird jetzt aus dem #bakerybattle?«

»Haben Sie plötzlich Frieden geschlossen?«

»Wie geht es weiter mit dem Café Lindenthal und der Bäckerei Bergmüller?«

Wir tauschen einen Blick, bevor Simon das Wort ergreift. »Es ist noch ein bisschen früh, um darüber etwas zu sagen. Aber ich denke, den Kampf um die besten Lebkuchen haben wir vorerst ausgefochten.«

»Wir sind beide Verlierer«, sage ich. »Und Gewinner, irgendwie. Schließlich hätten wir ohne den Wettbewerb niemals so viele backbegeisterte Menschen kennengelernt.« *Und einander*, denke ich, aber das behalte ich für mich.

»Vielleicht werden wir in Zukunft ja auch eine Zusammenarbeit zwischen Ihnen sehen?«, fragt einer der Journalisten. »Sozusagen eine Kollaboration der beiden deutschen Backinfluencer der Stunde.«

Ich unterdrücke ein Lachen. »Wir sind nun wirklich keine Influencer.«

Aber die Idee setzt sich in meinem Kopf fest. Während Simon weitere Fragen beantwortet, nimmt sie vor meinem inneren Auge Gestalt an. Mit dem Honorar, das unsere Zusammenarbeit mit *Genuss pur* uns einbringen wird, können wir den Großteil von Mamas Kredit zurückzahlen und richtig durchstarten. Wir könnten aus dem Café Lindenthal genau die Art von nachhaltigem Café machen, die Simon in München erschaffen wollte. Die Wände neu streichen und nachhaltig angebauten Kaffee und veganes Gebäck anbieten. Ich könnte abends Backkurse geben und er unsere gemeinsame Webseite betreuen und unser Café bis nach Hamburg bekannt machen. Oder ich steige in der Bäckereikette Bergmüller mit ein und …

»Kathi?«

Dutzende Augenpaare sind erwartungsvoll auf mich gerichtet.

»Ähm, sorry: Was war die Frage?«

Der Mann vom Lokalradiosender wirft einen schnellen Blick auf seinen Notizblock. »Würden Sie unseren Hörern das Geheimnis eines perfekten Lebkuchenhauses verraten?«

»Ich fürchte nicht, sonst wäre ich bald arbeitslos.«

Die Zuschauer lachen.

»Aber wer auf der Suche nach Rezeptideen ist, kann gerne auf meinem Account vorbeischauen. Oder einfach persönlich vorbeikommen und sich inspirieren lassen.«

»Alles klar, dann noch mal zu Ihnen, Herr Bergmüller: Was hat Sie dazu inspiriert, einen Instagram-Account zu starten?«

So geht es weiter, eine Frage nach der nächsten. Als die letzten Journalisten und Zuschauer nach Hause gehen, ist mein Terminkalender gefüllt mit Interviewanfragen und Handynummern von Fans des Café Lindenthal.

Danach kommen meine Freunde. Die Prantls, Gertrud, Antonia und ihre Mutter, Joseph und Margarete, Sibylle, Claudia und Jacques, alle wollen mir gratulieren.

»Kind, ich dachte, ich kriege da unten einen Herzinfarkt, als du den Preis abgelehnt hast!« Claudia fasst sich dramatisch an die Brust. Jacques legt den Arm um sie. »Ich hatte schon Angst, ich müsste sie zurückhalten, direkt auf die Bühne zu stürmen.«

Sie knufft ihn grinsend in die Seite, und er haucht ihr einen Kuss auf die Wange. Theresa und ich tauschen über ihre Schultern hinweg ein Grinsen.

Die Prantls sind völlig aus dem Häuschen, dass sie ihren Kuchen ab jetzt bei einer Konditorin kaufen, die »so richtig berühmt« ist. »Wenn ich das meiner Schwester aus München erzähle, die wird das gar nicht glauben können«, sagt Frau Prantl atemlos.

Antonia fällt mir um den Hals, und Joseph, Margarete und Sibylle schütteln mir die Hand, bis ich Angst habe, dass sie abfällt. Gertrud hört sich mit Engelsgeduld meine Entschuldigung an, bevor sie sie mit einem Lächeln beiseitewischt und mich in die Arme nimmt. »Du bist völlig verrückt, mein Mädchen«, flüstert sie. »Aber genial. Genau wie deine Mutter.« Ich drücke sie etwas fester. Simon hält sich dabei etwas abseits, beobachtet mit einem kleinen Lächeln das Chaos, das mich umgibt. Bis Herr Prantl ihm wohlwollend auf die Schulter klopft und sagt: »Das vorhin, das war anständig von Ihnen, Junge.«

Damit ist das erste Eis gebrochen, und auch die anderen beginnen, sich ihm zuzuwenden. Erst etwas zögerlich, aber mit jeder Frage, die er bereitwillig beantwortet, schwindet ihre Zurückhaltung. Als letzte Gratulantin steht Greta vor mir, mehrere Tassen Punsch in den Händen.

»Für die Sieger der Herzen geht das aufs Haus«, sagt sie und verteilt den Punsch unter uns. Als sie bei mir ankommt, hält sie kurz inne. »Ich bin stolz auf dich, Kathi. Und Clara wäre es auch gewesen.«

Ich will antworten, aber der plötzliche Kloß in meinem Hals hindert mich daran. Greta scheint mich auch so zu verstehen. Sie drückt meinen Arm noch einmal, dann hebt sie ihre Punschtasse.

»Auf das Café Lindenthal! Und die Bäckerei Bergmüller, meinetwegen.«

»Darauf trinke ich«, stimmt Melanie ein. Die anderen tun es ihr nach, heben feierlich ihre Tassen. Ich schlucke, fange Theresas Blick auf. »Auf die Vergangenheit. Und auf die Zukunft.«

Wir stoßen an.

»Aber was wird denn jetzt aus dem Bakerybattle«, fragt Antonia, die an ihrem Kinderpunsch nippt. »Wer hat gewonnen?«

Simon überlegt kurz, dann zückt er sein Handy. »Ich würde sagen, wir alle. Was meint ihr?«

Er streckt den Arm aus, um ein Selfie zu machen, und alle rücken etwas näher zusammen. »Bitte lächeln«, sagt er, aber das ist eigentlich Formsache, denn das tun wir sowieso schon. Als er die Hand wieder senkt, drängen wir uns alle neugierig um ihn, um das Ergebnis zu sehen. Auf dem Bild stehen Simon und ich eng nebeneinander, sein Arm um meine Schulter gelegt, und wir sind umgeben von meinen liebsten Menschen, die in die Kamera strahlen.

»Es ist perfekt«, sage ich mit rauer Stimme.

Simon zieht mich näher an sich. »Ganz meine Meinung.« Dann öffnet er Instagram und postet das Bild mit der Unterschrift Sieger der Herzen im #bakerybattle.

Es gäbe noch so viel zu besprechen. Theresas Plan für die Zukunft, ihren Umzug und ihren Studienplatz. Melanies neuen Lover. Simon und mich und unser Geschäft. Aber wir trinken unseren Punsch in einvernehmlichem Schweigen aus, bevor sich die Menge langsam auflöst. Theresa nimmt mir schließlich meine leere Punschtasse ab. »Wir sollten langsam mal den Stand aufmachen. Ich wette, nach der Show eben machen wir den Umsatz unseres Lebens.«

»Ich kann dir helfen«, bietet Melanie an. »Kathi und Simon müssen ja noch ihre Sachen von der Bühne holen.«

Kurz darauf sind die beiden verschwunden. Simon und ich bleiben allein zurück, während um uns herum die Bühne aufgeräumt wird, und der Weihnachtsmarkt wieder seinen normalen Gang geht.

Plötzlich bin ich unsicher. Wenn er seine Entscheidung nun bereut? Wenn er nach dem Abflauen des Adrenalins bemerkt, dass ich keine Cosima Winters bin, sondern nur eine Konditorin aus der Provinz?

»Was denkst du?«, fragt er leise.

»An diesen Journalisten, der uns Influencer genannt hat. Völlig abgedreht, oder?« Ich zwinge mich zu einem Grinsen. Er bleibt ernst. »Du kannst ehrlich zu mir sein, Kathi.«

Seine warmen braunen Augen durchleuchten mich. Ich wende mich ab, marschiere los in Richtung Bühnenaufgang. Er folgt mir.

»Es ist nichts. Nur … Ich weiß nicht.« Der Atem verdampft in kleinen Wölkchen vor meinem Gesicht. »Bist du sicher, dass du die richtige Entscheidung getroffen hast? Was sagt deine Familie dazu, dass du den Preis abgelehnt hast? Für …«

Für mich, denke ich. Aber ich traue mich nicht, es auszusprechen.

»Sie werden nicht begeistert sein.« Simons Hand findet meine. Selbst durch meine Handschuhe spüre ich seine Wärme. »Aber das ist mir egal. Ich habe das getan, was ich für richtig halte. Den Rest kläre ich später.«

Ich ziehe meine Hand weg. »Und wenn das nicht klappt? Wenn du morgen aufwachst und dir klar wird, dass du einen großen Fehler gemacht hast? Dass du doch nicht nach Falkenhain gehörst und so schnell wie möglich nach München zurückwillst?«

»Kathi, wovon sprichst du?«

Ich gehe einen Schritt schneller, aber seine Beine sind länger als meine. »Wovor läufst du weg?«

»Vor der Wahrheit!« Ich fahre herum. »Das alles hier, das war ein schöner Traum, eine gute Show für die Presse. Aber mehr nicht.«

Er hält inne. »Wie meinst du das?«

Ein Teil von mir möchte den verletzten Ausdruck von seinem Gesicht küssen. Aber ich gebe nicht nach, rede weiter. »Genau so, wie ich es sage. Du hattest deinen Spaß, ich auch, aber wir sollten lieber jetzt aufhören, uns etwas vorzumachen. Typen wie du bleiben nicht an Orten wie diesen.« *Nicht bei Frauen wie mir.*

»Typen wie ich?« Er presst die Lippen zusammen.

»Du weißt schon.« Ich wedele mit der freien Hand in seine Richtung. »Aus gutem Hause. Erfolgreich. Beliebt und attraktiv und …«

»Jetzt hör mir mal gut zu, Katharina Lindenthal.« Er greift

nach meiner Hand, zieht mich zu sich. »Ich weiß, dass ich dir jeden Grund gegeben habe, mir zu misstrauen. Aber eins ist klar: Wer auch immer dir das Gefühl gegeben hat, nichts Besonderes zu sein, war ein riesiges Arschloch.« Das letzte Wort knurrt er geradezu. Seine tiefe Stimme jagt mir einen Schauer über den Rücken.

»Ein Arschloch und offensichtlich sowohl blind als auch taub. Aber ich bin nicht er. Hörst du?« Sein Finger hebt mein Kinn, bis ich ihm in die Augen schaue. Flüssiges Karamell.

»Ich habe jedes Wort gemeint, das ich auf der Bühne gesagt habe. Dir zu begegnen, war mein verdammtes kitschiges Weihnachtswunder, okay? Und ich glaube eigentlich nicht an Wunder.«

»Ich auch nicht«, flüstere ich. Er beugt sich zu mir, presst seine Stirn an meine. »Zwei Skeptiker. Und nun sieh uns an.«

»Halleluja.« Meine Lippen beben. Es wäre so leicht, ihn zu küssen. Nur eine winzige Bewegung. Bei unserem ersten Treffen im Club habe ich mich dagegen entschieden, diesen Schritt zu gehen. Zu hohes Risiko, zu geringe Chance auf ein Happy End. Und jetzt?

Um uns herum strömen Menschen über den Markt, kleine Kinder ziehen Schlitten hinter sich her, ältere Paare flanieren Arm in Arm. Kalter Wind fährt mir durch die Haare und weht den Duft von Glühwein, Kerzenwachs und Zimt zu uns herüber.

»Vielleicht sollten wir in Zukunft darüber nachdenken, zusammenzuarbeiten«, sage ich. »Wir könnten uns Café Lindenmüller nennen. Oder Bergthal. Natürlich nur, wenn du zugibst, dass unser Lebkuchenrezept das überlegenere ist, und wir …«

Er zieht mich in eine kleine Gasse zwischen zwei Stände. Mein Rücken kollidiert mit der Holzwand, seine Hände stützen sich links und rechts von meinem Gesicht ab. Seine Nähe, der Geruch nach Mehl und Vanille und Kiefernholz und Simon benebeln meine Sinne.

»Vielleicht können wir auch später über das Geschäftliche reden«, flüstere ich, unsere Lippen nur wenige Zentimeter voneinander entfernt.

»Gute Idee.«

Ich warte nicht darauf, dass er den letzten Schritt macht. Stattdessen schlinge ich meine Arme um seinen Hals und küsse ihn.

Es schmeckt nach Weihnachten.

Danksagung

In der Küche heißt es oft, viele Köche verderben den Brei (oder den Lebkuchenteig). Beim Schreiben sieht das dagegen ganz anders aus. Ein Buch besteht aus Dutzenden verschiedenen Zutaten, jede einzelne unverzichtbar, und sie am Ende zu einem köstlichen Gesamtkunstwerk zu vereinen, braucht Teamwork. Zum Glück hatte ich ein wundervolles Team an meiner Seite, das mich quasi vom Rezeptentwurf bis zur Kostprobe dabei unterstützt hat, Simons und Kathis Geschichte zu erzählen.

Gabby Zrenner und Megan Schneck haben sich als Vorkosterinnen angeboten und diesen Text vor allen anderen gelesen. Dabei haben sie mit einem scharfen Auge die Stellen identifiziert, an denen ich noch mal nachwürzen musste, und das Endergebnis so viel schmackhafter gemacht. Diana Itterheim von der litmedia.agency hat mir dabei geholfen, beim Heyne Verlag eine literarische Heimat für Simon und Kathi zu finden. Janina Dyballa und Michelle Stöger haben zusammen mit mir in der Teigschüssel gerührt und sichergestellt, dass ihr beim Lesen dieses Buchs weder in Logiklöcher fallt noch über Kommafehler stolpert.

Meine Freunde haben mich auf dem Weg zur Veröffentlichung in kritischen Phasen ebenso mit Gebäck wie mit Umarmungen versorgt und damit einen entscheidenden Anteil daran, dass ich nicht durchgedreht und mit einem Lebkuchenmännchen durchgebrannt bin. Zumindest noch nicht.

Und zuletzt ist da meine Familie: Meine Mutter, die mir zuweilen ihre Küche für Backexperimente zur Verfügung stellt, mein Vater, der netterweise alle meine Kreationen probiert, mein Bruder, der ein absoluter Feinschmecker ist, und natürlich meine Oma Zissi, die die allerbesten Weihnachtsplätzchen backt. Ohne euch wüsste ich nicht, wie man über die Liebe schreibt.

Rezepte

vom

Falkenhainer Weihnachtsmarkt

Gretas Apfel-Zimt-Punsch

Zutaten für 4 Portionen

20 g Ingwer
2 Sternanis
1 Zimtstange
1 Beutel schwarzer Tee
750 ml klarer Apfelsaft
1 EL Orangenzucker
20 ml brauner Rum
Zimtstange zum Servieren

Zubereitung

Den Ingwer schälen und in feine Scheiben schneiden. Ingwer zusammen mit den Sternanisen und der Zimtstange in einen Topf geben.

Den Teebeutel zufügen und mit ca. 250 ml kochendem Wasser aufgießen. Die Mischung zwei Minuten ziehen lassen, dann den Teebeutel entfernen.

Den Apfelsaft zugießen, und den Punsch auf dem Herd erhitzen. Dabei sollte die Flüssigkeit aber nicht kochen. Den Zucker sowie den Rum einrühren.

Abschmecken, und den Ingwer sowie die Sternanise wieder entfernen. Den Punsch in Gläser füllen und nach Wunsch mit je einer Zimtstange darin servieren.

Kathis Lieblingskekse

Zutaten für 25 Stück

140 g weiche (bei Bedarf vegane) Butter
1 Ei
100 g Zartbitterkuvertüre
100 g Mehl, universal
75 g Kakaopulver
1 TL Backpulver
1 TL schwarze Pfefferkörner
2 TL Lebkuchengewürz
2 TL Honig
75 g brauner Rohrzucker
1 Pkg. Bourbonvanillezucker
1 Prise Salz

Zubereitung

Backofen auf 180 °C (Umluft) vorheizen.

Butter mit dem Mixer 2 Minuten schaumig schlagen und das Ei unterschlagen. Die Kuvertüre grob hacken. Mehl und Backpulver vermischen. Dann die Pfefferkörner im Mörser grob zerstoßen.

Kuvertüre, Mehl-Backpulver-Mischung, Pfeffer, Lebkuchengewürz, Rohrzucker, Kakao, Honig, Vanillezucker und Salz in die Schüssel geben und mit der Butter vermischen.

Zwei Backbleche mit Backpapier auslegen. Mit zwei Teelöffeln walnussgroße Teighäufchen mit etwas Abstand zueinander auf das Backblech setzen.

Auf oberer und mittlerer Schiene 13 bis 15 Minuten goldbraun backen, die Bleche nach der Hälfte der Backzeit tauschen. Herausnehmen und ca. 30 Minuten auskühlen lassen. Danach genießen, am besten mit einer Tasse heißem Kakao.

Simons Dominosteine

Zutaten für ein Blech

125 g Honig
25 g Butter
1 Eigelb
40 g brauner Zucker
150 g Mehl
1 TL Lebkuchengewürz
300 g Orangengelee* (oder anderes Fruchtgelee)
200 g Marzipan oder Persipan
1 EL Puderzucker
300 g Kuvertüre
20 g Butter
Backstabile Schokodrops nach Belieben**

Zubereitung

Zuerst wird die Lebkuchenschicht gebacken. Dazu die Butter über einem Wasserbad erwärmen. Danach Butter mit braunem Zucker und Honig mischen, vom Herd nehmen und das Eigelb unterrühren. Anschließend Mehl und Lebkuchengewürz hinzugeben und den Teig zu einer glatten Masse kneten.

Den Teig für die Dominosteine mind. 12 Stunden, am besten über Nacht, zum Ruhen in den Kühlschrank legen. Eine Stunde vor dem Weiterverarbeiten wieder herausnehmen, dann auf einem Backblech auf eine Größe von etwa 30 x 20 cm ausrollen und für 20 Minuten bei 180 Ober-/Unterhitze backen.

Das Gelee langsam in einem Topf erwärmen, bis es fast flüssig ist. Danach gleichmäßig auf dem Lebkuchenboden verteilen und abkühlen lassen, bis es nur noch lauwarm ist. Tipp: Mit einem Alufolien-Rahmen um den Lebkuchenteig wird vermeiden, dass das flüssige Gelee an den Seiten hinunterläuft. Nach Belieben die backfesten Schokodrops auf dem Gelee verteilen.

Dann das Marzipan oder Persipan mit dem Puderzucker verkneten und zu einer gleichmäßigen Fläche ausrollen. Die Marzipanfläche auf das Gelee legen und alles vollständig auskühlen lassen. Danach aus dem riesigen Dominostein kleine Quadrate schneiden.

Jetzt fehlt nur noch die Schokolade. Dazu wird die Schokolade mit der Butter über einem Wasserbad geschmolzen. Danach die Dominosteine entweder mit den Fingern oder mit einem Zahnstocher kopfüber in die Kuvertüre tauchen. Für den maximalen Genuss sollten die Dominosteine am besten mindestens einen Tag ruhen, dann wird der Lebkuchen schön weich, und die Dominosteine bekommen ihre gewohnte Konsistenz.

* In diesem Rezept wird von gekauftem Orangengelee ausgegangen. Wenn ihr das wie Simon selbst machen wollt, braucht ihr für ein Glas Orangengelee folgendes: 2 Orangen und 1/8 Päckchen Gelierzucker. Die Orangen werden halbiert und ausgepresst. Danach wird der Saft mit dem Gelierzucker aufgekocht und mind. 3 Minuten sprudelnd gekocht. Anschließend das Gelee noch heiß in ein Glas füllen, fest verschließen und abkühlen lassen.

** Der Einfachheit halber werden hier fertige Schokodrops verwendet. Wer noch näher ans Original will, kann Kuvertüre mit Kokosöl schmelzen, die Masse wieder etwas fester werden lassen und als Kleckse auf dem Gelee verteilen.

Glutenfreie Nussecken

Zutaten für ein Blech

300 g Mehl (glutenfreies Kuchenmehl)
1 TL Backpulver
2 Pck. Vanillezucker
2 Eier
100 g Zucker
130 g Butter
4 EL Aprikosenkonfitüre oder 2 EL Milch
150 g Butter
5 EL Honig
100 g Zucker
200 g Haselnüsse, gehackt
1 Pck. Schokoglasur

Zubereitung

Aus Mehl, Backpulver, Zucker, Vanillezucker, Eiern und Butter einen Mürbeteig herstellen. Für mindestens 3 Stunden in den Kühlschrank legen.

Ein Backblech mit Backpapier auslegen und den Teig gleichmäßig darauf ausrollen. Die ganze Teigplatte mit der Marmelade bestreichen, wer keine Marmelade mag, verwendet 2 EL Milch.

Die Butter mit Zucker und Honig in einen Topf geben, unter rühren erhitzen, bis alles geschmolzen ist. Nun die Nüsse zufügen und einmal kurz aufkochen lassen. Vom Herd ziehen und 5 Minuten abkühlen lassen, dann die Masse gleichmäßig auf der Teigplatte verteilen.

Bei vorgeheizten 200 °C Umluft 20 Minuten backen. Mit dem Backpapier vom Blech ziehen und leicht auskühlen lassen. Dann zunächst in Streifen, dann in Quadrate schneiden und diese noch mal diagonal in Dreiecke schneiden. Ganz vorsichtig auf ein Auskühlgitter legen und dort ganz auskühlen lassen.

Zum Schluss die Ecken in Schokoglasur tauchen.

Vegane Zimtsterne

Zutaten für ein Blech

Für den Teig
200 g Puderzucker
2 EL Zimtpulver
8 EL Wasser
1 EL Zitronensaft
150 g Mandeln, gemahlen
200 g Haselnüsse, gemahlen
1 EL Orangenschale, unbehandelt, abgerieben

Für den Guss
Etwas Wasser
Etwas Zimt
Puderzucker nach Belieben

Zubereitung

Alle Zutaten für den Teig fest miteinander verkneten. Auf einer mit Alufolie ausgelegten Fläche ausrollen und mit einem Förmchen Sterne ausstechen. Bei Zimmertemperatur ca. 4 Stunden trocknen lassen.

Die Zimtsterne auf einem mit Backpapier ausgelegten Blech bei 250 °C ca. 3–5 Minuten backen. Nicht zu lange im Ofen lassen, da sie sonst zu trocken werden. Die Plätzchen gut auskühlen lassen.

Aus gesiebtem Puderzucker, Zimt und wenigen Tropfen Wasser einen zähen Zuckerguss herstellen. Die Zimtsterne damit überziehen, gut trocknen lassen und in einer mit Alufolie ausgelegten Keksdose lagern.

Glutenfreie Amarettini

Zutaten für ein Blech

300 g fein gemahlene Mandeln
180 g Puderzucker
2 Eiweiß
1 TL Sonnenblumenöl
3 Tropfen Amaretto (oder Bittermandel-Aroma)
Puderzucker zum Wälzen
Ganze Mandeln

Zubereitung

Die gemahlenen Mandeln und den Puderzucker in einer Schüssel vermischen. Eiweiß, Öl und Amaretto (oder Ersatz) dazugeben und alles mit den Händen verkneten, bis eine leicht klebrige Masse entsteht. Den Teig zugedeckt für mindestens 2 Stunden in den Kühlschrank stellen.

Den Backofen auf 160 °C Umluft vorheizen und etwas Puderzucker auf die Arbeitsfläche geben. Den Teig zu kleinen Kugeln formen und diese in Puderzucker wälzen. Am Schluss eine ganze Mandel oben auf die Kugel drücken und sie dann auf ein mit Backpapier ausgelegtes Backblech legen.

Die Kugeln für 13 Minuten backen und sofort aus dem Ofen nehmen. Die Amarettini wirken noch sehr weich und hell, härten aber noch nach.